三年坂
火之夢

三年坂　火の夢

早瀬亂

江戶川亂步獎傑作選 6

三年坂 火之夢

原書名　三年坂 火の夢
作　者　早瀬亂
譯　者　王蘊潔
封面設計　朱陳毅 BERT DESIGN
企畫選書　傅博、冬陽

業　務　陳玫潾
行銷企畫　陳彩玉、王上青、崔立德
主　編　朱玉立
總編輯　劉麗真
總經理　陳逸瑛
發行人　凃玉雲

出　版　臉譜出版　台北市民生東路二段141號5樓　02-25007696
發　行　英屬蓋曼群島商家庭傳媒股份有限公司城邦分公司
台北市民生東路二段141號11樓
讀者服務專線：02-25007718；02-25007719
服務時間：週一至週五9:30～12:00；13:30～17:00
24小時傳真服務：02-25001990；02-25001991
讀者服務信箱E-mail：service@readingclub.com.tw
劃撥帳號：19863813 書虫股份有限公司
城邦讀書花園網址： http://www.cite.com.tw
臉譜推理星空網址： http://www.faces.com.tw
臉譜出版噗浪網址：http://www.plurk.com/FACES
臉譜出版部落格網址：http://facesfaces.pixnet.net/blog
香港發行　城邦（香港）出版集團
香港灣仔駱克道193號東超商業中心1樓
電話：852-25086231／傳真：852-25789337
email：hkcite@biznetvigator.com
馬新發行　城邦（馬新）出版集團
Cite (M) Sdn. Bhd. (458372 U)
11, Jalan 30D／146, Desa Tasik, Sungai Besi,
57000 Kuala Lumpur, Malaysia
電話：603-9056 3833／傳真：603-9056 2833
email：citekl@cite.com.tw

初版一刷　2010年10月

ISBN 978-986-120-300-3
定價：350 元
(本書如有缺頁、破損、倒裝請寄回更換)

目次

選編者的話
通俗的閱讀樂趣

冬陽

推理小說在日本，是非常普遍的大眾讀物。

走進日本的書店，一落落整齊堆放的推理小說醒目到你不可能沒發現；在往來方便的電車上，乘客不是拿著手機就是巴掌大的文庫本閱讀，其中十有八九是推理小說。

不同於台灣的推理出版閱讀，日本作家的創作數量較翻譯作品高出許多，且題材廣闊，舉凡組織犯罪、青春純愛、國際謀略、職業運動等都能入題，幾乎無所不包，使得推理小說從過去給人強調鬥智解謎的印象，逐漸轉變為雅俗共賞的娛樂讀物，成為大眾閱讀市場的核心與主流。

這段轉變絕不是短時間內發生、完成的，尤其以書寫源流來自英美的推理小說而言，可是經過好一番努力才有了今日的成果。

一開始，日本也大量譯介了歐美出版的經典推理小說，慢慢培養出一批作家，或模仿或獨創出以日本當地風土民情為背景的偵探故事。一九五四年，日本推理小說之父江戶川亂步在其六十歲誕辰宴會上宣布，為了振興日本推理小說，提供一百萬圓給日本偵探作家協會作為基金，創設「江戶川亂步獎」；兩年後，江戶川亂步公開徵求長篇推理創作，「以江戶川亂步獎，來促使有力量之長篇推理小說家的出現」，如此登高一呼，開啟了往後五十年推理創作的蓬勃發展。

江戶川亂步獎自此建立起一個良性循環：刺激有志踏上推理作家之路的創作者提升寫作水準，出版社代為出版得獎作品以拓展讀者群，這可從歷來得獎小說多具有銷售十萬冊的實力可窺知一二。

然而，自亂步獎出道的作家作品，多半具有一項特色，我稱之為「欲晉身推理文壇的雄心與狂熱」。這些作家絕大多數是業餘者，也多是初提筆創作的生手，文筆略顯青澀或不夠沉穩，但更值得一讀的地方在於沒有匠氣、沒有量產作家的公式化寫法，以堅信「超越過去的獲獎者才能成功」的心情一搏，字裡行間自是熱情滿溢——這種熱情，正是日本推理小說通俗力量的來源。

此刻，臉譜出版邀請曾擔任日本推理小說專門誌《幻影城》總編輯的傅博先生，從過去已經出版的五十九本江戶川亂步獎得獎作品中，以傑作選及新作譯介兩種選書路線，挑選出十本作為傑作選第一期出版品，希望藉由推理小說多元而又豐富的內涵，帶給各位無上的閱讀樂趣——

話不多說了，請盡情享用。

總導讀

江戶川亂步獎縱橫談

傅博

日本到底有多少文學獎，正確的數字沒人知道，綜合各種資料，百年來所創設的文學獎有千種以上，現在每年定期發表授獎作家或作品的，至少不下二百種。主辦單位、授獎對象、獎金、獎品，的確五花八門，應有盡有，歸納這些獎可分為四大類。

一、終身榮譽獎：這類獎不多，推理文學關係有兩種。第一是財團法人（基金會）Scheherazade文化財團於一九九六年設立之日本推理文學大獎，每年舉辦一次，頒獎對象是「曾經對推理文學的發展有重大貢獻的作家或評論家」，獎品之正獎是Scheherazade像，副獎獎金三百萬圓。

第二是日本本格推理作家俱樂部，於二〇〇一年創設之本格推理小說大獎特別獎，不定期授獎給「曾經對本格推理小說的發展有重大貢獻的作家、評論家、編輯者」。獎品是京極夏彥設計之黑桃皇后的撲克牌獎牌。

二、年度最優秀作品獎：授予對象是該年度內發表的作品中之最優秀作品，但是大多數的獎，採取曾經授獎過的作家之作品不再授獎。這類獎不少，純文學為對象的野間文藝獎，大眾文學為對象的吉川英治文學獎，都是具影響力的獎。推理文學也有兩種這類獎。

第一是日本推理作家協會獎。一九四七年由江戶川亂步等組織成立的偵探作家俱樂部，於同年創立之偵探作家俱樂部獎，而一九五五年改稱為日本偵探作家俱樂部獎，一九六三年二次更改為現在這個名稱。第一屆於翌四八年授獎，分為長篇、短篇、新人等三獎，之後每年授獎一次，但是授獎對象有幾次更改。現在分為長篇與連作集、短篇、評論以及其他等三部門授獎。

第二是上述之日本本格推理作家俱樂部大獎。分為小說、評論•研究等兩部門授獎。

三、年度最優秀新人作品獎：授予對象是出道不久的新人作家，於該年度內發表之最優秀作品。這類獎很多，最有名而最具權威的，就是芥川獎與直木獎。前者是純文學，後者是大眾文學之新人作家為對象，半年授獎一次，比較特殊。兩獎於一九三五年，由日本文學振興會創設，因二次大戰中斷四年，四九年重新出發，至今已舉辦一百四十屆。

推理文學關係沒有這類獎。但是大眾文學很多這類獎，大多數是紀念逝世作家之業績，冠上該作家姓名，如一九七二年創設之泉鏡花獎（不區別純文學、大眾文學），一九七九年創設之吉川英治文學獎新人獎、八七年創設之山本周五郎獎等都是。推理小說在這三獎的得獎率很高，可當作選書閱讀之參考。

四、公開徵文獎：徵文對象多姿多彩，自由詩、和歌、俳句等詩歌類，舞台、電影、電視等劇本類，長篇、短篇、極短篇等小說類，文學評論（不多）等各種類型都有。

徵文的主辦者原則上都是出版社或雜誌編輯部。以小說而言，出版社的徵文都是長篇，授獎作品有獎牌、獎金之外，由該出版社出版單行本。雜誌編輯部的徵文原則上是短篇，授獎作除了獎牌、獎金之外，在該雜誌刊載。

推理小說關係的徵文獎特別多，象徵推理小說的繁榮昌盛。其歷史悠久，自從一九二〇年，《新青年》創刊以來連綿不絕，已有九十年歷史。

一九八七年，新本格派崛起之前，諸多推理雜誌中，《新青年》、《寶石》、《幻影城》三誌，分別代表了三個不同時代，它們都舉辦過推理短篇的徵文。這些得獎作家其後多數都成為推理文壇的核心作家，可見其影響力。

現在定期舉辦推理短篇徵文的，有三家雜誌，分別是《ALL讀物》之ALL讀物推理小說新人獎（六二年創設）。《小說推理》之小說推理新人獎（其前身，双葉推理獎創設於六四年，四屆即中斷，七九年重辦本獎）。《Mysteries！》之Mysteries！新人獎（其前身，創元推理短篇獎創設於九四年，一時中斷，〇四年重辦本獎）。但是其影響力不如長篇獎。

推理長篇獎比短篇獎為多，江戶川亂步獎（後文詳述）之外有：

橫溝正史獎：角川書店於八〇年創設，二〇〇一年更名為橫溝正史推理小說大獎。

三得利推理小說大獎：三得利、文藝春秋、朝日放送於八二年共同創設，〇三年停辦。

日本推理懸疑小說大獎：八七年由日本電視創設、新潮社協辦，九四年停辦。翌九五年新潮社創設新潮推理小說俱樂部獎，二〇〇〇年停辦。同年新潮社與幻冬舍合辦恐怖懸疑小說大獎，〇五年停辦。

松本清張獎：日本文學振興會於九三年創辦，當初是包括時代小說之短篇獎，九九年之第六屆起改為長篇獎，得獎作由文藝春秋出版。

鮎川哲也獎：東京創元社於一九八七年，主辦「鮎川哲也與十三之謎」之徵文獎後，發展為本獎。

梅菲斯特獎：九六年由講談社文藝圖書第三出版部創設，本獎打破以往文學獎常識，從投稿中編輯部認為具出版價值的作品，即授與獎，不定期頒獎，九八年授獎六次。

日本推理文學大賞新人獎：上述Scheherazade文化財團創設之該大獎之徵文獎。

「這推理小說好棒！」大獎：寶島社於二〇〇一年創設。

此外，屬於廣義推理小說徵文獎的，有角川書店於九三年創設之日本恐怖小說大獎，本獎分為大獎、長篇獎、短篇獎，大獎是從所有之應徵作品中，不分長、短篇，授與最優秀作品。另外有學習研究社於二〇〇〇年創設之MU傳奇小說獎，只辦兩屆，〇二年已停辦。

以上簡單地介紹了十多種徵文獎，其成就與影響力都不如江戶川亂步獎。

□

江戶川亂步獎是一九五四年十月三十日，在日本偵探作家俱樂部、捕物作家俱樂部、東京作家俱樂部等三個作家集團，共同舉辦慶祝江戶川亂步六十歲誕辰宴會上，日本偵探作家俱樂部會長木木高太郎公開發表，江戶川亂步為了振興日本推理小說，向日本偵探作家俱樂部提供一百萬圓為基金，而創設的文學獎。

當時日本偵探作家俱樂部，已經每年定期舉辦日本偵探作家俱樂部獎，分別授獎給該年度最優秀之推理長篇與短篇。為了避免授獎對象的重複，當初限定為「對於該年度內的推理小說留下顯著業績之人，並須考慮其過去實績，從創作、翻譯、評論、編輯、電影、演劇、廣播之中選出一人，而對於創作須要特別重視」（江戶川亂步語）。

首屆預選委員為中島河太郎等十二名，評審委員為江戶川亂步、大下宇陀兒、木木高太郎（以上作家）、荒正人、長沼弘毅（以上評論家）等五位。

翌五五年發表的第一屆授獎對象是，中島河太郎在《寶石》連載中之〈偵探小說辭典〉，正獎為福爾摩斯青銅像，副獎是五萬圓。第二屆授獎者為出版「早川珍袖推理小說」叢書之早川書房。

發表第二屆授獎者時，江戶川亂步表示第三屆起要公開徵求長篇推理創作。江戶川在〈江戶川獎之長篇徵文〉（《日本偵探作家俱樂部會報一一一號／五六年八月刊》）一文裡說：

「……從今年初，就聽到推理小說的熱潮來臨，過去沒出版過推理小說的許多有名聲的出版社，正在策畫全集或叢書，可是很可惜，這是翻譯推理小說為主體的熱潮，雖然也有日本作品趁機出版叢書，卻不是出現有力量的作家或作品，來創造這趨勢的。出版界出現熱潮現象，跟著出現有力量的新人是必然的。我相信不久的將來一定會出現這種新人。由此必須要有新人登場的舞台……。」

江戶川亂步繼之比較日本與歐美之長篇推理小說出版說：「現在，日本推理小說界，最期望的是書寫後直接出版成單行本之長篇推理小說，在歐美，這種書寫後的長篇，直接出版為單行本是正常的，日本與之相反，需要的卻是短篇或連載用之長篇，為了直接出版單行本而書寫的長篇例子非常少。翻譯小說好看，創作小說比不上的理由之一，該是發表形式之不同。現在是長篇推理小說為主流的時代，讀者所要求的是具有內容的長篇，因此，還是書寫後直接出版單行本為理想……由此，想到以江戶川亂步獎，來促使有力量之長篇推理小說家的出現……。」

江戶川亂步表達了江戶川亂步獎的新抱負與自己的期待之後，附錄了自己擬定的詳細徵文規約十二條。如，徵文類型：長篇推理小說，不問本格或變格。字數：四百字原稿紙四百至五百張。授獎作：正獎福爾摩斯青銅像，副獎五萬圓，由講談社出版單行本，付與一流作家級之版稅。版權歸屬：版權以及附屬之上映、上演、放送等一切權利為作者所有。

一九六三年，日本偵探作家俱樂部更名為日本推理作家協會，江戶川亂步獎改由新會名義主辦，至今。

徵文規約跟著時勢的變遷，更改過幾次，現在的徵文類型為廣義推理小說，字數為四百字原稿紙三百五十至五百五十張，正獎為江戶川亂步像，副獎一千萬圓。作品由講談社出版並付與全額版稅。

江戶川亂步獎自一九五七年創設以來，至二〇〇八年舉辦過五十四屆。其中五十二屆為長篇推理小說徵文獎。得獎作品與作者名單，請參閱本書附錄。這五十二屆中，沒有選出授獎作的有三屆，即第六、十四、十七屆，第十八屆以後每年都有授獎。一次兩作品同時授獎的有十屆，平均五、六年一次，但是近年兩作品同時得獎的機會越來越多。

得獎作家的性別，男性五十位、女性九位，大約五比一，從現在的推理文壇來說，女性的得獎率為低。

大眾文學的存在意義是在敏感地反映讀者的需求，提供作品，大眾文學獎是對具體反映讀者需求之作品的肯定。江戶川亂步獎得獎作品，多多少少都是反映時代、領導時代的作品，是一部五十年來的日本推理小說史。如果我們有機會，有系統地來閱讀全套的江戶川亂步獎作品的話，得益必多。

臉譜出版這次計劃出版「江戶川亂步獎作品集」第一期如左十集：

第　三　屆・一九五七年・仁木悅子《只有貓知道》
第二十四屆・一九七八年・栗本薰《我們的無可救藥》
第三十一屆・一九八五年・東野圭吾《放學後》

第三十二屆・一九八六年・山崎洋子《花園迷宮》
第三十七屆・一九九一年・真保裕一《連鎖》
第四十一屆・一九九五年・藤原伊織《恐怖分子的洋傘》
第四十九屆・二〇〇三年・不知火京介《擂台化妝師》
第四十九屆・二〇〇三年・赤井三尋《暗淡夏日》
第五十二屆・二〇〇六年・早瀬亂《三年坂 火之夢》
第五十二屆・二〇〇六年・鏑木蓮《東京歸鄉》

以上十本是筆者與編輯部共同挑選，前六本是江戶川亂步獎作品傑作（傑作很多，在此先選六本），後四本是近年得獎作。本作品集，除了本文「總導讀」之外，每集都有附錄「導讀」，介紹該作品的授獎經過，作者生平以及得獎後的發展。請期待並支持。

（〇九・〇二・〇八）

三年坂 火之夢

早瀬亂

古老的故事

（一）

西元一八九二年正是明治二十五年。甲午戰爭於一八九四年爆發，可知這是一個古老年代的故事。該年四月九日的夜晚至翌日，東京發生了名為神田大火的火災。依據當時的報紙記載，從神田竄出的火苗延燒了整整兩天，使得四千百餘戶民宅付之一炬。

那時還沒有打開水龍頭就會流出經過消毒的自來水；近代下水道亦尚未完成，街上也要到二十年後才有汽車行駛。一旦發生火災，必須出動載著抽水泵浦的大八車[1]，從河中或是水溝中汲水滅火。

火勢一旦蔓延，就無法輕易撲滅。滅火之前，阻止進一步延燒是首要工作。為此，必須毫不猶豫地破壞火勢還沒有波及的建築物。即使如此，仍然可能因為風勢助長，導致火苗竄燒。

1 江戶時代使用的一種專載重物的木製推車。有了該車，一人可以做相當於八個人的工作，因此得名。

提起明治時代的東京，大家或許會聯想起紅磚建造的歐式建築，但這只是一小部分特例，大部分歐式建築都是在木造房子外牆漆上漂亮的油漆而已。一旦發生火災，很容易釀成大火，整個區域都會燒成一團。建築和破壞這兩個要點，大概就形成了江戶時代吧。

神田大火延燒了兩天，除了向北跨越了神田川，擴散到淺草一帶，更蔓延至南側的日本橋方向。

每次發生火災，必然會有看熱鬧的。

這場大火發生時，麴町區的九段坂上立刻成為看熱鬧的最佳地點之一。這裡不僅可以眺望神田一帶的高地，而且位在上風處，不必擔心火勢波及。在視野極佳的堤防上，一群看熱鬧的男人好像串鈴般的排在一起。

當時，東京府東京市分為十五區，市區相當於目前的山手線內的區域。大致而言，現在的一區相當於當時的兩區。麴町區位在皇居（宮城）附近一帶，和神田區一起，相當於目前東京都千代田區。

九段坂是位在宮城北側的高坡，招魂社（靖國神社）就在馬路旁。當時的坡道坡度比現在還陡，附近沒有高樓建築，離海也很近，據說站在山坡上就可以遠眺東京灣。

神田大火的第二天早晨。

一個年輕人加入了九段坂上看熱鬧的人群。他身穿漂白布衫、細筒褲，外罩短褂，上半身十分強壯，一看就知道是苦力。今天早晨，他離開位於市之谷町監獄附近的大雜院，原本打算去番町的道路修補工地，一看到發生了火災，立刻改變了主意。他猜測其他苦力也不會去上工，於是就擠進人群。

他從市谷見附慢慢走到九段坂上，發現已經擠了兩、三排的人。圍觀民眾中只見身穿外褂和裙褲裝者，卻不見身穿西裝的人，可見大部分都是社會底層的人。

「借過一下，讓我也見識見識吧。」

苦力用寬闊的肩膀為自己開路，不由分說地擠進最前排。

「危險啦！」

「擠什麼擠！」

人群中頓時響起一陣叫罵，但是看到年輕人厚實的胸膛，個個都閉了嘴。苦力擠到堤防邊緣，看到眼前的一片光景，樂不可支地吹了一聲口哨。

「哇塞，簡直是絕景嘛！」

四月初旬清晨的天空下，首都原本應該呈現出悠閒的景象。這裡左側是上野高地，右側是宮城的樹林，正面從神田到日本橋一帶的低窪地區，是一整片櫛次鱗比的房舍和商店……。

然而，這天眼前所看到的彷彿是一幅塗滿紅色和黑色顏料的畫。低窪地區完全籠罩在火焰和濃煙中，宛如一幅地獄圖……。火苗掃過的內神田已經變成了一整塊燻黑的焦炭，附近的日本橋、淺草一帶不時冒出夾雜著紅色和黑色的濃煙。

看到熊熊大火的景象會令人情緒高漲，事實上，這些圍觀人群正議論紛紛。

「已經燒到今川橋下了吧？看這情形，恐怕會延燒到濱町。」

「藥研堀的情況怎麼樣？不知道有沒有危險，我有親戚住那裡。」

人們交頭接耳，竊竊私語著。

「燃燒吧燃燒，讓整個東京都燒起來！」

也有人唸唸有詞。

「太好了，燒得越旺越好……」

這句話是苦力說的。

火災後需要大興土木，即使像他這種沒有專業技術的苦力也會供不應求，薪水自然會水漲船高。只要不是自家著火，他希望天天有火災。即使目前所住的大雜院燒起來，只要拍拍屁股逃出來就好。如果可以領到救濟金，還等於是賺到一筆外快。

「啊喲，阿伯，不好意思。」

他挪動身體調整姿勢時，左肩不小心用力撞到身旁男人的後腦勺。一身人力車伕打扮的中年男人立刻轉過身，他眼睛下方的眼袋都垮了下來，還有很嚴重的黑眼圈，卻有著和職業不相符的銳利眼神。車伕和苦力四目相接，但他隨即轉過頭。

對方的眼神太令人印象深刻，苦力忍不住在一旁打量著車伕。

車伕身穿印著藥材批發行名字的短單褂、腹兜和細筒褲，一身車伕專用打扮，像兩條細棒的雙腳上穿著已經脫線的深藍色布襪，和像馬的飼料草般的草鞋，雙手拿著平時戴在頭上的平頂斗笠。他脖子右側有燒傷的痕跡，皮膚揪成一團，可能以前曾經遭遇火吻。

那個年代，從一個人的穿著打扮可以大致猜出他的經濟狀況。眼前這位老兄，無論對他威脅恐嚇，還是拍馬奉承，都不可能讓他請喝一杯酒。

苦力興趣缺缺地再度將視線移向神田的方向，觀望了一陣子，突然靈光乍現。

聽說盂蘭盆節時，地獄之門將會打開。以黑色廢墟為中心，周圍一片大火和濃煙的神田一帶，簡直就是在東京這片土地上張開了黑色的地獄之門。

苦力大悅，很想把這個想法告訴別人，他將視線移回身旁的車伕身上，發現他把微禿的後腦勺對著自己，獨自一個勁兒地看著和眾人不同的方向。

他在看什麼？

苦力感到好奇，順著他的視線望去，發現那裡是上野森林的後方。和火光熊熊的可怕景象相反，放眼望去，四月春日的蔚藍天空下，是一片鬱鬱蒼蒼的樹林和好幾層寺廟的屋瓦。車伕好像中了邪似地，目不轉睛地盯著那個方向。

「阿伯，你在看什麼？」

車伕回頭瞥了苦力一眼，用沙啞的聲音答道：

「沒什麼，我好像看到那裡在冒煙。」

「煙？」

喔？那可是大事。

苦力興奮地在上野樹林的方向尋找新的火種。如果上野和谷中一帶燒起來也不壞。

然而，無論他再怎麼仔細看，也沒有看到火苗。

「阿伯，在哪裡？」

苦力焦急地問道，車伕用不太有自信的聲音回答：

「兩個塔中間那裡，好像有……」

所以，是在上野櫻木町那一帶嗎？

然而，苦力只看到冒著嫩葉的樹梢和小鳥。

「到底在哪裡？根本就沒有煙嘛。」

「不，我剛才真的看到了。」

「這個時間，該不會是炊煙吧？」

苦力說完，咂了一下嘴說：「真無趣。」

清晨七點，正是炊煙裊裊的時候。

「已經燒到十軒店了。」

有人叫了起來。

火勢已經延燒到日本橋本町附近，十軒店就是附近的人偶批發街。

「啊喲。」

苦力叫了一聲，再度將視線移回火災現場。不知道是好奇，還是終於放棄，車伕也看著相同的方向。火勢仍然猛烈，火苗越竄越高。

苦力沉醉地看著火勢，看著前方，對車伕說道：

「這個景象是不是很像地獄……啊喲！」

有人用力撞到了苦力，苦力搖晃了一下，猛然轉頭對身後怒吼：

「不要推，很危險！」

他完全忘記前一刻自己也是這麼推擠進來的。

當苦力轉頭看向前方時，十分在意身旁的車伕在幹什麼。沒想到他又把後腦勺對著苦力，這次看向南方。

「阿伯，怎麼了？你又看到什麼？」

「這次是日比谷那裡。你看，就在那裡！」

「日比谷？」

苦力看著車伕手指的方向。

「在哪裡？」

「就在那裡，那裡！那裡有白色的東西在閃……！」

他手指著內護城河堤防前方，霞之關到虎之門的方向。苦力順著他手指的方向定睛望去。

那裡空無一物。

「……根本什麼都沒有。」

「我剛才真的看到了。現在……什麼都看不到了……」

苦力往那個方向看了好一會兒。然而，那裡沒有火苗，也沒有濃煙。

「我就說了，應該是炊煙。」

「炊煙？……不，不，才不是。」

苦力漸漸感到毛骨悚然。而且，從車伕的用字遣詞可以大致猜到他的來歷，他絕對不是普通的車伕。

「阿伯，不好意思，我要走了。」

苦力說完，正想走下堤防，車伕的身體在他身後抖了一下。

「你看，這次是在那裡，那裡！」

車伕說著，抓著苦力的肩膀。

「阿伯，痛死我了！」

苦力渾身發毛地甩開車伕骨瘦如柴的手。

「別再說了，你在做白日夢。」

苦力撥開人群，沿著原路往回走，回頭看了一眼背後的人群。站在最前排的車伕正指著溜池對面麻布那一帶的方向，仍然可以隱約聽到他嘴裡唸唸有詞。

苦力回到九段坂，朝地上吐了一口口水。

「簡直是在做白日夢！」

那天傍晚，一位長期外出、正準備回到住處的六十多歲隱居老人走在牛込的坡道上。

老人以前在日本橋本材木町的批發行工作，這次聽到大火的消息，立刻隻身前去支援。今天在那裡忙了一整天，正準備回家。連續燒了兩天的大火即將撲滅，內神田被燒得化為一片灰燼，所幸日本橋區的損失受到了控制。

老人所走的那條熱鬧的坡道中途，右側有一條往下走的坡道巷弄，他家就在巷弄的盡頭。他雖然不服老，但還是感到疲憊不堪，就在通往分岔道的路口停下來歇歇腳。正在這時，身後嘎啦嘎啦響起一陣嘈雜的車輪聲。

又發生什麼事？

車輪急促的聲音令老人有一種不祥之兆，他趕緊回頭往下看，並尋找聲音的方向。一輛空車爬上坡道。車伕戴著一頂平形斗笠，看不清楚他的樣子。

應該是年輕人因為火災而感到興奮吧。

老人自圓其說地轉過身，聽著後方的車輪聲，再度邁開步伐，走向巷弄的下坡道。車輪的噪音已經來到路口的位置。

下一剎那，老人一腳踩空，差一點跌倒在地，背後突然有人用力抓住他的肩膀。他大吃一驚，回頭一看，戴著平頂斗笠的車伕瘦骨嶙峋的手抓著地，車子停在身後。

「你要幹嘛？突然跑過來，想嚇死人嗎？」

老人怒斥車伕，隨即發現對方的樣子不同尋常。斗笠下是一張五十歲男人的臉，他的雙眼暴出，臉上滿是汗水和塵土。

「這個坡、這個坡叫什麼名字？」

「什麼？」

「這個坡的名字，這個坡叫什麼名字？」

「你是問這個坡道的名字嗎？」

看到對方認真的樣子，老人認為不要違抗為妙。而且，極少有人知道這個坡道的名字，住在這一帶的人都叫「岔路」，其實這條坡道有正式的名字，只是早就被歷史遺忘了。老人在隱居期間，翻閱了許多江戶時代的舊地誌，所以才會知道，他為自己知道這條坡道的正宗名字感到驕傲。老人清了清嗓子，神情嚴肅地說：

「很少有人知道這個坡道的名字，不過，我告訴你，就叫做三年坂[2]。」

車伕一聽到這句話，即刻向後退了一步，又一步，彷彿聽到了什麼可怕的名字。

「你還好嗎？好像……」

車伕對老人的話充耳不聞，自言自語道：

「果然是三年坂……」

「果然？果然什麼？」

老人的話無法傳入車伕的耳朵。他的視線看著後方遙遠的坡道下方，好像被什麼不尋常的東西附身了。

車伕手指的那個方向。

「你、你可以看到那個嗎？」

「那個？」

老人順著車伕的目光，回頭看向背後。暮色中，昏暗的坡道在狹小的岔路向下延伸。

「你說的那個是什麼？」

老人彎著腰，凝神注視下方。除了自己以外，並沒有其他行人的坡道似乎很平常，但又似乎隱約感受到某種動靜從昏暗中爬了過來。

車伕向他低聲說道：

「可不可以告訴我，這一切都是夢嗎？我是在這裡遇到火災，又看到那個了嗎？」

（二）

母親年輕的時候，皺紋還沒有刻進她曬黑的皮膚，那時她經常說些古老的故事給實之聽。那是有關於他父親名字的故事。

你父親以前叫橋上一之助大人。那時，他家在城堡旁，目前已不復見的石橋附近。橋上的人家，世世代代都擔任作事奉行[3]，負責興建橋樑、道路和建築物等工作。

---

2 坂為坡道之意。

3 「作事奉行」為鎌倉、室町和江戶幕府的官職，負責殿舍的建造、修理等建築工程。

母親每次都是在晚餐後，全家一起做家庭代工時，從這裡開始說起。

家庭代工的工作基本上都是從棉屑中撿棉線。外祖母坐在地爐前，母親坐在廚房的地板上，大家都有自己固定的位置。實之幾乎都坐在外祖母旁邊，手腳俐落地完成分給自己的配額，但有時也會坐在母親身旁。這時，母親就會告訴他以前的事。為了節省，家裡總是把油燈的燈芯捻得很細。母親很有士族姑娘的架勢，挺直腰桿，在昏暗油燈下神情專注地看著手上的棉線娓娓道來。

一之助大人總是衣冠楚楚的走在城外，從一個私塾到另一個私塾。那個年代和現在不同，沒有正式的學校，大家都是用這種方式學漢文和算術。當時，這個內村家的房子剛好在其中一個私塾，由德高望重、專門教漢詩文的高田老師所開的私塾途中。我經常從窗櫺裡往外張望，曾經好幾次看過一之助大人經過。

實之眼前浮現一個畫面。

以前的城樓建在S市中心的高地。小小城樓的白色牆上有許多黑色的武家窗[4]，但實之只從照片上看過而已。因為廢藩後不久，城樓就被拆掉了，只留下內側的護城河。後來又說新時代不需要這種高地，剷除了大量泥土後，使原本城樓所在位置的高地變低。如今，在隱約殘留高地痕跡的土地上，建了不少縣廳分廳這些乏善可陳的木造建築物。

橋上家的宅第坐落在相當於城樓外廓的高地上。清晨時分，城樓的白色背景前，年僅十幾歲的父親一之助彎著腰，從被黑松樹枝覆蓋的宅第大門旁的小門裡鑽出來。因為是德川時代的事，少年應該身穿裙褲，背上插著兩把刀，手上提著包著書本的包裹吧。

實之從來沒有見過父親，連他們夫妻拍過的唯一一張紀念照，母親也沒有帶在身邊。實之有一個比他大五歲的哥哥。但他從來沒有問過，自己和哥哥到底誰比較像父親。他總覺得哥哥應該更像父親才對。

他想像中的父親應該是這樣——眉頭輕蹙，雙眼定睛直視前方，以一定的速度走路。不論是低頭看著書上的字；或坐下、站起時，動作都十分俐落。轉彎或停下腳步時，也沒有任何多餘的動作。

當時，內村家雖然是藩士，卻是最低等級的武士，而且家境十分貧窮。再加上自從黑船來航事件[5]後，一下子要在河口建造砲台；一下子又要張羅其他的事，城樓裡的人都忙壞了，發放米的日期經常延滯，內村家的日子越來越困頓。

4又名窺窗，是一種黑色直條木格窗戶，專門用於城樓和武家住宅牆上。

5一八五三年，美國東印度艦隊的四艘軍艦駛入江戶灣口，以武力威脅幕府政權。由於船身都塗成黑色，故稱之為黑船來航。

我的哥哥，也就是你舅舅在你這個年紀的時候已經外出打工賺錢。他用毛巾包著臉去做木工或是燒磚的工作，完全不像是武士的兒子。雖然我們家家境清寒，但我經常暗自希望哥哥可以像一之助大人那樣讀書。

其實，我哥哥和一之助大人是朋友。我哥雖然沒機會讀書，但跟著當時的流行，經常去道場走動。聽說他就是在那裡和一之助大人成為好朋友的。當時，京都正為了幕府決定要將大政歸還給天皇的事，鬧得沸沸揚揚。

不久，當時正在自己領地的藩主去了當時還名叫江戶的東京。橋上家卻偏偏在這時發生不幸。一之助大人的父親，也就是你的祖父突然身亡。他在城內評鑑後走回家裡，突然像是熟睡般失去意識，就再也沒有醒來。可能是為了整個藩的未來操勞過度致死吧。

於是，獨生子一之助大人立刻成為藩士，名字也改成代代相傳的隆左衛門。

橋上一之助便有了橋上隆左衛門，這個極其迂腐的名字。

實之第一次聽到這個故事時，還以為是遙遠國度的童話故事。在了解很多歷史後，才不再有荒誕離奇的感覺。然而，在決定開國和親政策[6]，全日本迎接新局面的明治元年（一八六八），不知道成為第幾代隆左衛門的父親有何感想？

一之助大人成為隆左衛門後，必須一直留在東京，於是決定在老家迎娶妻子後再前往。我並不清楚事情的來龍去脈，總之，最後是我雀屏中選。後來才知道，一之助大人之前就注意到經常坐在窗前的我。

現在回想起來，如果德川大人的時代是太平盛世，我根本配不上他。不過，在那樣兵荒馬亂的年代，也就不太在乎門當戶對了。

之後，母親說的內容很不完整，歸納起來如下。

明治元年，父親年滿二十二歲時繼承父業，娶了十七歲的母親後，把母親留在老家，隻身前往東京。當初約定等父親安定以後，就把母親接過去，但父親在已經改名為東京的江戶，住了一年後，實施了版籍奉還[7]，擔任知藩事這個新職務的藩主成為天皇的家臣，可以回老家處理藩政。追隨藩主的父親也跟著一起回到家鄉，在橋上的宅第和母親展開了新婚生活。

關於隆左衛門時代的父親，母親曾經這樣說過。

我對他還是一之助大人時代的印象太深刻，所以覺得你父親在江戶住了一年以後回

6 日本決定開國，和歐美各國建立友好關係。
7 這是廢藩政策的第一步。明治二年時，各藩主將其領地和人民歸還給天皇。

來時簡直判若兩人。他經常喝得酩酊而歸，也完全不碰書本。總之，我覺得他變得非常輕浮，或許是因為環境的因素吧。但跟之後的改變相比，那時候多多少少還有些一之助大人的影子。

實之認為，那個時候母親還很幸福。每次說到這裡，向來不苟言笑的母親表情會稍微柔和下來，語氣也稍微加快。

兩年後的明治四年（一八七一年）實施了廢藩置縣的政策。藩已經不存在了，取而代之的是中央集權統治的縣。藩主住在東京，成為年收入受到保障的華族[8]。藩士卻因此無法繼續支領家祿[9]。實施秩祿處分後，藩士雖然領取了金額相當於幾年年俸的離職金，但也從此失去了世代相傳的職業。雖然各藩士生活困苦的程度和完全失業時期略有差異，但所有藩士都失去了賴以為生的經濟基礎。

於是，父親改了第三個名字。

有一天晚上，你父親喝得大醉，很晚才回家。一進門就對我說：

「喂，阿春，我明天開始改名叫隆。」

當時，「隆」這個名字很罕見，我記得自己對他說：

「隆嗎？好簡單的名字。」

你父親在老家的藩廳繼續做了一陣子交接的工作。最後，我們賣了橋上的祖產來到東京。你父親可能記得我之前說他的名字很簡單這件事，當你哥哥出生時，他左思右想，最後決定取「義之」這個名字。

「真是一個好名字。」

聽到我這麼說時，你父親笑得很開心。

廢藩後不到兩年，父親就沒了工作。根據前後的情況來判斷，父母是在明治七年（一八七四年）一起來到東京。當時父親二十八歲，母親二十三歲。

他們住在舊藩邸的大雜院，聽說在麴町區的赤坂溜池附近。雖說是大雜院，其實是藩主大宅內靠圍牆的一幢差不多門面七公尺寬的獨門獨院房子。雖然父親已經不在藩主家工作，但那時藩主還是會照顧以前的藩士，所以不需要付房租。

三年後，發生了維新後最大的內亂西南戰爭。在此之前，誰都無法預測未來會如何發展。所以，全國各地失去工作的士族，就像父親的橋上家或母親的內村家一樣，對新時代深感不滿。

曾經擔任維新主要戰力之一的鹿兒島縣士族集體離開新政府，蟠踞家鄉這件事成為

8 根據日本舊憲法，皇族之下，士族之上的貴族有特權身分，一九四七年後廢除。

9 藩主支付給家臣世襲性的俸祿。

推動西南戰爭的決定性一環。許多人認為藩和武士即使無法回到以前的時代，但或許可以在某種程度上復活。那就是所謂的「士族叛亂」和「自由民權運動」的時代。

實之的母親在東京住了六年。雖然住了六年，但母親從來沒有提到文明開化、壽喜燒或是火車的事。

每次提到東京，母親就會重複以下的話。

當時的東京禍亂相踵，小偷和強盜橫行。聽說人口大量減少，城裡一下子變得冷冷清清。我整天都守在大雜院裡，很少出門，不知道外面的變化。但我還是有幾次出門的機會。當時，我所看到的幾乎都是這樣的東西。原本的藩主宅第變成了一片原野；有的好像變成了鬼屋；還有的變成了茶田和桑田……。我記得當時在想，這就是所謂的「國破山河在」吧。

當時，母親完全不知道已經改名為橋上隆的父親到底從事什麼職業。他每天早出晚歸，每個月會拿一次生活費回來，但他從來沒有告訴母親，這些錢到底是做什麼工作的報酬。是秩祿處分？或賣掉老家祖產的房子所得的錢。只是那段日子衣食不缺，家裡也有丫環和女傭，生活得以維持士族的體面。

哥哥在明治九年（一八七六年）出生。從那時開始，父親很少回到舊藩邸的大雜院，拿錢回家的次數也越來越少。

不久之後，發生了西南戰爭。沒想到新政府的平民軍在短時間內，便平定了鹿兒島縣士族。於是任何人都清楚地看出，時代絕對不會倒退。

從那個時候開始，父親不再拿錢回家。當時，母親本身也有儲蓄，但在母親用完積蓄後，生活頓時陷入困頓，家產也被父親花用殆盡。

即使如此，父親每個月還是會回來一次，偶爾會帶回一大筆錢。父親每次都用這些錢叫了一大桌酒菜，心情大悅地催促母親：「來，快吃，快來吃！」自己則不停地喝酒。

你父親的工作好像和報紙有關。

這句話不是母親說的，是外祖母告訴實之的。外祖母從來不說一句父親的好話，每次提到父親，都充滿不屑的語氣。但其實外祖母也不清楚詳細情況。

實之在學校讀到維新那一段歷史後，大致猜出幾分。所謂「報紙」應該是指西南戰爭後，全國各地盛行的自由民權運動。鹿兒島縣和山口縣的一部分士族，聯合不甘被新政府掌握主導權的其他府縣出身的人，開始在報紙上發表言論，組成了反政府的陣營。這項運動和承受沉重稅賦之苦的各地農民結合，逐漸發展為秩父事件等地方暴動。等這些運動漸漸平息後，日本才終於走向安定。內閣成立，頒布憲法，議會開議，終於發展到如今的面貌。

橋上隆和母親的生活在明治十二年（一八八〇年）四月畫上了句點。之後獲得子爵封號的藩主不願意繼續照顧舊藩士的生活，要求他們搬出大雜院。使他們原本已經一貧如洗的生活雪上加霜，成為壓垮駱駝的最後一根稻草。

接到通知的幾天後，父親剛好回到大雜院。夫妻兩人商量後，母親做出了決定——和父親分居，自己搬回娘家。當時，東海道線還沒有開通，母親帶著四歲的哥哥搭上了前往神戶的蒸氣船，之後輾轉搭人力車，回到了在維新後改名奈良縣N町的娘家。

這時發生一件料想不到的事。母親返鄉時，居然已經身懷六甲。於是，實之在翌年的明治十四年（一八八一年）二月誕生。

母親的父親，也就是外祖父為重回娘家的女兒所生下的兒子，取了實之這個名字，可能是顧慮到要取和長子相似的名字吧。但他從來沒被叫過橋上實之，從一出生開始，就姓內村。

母親寫信到舊藩邸的大雜院，通知父親生下次子的事，卻沒有收到父親的回信。藩邸已經被拆了，母親寄出去的所有信件都因為「查無此地址」，而被退了回來。諸侯宅第恐怕那時已經在東京這片土地上消失。

從那個時候起，江戶真正蛻變成東京。

拋妻棄子的父親，是否在獲得新生的東京，展開了新的人生？

事實上，他們連他是否還活在世上，都不知道。

（三）

神田大火六年後的明治三十一年（一八九八年）。

東京名為本鄉春木町的地區本是一個鬧區，大街上餐廳和商店林立，三月二十三日，這裡發生了一場「大火」。

這場大火燒毀了一千四百七十八戶，造成兩個人死亡。據說當時上野剛好也發生了火災，消防隊正在上野救火，導致火勢延燒擴大。

雖說是「大火」，隨著年代逐漸接近二十世紀，即使發生火災，也很少會整個區域完全燒毀，這場「本鄉春木町大火」的燃點一帶雖已全數燒毀，但其實只佔本鄉區的一小部分而已。

話說大火翌日清晨。

到處冒著縷縷輕煙的火災現場已經變成沒有房屋、也沒有巷弄的一片廢墟。但路口到處可以看到佩劍警官巡邏的身影。因為當火勢平息後，居民紛紛重返自己的家園。

一無所有的大雜院居民只要順利逃出，如今在救難住所，有免費的飯糰可以吃，就感到心滿意足。但有家眷的人，或是家境尚可的租屋人就不一樣了。他們想可能有些家產僥倖逃過一劫；也有些人事前把細軟藏在泥土倉庫或是地窖裡，所以怕有人趁火打劫，都會想趕在小偷來之前，回家清理家園。

這條街上有一家名叫「春木座」的劇場。三層樓高的劇場美輪美奐，還有著希臘式的三連拱形窗戶。這棟房子沒能躲過一劫，在大火中化為烏有。重建後，改名為「本鄉座」，成為新劇[10]的大本營，是相當有名的劇場。

如今，佔地五百坪左右的空間化為一片焦土，燒得焦黑傾斜的柱子林立。天花板掉落的殘骸散落一地，大量泡了水的灰燼和木炭，看起來簡直就像是黑色的沼澤地。有三個男人正看著這片淒慘的景象說話。

其中兩個人似乎是災民，穿著到處都沾到黑炭的棉袍，其中一個手上拿著燻黑的畫框，另一個人手上拿著柱子，腳下放著好幾個一半已經焦黑的行李。旁邊丟著一條毛毯，顯然是半夜就回來這裡駐守。

另一個三十多歲的男人身穿西裝，不停地在筆記本上寫著什麼，他似乎是報社記者。

那個看起來像是記者的人挑著眉毛，難以置信地問：

「火球嗎？」

手拿柱子的年輕男子語帶憤慨地回答：

「真的。啊，你一定不相信吧？那我來告訴你詳情。聽好囉！火災那天晚上剛好輪到我值班，但我沒有睡，在打花牌。半夜三點左右，我突然覺得飢腸轆轆，就去路邊攤吃什錦鍋燒。大馬路那裡有一攤什錦鍋燒一直賣到天亮，我吃完回來時，就看到了。」

手拿畫框的同伴接著說道：

「那是個拉車的，拉車的。」

記者瞥了他一眼，立刻低頭記錄。他一邊寫，一邊用平淡的語氣問：

「拉車的？不是火球嗎？」

「先是聽到本鄉路上傳來嘎啦嘎啦的聲音，是人力車、人力車的聲音。而且是空的人力車，只要聽聲音就知道了。我在路邊攤的時候抬頭張望了一下，發現是從大學那裡往春木町的方向走的。」

「這和火球有什麼關係？」

「之後，我們回來劇場時，又聽到遠處傳來嘎啦嘎啦的聲音。那不是大馬路的方向，而是從春木町或是金助町那一帶的巷子裡傳來的。我們走進劇場前那條路時，我還在想，車伕可能是住在這附近吧。結果就看到那個了。」

手拿柱子的男人按捺不住地插嘴說：

「沒錯，我親眼看到的。火球，是火球喔，但不會很大，微微懸離地面，咻、咻地竄來竄去，好像有生命一樣。我看到三團火球，各走各的，一轉眼就不見了。」

記者停下記錄的筆，抬起頭。

「但起火點並不是在這裡，聽說是更靠近湯島那邊。而且警方說，應該是油燈引起的。」

畫框男斬釘截鐵地說：

10明治末期，吸收了西洋戲劇特色，反映近代生活的戲劇。

「不，絕對是那個拉車的在操控火球。同一時間，上野不是也發生火災了嗎？他應該是從上野繞到駒坂後，再來這裡，為了避免遭人懷疑，才故意繞遠路。」

「你們是說，那個拉車的男人用火球縱火，……是這個意思嗎？」

「我就知道你不相信，而且完全不信。」拿著柱子的男人說。

「不，不，姑且不論火球的事，車伕的事很有趣。」

「對吧？但火球……」

記者不理會他。

「六年前，神田大火時，曾經有過這樣的傳聞。聽說有一個車伕好像發瘋似地拉著空車在東京街頭狂奔。更早之前，明治十四年那陣子，到處發生大火時，也有人說是一身車伕裝扮的人到處縱火。」

那兩個男人互看了一眼。

「總之，」記者繼續說道，「每次大火，都會出現類似的目擊消息，之後還會說，這是意圖把東京變成一片火海，顛覆政府的大陰謀。」

翌日下午。

距離本鄉春木町不遠的東京帝國大學工科學院建築系教室內，幾名學生圍在教授身旁舉行茶會。教室的桌子上都架著製圖台，六名學生將椅子排成圓形坐在教室中央，各人手上拿著紅茶杯，正聚精會神地聆聽坐在中央的教授說話。

教授身穿西裝，鼻下留著花白小鬍子，一派神閒氣定的紳士風度。他心情愉快地瞇起眼睛繼續說道：

「……幸好你們沒有人在火災中受傷，萬一火燒進大學，可就大事不妙了。我趕緊衝到學校，有太多的書和資料想要搬了。城市重建時，正是我們建築系的人大顯身手的機會，但如果連我們自己的地盤都被燒個精光，那就真的是欲哭無淚了。」

學生紛紛點頭，也有人露出微笑。當時的帝大學生相當於之後的研究所學生，所以年齡大約都二十出頭。

其中一個年輕人戴著深度近視眼鏡，他眉頭深鎖，臉上沒有一絲笑容，向教授問道：

「老師，關於火災重建的問題，您認為這一帶日後將會如何改變？」

教授瞥了一眼戴眼鏡的年輕人。

「日後的改變必須取決於當地居民。」

「這意味著，這一帶有可能變得更糟糕囉。」

教授蹙了一下眉頭，仍然保持平靜的口吻說：

「政府當然會有某種程度的規範。但因為這些土地是私有的，要怎麼改建是地主的自由，這也是文明國家應有的態度。」

戴眼鏡的年輕人性急地繼續說：

「我認為從湯島到本鄉一帶應該更有文化氣息。乾脆由大學統一徵收這一區的土地，以大學作為主體，建造公園和公共設施。」

教授停頓了一下，發出笑聲。

「哈，哈，原來如此。原來這是從不玩樂的內村同學的希望。這麼做，帝大學生可能不會有啥意見；但是一高的學生卻不會默不作聲喲。因為春木町這一帶本來是玩樂的好去處。」

戴著眼鏡的年輕人，也就是內村，紅著臉低下頭。

一高是指第一高等學校，是帝大的下一級學校，地點就在帝大旁邊。

「像是劇場、說書場，還有壽喜燒店，至少必須允許這些建築重建吧。」

一個四方大臉的年輕人喜孜孜地發言。他的言行舉止很從容，但似乎是為了刻意掩飾內心強烈的野心。

「……不過，最後還不是又變回原來的樣子。反正之前的樣子也不至於太糟。」

其他學生立刻揶揄道：

「之前的樣子不至於太糟！河田，你經常在那裡出沒，還真敢說呢！」

大臉河田依然保持悠然的態度，不加思索地反駁道。

「什麼經常在那裡出沒，你也太誇張了。比起你，我遜色多了。」

教授再度開口。

「從都市計畫的角度來說，很希望可以利用這個機會把道路拓寬。我之前也曾經說過，民間很快就會實現讓電車在大街上行駛的計畫。恢復以往的樣子固然也不壞，但如果在重建完成後，再重新整修道路，不是會多費工夫嗎？」

學生都點頭稱是。時代進步了，電車即將出現在東京街頭。每個學生臉上都露出欣喜的表情。他們覺得自己正參與設計東京的未來。

只有那個名叫內村的學生仍然一臉擔憂。

「但是可以禁止妓院嗎？如果完全遵重地主的自由，可能到處都會建成大雜院，最終淪為貧民窟。學長，我說的沒錯吧？」

內村叫著坐在和其他學生有一小段距離的年輕人。那名年輕人輕輕點頭後，第一次開口。

「內村，這個情形的確很令人擔心，但我相信東京市府應該會充分注意到這個問題。內務省也正在積極的驅逐貧民。老師，對嗎？」

「對啊，這所謂的驅逐貧民問題……」

教授閃爍其詞，連同杯盤一起拿起紅茶喝了起來，但他的視線悄悄集中在幾名學生身上……。

下課後，內村和河田併肩走在紅磚校舍之間。

「春木町應該建設成公園或是高樓區，把以前的居民全部遷移到郊區。兩、三年後，當電車在市區行駛，這一切完全可能成真。」

內村的眼鏡反射著夕陽。河田瞇著眼瞥了他一眼，慢條斯理地回答：

「的確沒錯，但日本人向來對自己出生的土地很執著。而且，發生火災後，也可以利用這個機會做其他的生意啊。」

「正因為這樣，東京才會慢慢變成毫無計畫的雜居城市，難怪外國人看了會驚訝地問，這裡是首都嗎？東京應該徹底整頓，有一國之都的樣子。」

河田不置可否地笑了笑，轉移了話題。

「對了，你找到父親了嗎？你上次不是說，很快就可以找到他？」

「……唉。」

內村猶疑了一下，「我確實查到不少資料，但始終沒見到他。或許他已經不在東京了吧。」

「……是嗎？真遺憾。」

河田露出同情的表情，緩緩點頭。

「不過，你也不用太難過，反正是他先拋棄家庭的，不是嗎？」

內村沒有說話。兩個人默默地走著。夕陽西沉的陽光在樹木中若隱若現，為兩個人的臉龐在昏暗中染上一抹紅色。

過了一會兒，內村才語氣沉重地說：

「……有一件關於我父親的趣事。當年拋棄我們的父親竟然在東京寫了一本書。」

「寫書？真厲害。」

「正確地說，其實是一份原稿。……而且，我父親在這裡另組家庭。」

「另組家庭？」

「……對，他有一個女兒。不過，我父親後來好像也拋棄了她們。」

「又一次拋棄嗎？真過分。」

內村看著河田欲言又止，隨即轉頭看著前方，繼續說下去。

「那個女兒目前生活陷入困境。所以我在想，乾脆把他那份手稿買下來留作紀念。」

「很好啊，你不需要付很多錢。不過，那份手稿到底是寫些什麼？他以前是士族，又當過記者，難道是寫民權？或者亞洲的概略？」

內村沒有回答，他停下腳步。一旁的河田也跟著停下來。

夕陽很紅，像火一樣的紅。

「對了，河田，你知道嗎？聽說這次的火災，是人為縱火。」

「嗯。」

河田點點頭，瞥了內村一眼。

「聽說和六年前的神田大火一樣，都是一個拉車的縱火呢！」

三年坂 1

（一）

本鄉春木町大火一年後，明治三十二年（一八九九年）八月二十一日，奈良縣S市。

這個城市沒有鐵路，所有的物流都靠水運。市區地處盆地，中央有一條河，聚集了來自後方山脈的水源，在那裡分流的護城河，流向縣廳分廳和市公所所在的丘陵地區。山丘北部的河岸一帶是批發街，白色牆壁和葺瓦屋頂的倉庫林立，每幢房子都設置了石階，可以從建築物直接走到河岸。

其中有一家薪炭批發行。從河岸邊稍微往裡走一點，就可以看到一棟塗成黑色的土造倉庫，那裡就是內村實之夏天打工的地方。

實之今年十八歲，身高將近一百八十公分，肩膀很窄，雙手雙腳卻很長。如今，他正彎身坐在舖在地上的草蓆上，右手拿著鐵鋸前後拉動著。

嘎吱、嘎吱。

他用鐵鋸鋸出一道痕跡後，再用鋸柄敲一下。

噹。

木炭接二連三地折斷，切口都很整齊。

他正在把明天零售出貨用的兩大袋備長炭，鋸成可以直接丟進爐灶使用的短條炭。他一邊做事，一邊心不在焉地想著。

這明明是和歌山田邊的特產，為什麼叫備長炭？

他在這裡工作之前，就曾經聽說過這種炭，但剛才突然想到這個問題。

難道曾經有一個人叫備長先生嗎？

嘎吱、嘎吱。……噹。

面積不大的作業區內，除了實之以外，還有其他三個年輕人一起工作。他們負責把舢板上的薪柴卸到河岸，或是把準備出貨的木炭袋堆放在倉庫旁的店面。

包括實之在內，每個人都在裸露的上半身外披了一件短褂。鼻子和嘴巴都用毛巾包了起來，以免炭粉吸進肺裡，只露出一小部分的臉上都是炭粉和灰塵，根本連眼睛和眉毛都分不清楚。

可能快下雨了，傍晚時分的空氣十分悶熱，已經流乾的汗水再度滲了出來。正在鋸炭的實之額頭到眼睛的部分變得一片斑駁。

好熱，但是……。

當實之擦完流進眼睛的汗水時，竟然忘記剛才在想什麼問題。

嗯？剛才到底在想什麼？

他左顧右盼，發現同事阿安站在前面，邊拿著掃帚把炭灰掃在一起，邊抬頭看著河岸道。十六歲的阿安從普通小學畢業後就一直在這裡工作，實之剛來這裡打工時，因為他是學生的身分，曾經遭到阿安的敵視。不過現在他們的關係不錯。

阿安問實之：

「阿實，那個人是你的朋友嗎？」

實之雙手拿著短條炭，回頭看著河岸道。有個身穿中學制服、戴著草帽的小個子站在行人穿梭的街上一臉茫然，好像迷了路。站在舢板這一側的身影好像一根牙籤，淺黃色帽簷下露出同班同學渡部拓也那張神經質的臉。他東張西望，似乎正在找實之。

實之把鋸好的炭放進木箱，猶豫了一下。

怎麼辦？假裝沒看到他嗎？

最後，實之還是站了起來。他拿下毛巾，對著河岸道叫了一聲：

「喂，這不是渡部嗎？」

渡部驚訝地回過頭。

「我馬上就下班了，找我有什麼事嗎？」

或許是看到實之渾身髒兮兮的，渡部不敢走過來，只對他大聲叫道：

「我去你寄宿的地方，他們說你在這裡！」

「你等我一下，我馬上就下班了。」

「好！……但是，內村！你的臉好可怕！」

實之身旁響起一聲「呸！」的聲音。原來是向來排斥學生的阿安朝地上吐了一口痰。

大馬路轉角處，有一家每到冬天就改賣烤地瓜的剉冰攤。

「要不要買冰？」

實之洗完臉，換上自己的衣服後提議道。一直沉默不語的渡部終於有了反應。

「剉冰嗎？好啊。」

渡部買了二錢五厘的草莓剉冰，實之買了一錢五厘的冰水。

「我們要帶走。」

聽到渡部的話，一臉灰鼠色的老闆無精打采地說，帶走玻璃容器要一錢的押金。

兩人一邊走，一邊吃，走進大馬路旁的神社。實之坐在參道兩側的狛犬台座上，渡部坐在他的旁邊。

「你今天也去補習嗎？」

聽到實之的問話，渡部把鮮艷的桃紅色冰水喝完後，才回答說：

「對啊。」

實之和渡部今年都是十八歲，是本市某所中學的五年級學生。渡部目前正在刻苦用功，準備今年夏天報考高等學校。

渡部用辯解的口吻說：

「其實我找你，也不是有什麼特別緊急的事。」

實之把玻璃容器和湯匙放在石台上。

「你該不會是在擔心未來的出路吧？」

渡部顯得有點意興闌珊，一聽到這句話，立刻恢復了往日的樣子。他嘟著嘴說：

「你這麼說很過分耶，我又不是整天都在猶豫。……而且，對不起，打擾你的工作。」

「沒關係，託你的福，我可以提早下班。」

「我嚇了一跳，完全沒想到你會在那種地方上班。」

「我並不是想瞞著你，只是一直找不到機會說。」

渡部從實之說話的語氣中察覺他不想繼續談這個話題，就轉而聊到自己對未來出路的煩惱。

「……今天補習後，老師說，還是去讀神戶的商業學校比較穩當。所以我去寺裡找你，想聽聽你的意見。」

實之的家是位在十五公里外的N町。他讀中學後，開始寄宿在遠親當住持的一家淨土真宗的寺廟。渡部則是S市商人家的兒子。

實之驚訝地問：

「你不是想讀一高嗎？之前還在煩惱要不要將志願降低到三高，怎麼突然要去讀商業專科學校？」

「我的數學不行，成績一直不理想，而且我的腦袋好像越來越不靈光了。」

「還有一年嘛。而且，這種鄉下地方的老師教不好。」

渡部在普通小學、高等小學都是出類拔萃的優等生，進入中學後，成績卻只能維持在中間。他認為自己變笨了，但實之的功課比他更差。

在當時的學校制度中，只有普通小學的四年是義務教育，之後是最長可以讀四年的高等小學、五年制的中學。通常女生只讀普通小學，男生最多只讀到高等小學後就開始工作。舊制的中學相當於現在的高中，國家規定每個府縣只能有一所，因此，就讀的人數相當有限。

學生在中學畢業後，通常都會繼續升學，有多種升學管道。首先是相當於目前國立大學的高等學校，還有陸士（陸軍士官學校）、海兵（海軍士兵學校）、高等商業學校和高等師範等國立學校，接下來才是商業、工業和農業等專科學校。

高等學校中，一高，也就是第一高等學校在東京，二高在仙台，三高在京都。高等學校的入學考試是一道窄門，但三年畢業後，可以直升帝國大學。也就是說，當時的大學相當於目前的研究所，所謂入學考試指的是高等學校的入學考試。

高等學校的入學考試科目有英語、數學、國文、日本史、物理化學、博物學（生物）。和目前的高中複試一樣，採取問答題的方式，三月中學期畢業後，七月參加考試。外地學生報考一高到三高時，會在中學畢業後進入東京或京都的補習班，專心用功應考。而且，重考一、兩年的人比比皆是。

當時的貧富差距如下。根據明治三十三年東京的調查報告，帝國議會議員的年收入是兩千圓，相當於目前的一千萬。打零工的勞工平均日薪為三十七錢，一年工作三百六十五天，也只有一百三十五圓五錢而已。（一錢為一圓的百分之一，以目前的價值來換算，一錢等於五十圓。）

在十九世紀末二十世紀初，學歷對貧富差距，產生重要的影響。

聽著渡部沒完沒了的訴說，實之突然感到飢餓難耐。那杯冰水似乎勾起了他的食慾。從這裡走回寄宿的寺廟要二十多分鐘，而且似乎快要下雨了。

「你再好好考慮一下，其實也可以在京都或仙台讀高等學校，反正到最後都可以去讀帝大。如果你去讀商業學校，就沒辦法拿到學士學位了。」

「對啊，但帝大畢業時，已經二十四、五歲。高等學校和大學的學費很貴，需要靠家裡寄錢，況且，能不能回本……」

「這也是老師說的嗎？」

「是我老爸啦。誰叫我們家是開染坊的，滿腦子都是生意經。」

渡部是染坊店的次子，實之經常去他家開的店玩。店面很大，整個染坊有一股濃烈的染料味。水溝裡的水也都是深藍色的，高高的曬衣台上晾滿剛染好的布，幾乎可以用舖天蓋地來形容。

「有什麼關係？即使進不了高等學校，你還可以繼承祖業啊。」

「不行，有我哥在。而且，我老爸說想讓我去外面工作，領月薪，盡可能少花點錢，以後找一份好工作。他就一直說，趁我腦筋還靈光的時候，中學畢業後，去專科學校讀一讀就好。」

渡部用湯匙咚咚地敲著玻璃容器，嘆了一口氣。

「總之，我也想面對現實。以我目前的情況，根本考不進一高或是三高，所以，商業學校也不錯啦。」

「如果明年考不進，後年還可以再考。況且，如果你只唸專科學校，入學考試輕而易舉，根本不需要用功讀書，你不覺得很可惜嗎？」

「不，第一次考不進，以後也未必考得進，並不是每個人都像你哥那麼厲害。」

實之默然不語地看著臉頰通紅的渡部。

比實之年長五歲的義之目前在東京就讀帝大。哥哥從早到晚都在用功讀書，中學的五年期間，他自始至終維持全學年第一名的成績，也一次就考上了一高。實之很清楚自己和哥哥的實力有天壤之別。

「如果你願意和我一起應試，或許對我可以發揮點激勵作用。」

聽到渡部這麼說，實之沒有立刻回答，雙手搖著吃完冰的容器。

「我已經說過很多次，我家的經濟狀況不允許。」

「……對喔。」

實之家沒有父親，靠母親和外祖母種田維生，好不容易才資助天資聰穎的長子就讀帝大，根本不可能供原本成績就不理想的次子繼續升學。母親已經勉強讓他讀到中學，家裡根本不可能有錢繼續供他讀書。所以，他打工賺的錢也有一半必須交給家裡。

「你之前不是說，等你哥哥畢業之後就有希望嗎？帝大畢業以後，領的薪水很高，說不定他可以資助你的學費。」

「他還有兩年才會畢業。況且，這只是我一廂情願的想法。」

「如果到時你再開始用功，不會為時太晚？這段時間你要幹嘛？工作賺錢嗎？」

「也不是啦。」實之吞吞吐吐的說。

即使不必煩惱學費問題，以實之目前的學力，能不能考上國立學校是個很大的問題。總不能在中學畢業後，就整天埋頭苦讀，等待哥哥就職。所以還是得先找份工作。但是，自己能夠在工作之餘，有時間和體力為不知道什麼時候才能應考的入學考試做準備嗎？

「對了，剛才我看到你時嚇了一跳。」

「嚇一跳？喔，你是說我滿臉都是黑炭嗎？」

「你為什麼要做這麼髒的工作？那裡光線又不夠。你辭掉之前當家教的工作了嗎？」

「嗯，對啊。」

之前，實之在當家教，教寄宿寺廟附近一戶有錢人家讀小學的小孩，家教費頗理想。無論在校成績如何，只要是全縣唯一中學的學生，便可以輕而易舉找到家教的工作。然而，他從今年夏天開始在這家薪炭批發行工作。工作時間很長、薪水卻很少。在滿是炭灰的環境下，從早上八點一直做到傍晚六點，日薪只有二十錢而已。這原本就不是中學生賺時薪的工作，通常都是像阿安那樣的人，住在這裡當學徒。

「如果你不介意，可以告訴我，是怎麼一回事嗎？」

渡部一臉嚴肅地問。他向來對自己的事不太在意，卻很關心朋友。

既然被他看到自己工作的樣子，只能把實情告訴他了。實之開始向他說明之前一直沒提的事。

他的舅舅在山裡開燃料店。店很小，員工都是家人，日後準備除了薪炭以外，也兼賣燈油。舅舅之前就一直問他，中學畢業後，要不要在他店裡上班。實之認清現實，知道今年春天，自己中學畢業以後不得不工作，就去找舅舅商量。結果，舅舅介紹他來河岸道這家薪炭批發行當學徒。

「這是在學費有著落之前，暫時的落腳處嗎？」

「我當初是和舅舅這麼說的。」

「所以，你舅舅不幫你出學費嗎？」

「他和你家大人一樣，說做生意不需要讀書。」

「但你家不是士族嗎？」

「這根本沒有關係。而且，他的店只是間開了將近十年的小店，只有兩名店員，所以需要我去幫忙。」

「這麼說，你舅舅一定希望你籌不到學費，即使去應考也考不上，對吧？況且，他可能根本不讓你有時間讀書。」

實之沉默片刻後，小聲地說：

「也許吧。」

其實，他心裡覺得應該就是這麼一回事，所以才會苦惱。當初他覺得無論如何，總比在陌生人手下工作好，所以才選擇投靠舅舅。

「你母親怎麼說？」

「她什麼都沒說，只說如果要繼續求學，就要讀國立學校，她根本不認同專科學校。即使以後我哥願意資助我，如果考不進一高，至少也要進三高，否則根本不可能離家去讀書。」

「好嚴格。」渡部嘆口氣說，「只有這種地方，還維持士族的規矩。」

實之苦笑起來。

母親那張牛蒡臉總是在田裡工作。舅舅不是繫上圍裙扛炭袋，就是敞開衣服喝酒。然而，三十多年前，他們都是武士家的後代……。

「所以，你很有可能一輩子穿圍裙，對著客人點頭哈腰囉。」

「不，在煤炭店變得渾身烏漆抹黑的可能性更高。」

「笨蛋，這樣不是更糟嗎？這和打零工有什麼兩樣？絕對一輩子都會這樣。」

渡部可能是為實之感到氣憤，以更強烈的口吻重複了一遍。

「絕對一輩子都會這樣。」

說完，他把手上的玻璃容器丟向寺廟的圍牆，隨著一聲清脆的破裂聲，容器碎了。

一個看起來像是水泥工的年輕男人轉過頭，正想說什麼，看到他們的制服，知道是學生，就咂了一下嘴走開了。

我也要。

實之拿起自己的玻璃容器，但又停下手。一陣沉默後，雨滴啪啦啪啦地打在他們身上。

「啊！」

渡部突然叫了起來。

「我差點忘了，有你的限時信。」

「我的限時信？」

「我去你寄宿的地方，住持太太拿給我的，說可能是什麼緊急的事，叫我順便帶來給你，所以我才問她，你店在哪裡。我差一點都忘了。」

渡部從褲子口袋裡拿出皺成一團的信封。實之接過來一看，是從N町的老家寄來的。實之打開信封，卷紙上出現了母親很難看懂的草書體。

渡部探過頭來問：

「是不好的事嗎？」

實之一邊看著信，一邊回答說：

「昨天我哥突然從東京回來了。」

哥哥在春天的時候寫信回來說，今年夏天很忙，可能無法回家探親。所以，實之雖然中學快畢業了，仍然無法找哥哥商量以後的事。

「哥哥好像哪裡受了傷，叫我暑假回老家一趟。信上說，沒有生命危險，不必急著趕回去……」

「這不正是大好機會嗎？你可以拜託他學費的事。」

「嗯……」

雨越來越大，兩個人起身走出神社的鳥居。

「再見。」

渡部往回家的路跑去。

實之看著右手上的玻璃容器，又沿著原路折返，去拿剛才的一錢押金。

（二）

『不要吵，哥哥在唸書。』

實之六、七歲時，哥哥為了讀高等小學，每天要爬過一座山，單程就要花一個小時。每次實之在家裡吵鬧，母親就這麼斥責他。哥哥傍晚回家後，一定會坐在書桌前。

哥哥升上中學，寄宿在S市的寺廟，每次放假回到N町的家裡，對成為高等小學生的實之造成了很大的困擾。因為兩兄弟不僅要共用同一個房間，晚上為了不影響哥哥用功，還必須把被褥移到後門旁的儲藏室去睡覺。

向來沉默寡言的哥哥在中學最後一年的夏天回家時的某天晚上，很難得對實之說了話。那時，實之正在房間和儲藏室之間走來走去，忙著把被褥和自己的東西搬過去。

『喂，實之，我要去東京了。』

實之抱著放了枕頭、疊得高高的墊被停下來，看著哥哥坐在書桌前的背影。他的背彎得好像西瓜一樣。哥哥有近視，但眼鏡的度數似乎不太合，使他的臉幾乎快碰到書本。家裡沒有錢幫他買新的眼鏡。

實之冷冷地回答說：

『是嗎？那就加油囉。』

去東京就是要去讀一高，然後是帝大。實之即使不知道需要多少學費，也知道需要有多少學力才能讀。實之在高等小學的成績屬於中下，大人說他連考中學都很危險。

哥哥繼續說：

『我要去讀建築，我要造很多不輸給西洋的建築。』

實之第一次聽說，忍不住再度停下了腳步。

『建築？』

『你知道嗎？』

這時，哥哥義之才轉過頭，和弟弟眼神交會。

『聽說每個國家的首都，都是由鄉下人進京後，不斷改變首都的面貌而成。』

『改變首都的面貌？』

『我也是鄉下人，所以有這個資格。』

他的話令人費解。實之心裡這麼想，於是改變了話題。

『這麼說，你會住在東京囉？如果是這樣，你或許有一天會見到父親大人。』

哥哥露出膽怯的表情。在內村家，除非母親主動提起，否則誰都不可以提起父親。

『……你想見父親大人嗎？』

實之從來沒有見過父親，被問到想不想見他，一時詞窮。

『不，我也不知道。』

『……是嗎？』

『只是，我的名字……』

『名字？』

『對，名字。我想問問他，我叫實之這個名字好嗎？……啊，在此之前，必須先告訴父親大人，我出生的這件事。』

回家途中開始下的雨，等實之回到寄宿的寺廟，快要吃完晚餐時，變成滂沱大雨。

聽到住持太太的聲音，實之才回過神。這家寺廟很小，也沒有小和尚。實之住在偏屋，但和住持夫妻一起在主屋吃飯。

「嗯？今天怎麼吃這麼少？」

他平時都吃三大碗飯，今天也餓得快暈過去了，但配著燉芋頭和冬瓜吃飯時，想起和渡部之間的談話，又覺得雨聲很吵，不禁有點心煩意亂。最後，只吃了兩碗飯就放下筷子。

「嗯，今天不太想吃。」

住持老早就吃完飯，一手搖著扇子，低頭看著腿上報紙，這時才抬起頭。他剃光的頭是櫻花色，氣色很好的臉和額頭反射著油燈的燈光。

「你是不是在擔心你哥哥？」

實之趕緊正襟危坐。

「幸好沒有生命危險。」

「義之一定是在專心想什麼事，不小心撞到哪裡了。」

哥哥以前也曾經在這裡寄宿過，住持經常提起他當年用功的情況。

正在收拾碗盤的住持太太也很擔心。

「到底是哪裡受傷？」

「聽說是肚子。」

「肚子嗎？那真傷腦筋，要好好治療。」

「聽說傷勢很輕，應該只有表皮受傷而已。」住持說。

「那你要不要明天回去看看？」住持太太問。

「不，我不能突然不去上班，要先向但馬屋的老闆打一聲招呼……」

但馬屋就是那家薪炭批發行。他之前曾經告訴住持在那裡打工，以及畢業後的打算。

這時，實之突然想起一件事。他想起渡部來找他之前，自己正在苦思的問題。

「對了，備長炭為什麼叫備長炭？」

住持停下搖扇子的手，停頓了一下，詫異地反問：

「你說的備長炭，就是那種堅硬的白炭嗎？」

「明明是紀州田邊一帶的特產，卻叫備長炭。備長和備中或是備後有關係嗎？……其實只要問但馬屋的老闆就好，只是我突然想起這件事。」

「我以前好像在哪裡聽過……」

住持的視線飄在半空中。

「……對，對，我記得是有一個叫備中屋長左衛門，還是長太郎的人，在德川時代初期研究出來的，所以就取了『備長』這個名字。」

「喔，原來是這樣。」

實之的眼睛發亮，「這麼說，那個人是備中人吧？」

住持再度在白色浴衣胸前搖起扇子。

實之覺得好像拔除了腦袋中的一根刺。晚餐後，他一邊聽著雨聲，一邊擦著油燈的燈罩。由於是親戚，他只付給這家寺廟極少的寄宿費，所以，他覺得應該幫忙做點家事，久而之之，就養成了擦燈罩的習慣。以前都是在點燈前擦拭，自從打工晚歸後，就會等忙完之後，只擦其他已經熄燈房間內的燈罩。

燈罩其實就是一個玻璃罩，外形以葫蘆形的圓柱狀為主，很容易被燻黑，需要花不少工夫才能把內側擦乾淨。

和江戶時期的紙罩座燈相比，油燈亮了好幾十倍，因此，很長一段時間，都成為文明開化的象徵。不過，那時即將進入電燈時代。自來水、瓦斯和電力都已經開始進入東京人的生活，但外地的發展還沒有這麼迅速。

擦完燈罩後，他用手擋住另一隻手上點了火的硫磺木[1]，以免被雨淋濕，沿著外廊走回偏屋三坪大的房間。

他為被渡部看到自己在薪炭批發行工作的情形而感到生氣。不光是渡部，他向所有中學的同學都隱瞞了這件事。

批發行前的河岸道上楊柳在微風下搖曳生姿，夏天的時候，來往的行人比大馬路還多。他的同學也經常路過，甚至有同學和女校的女生談笑風生地經過他面前，但從來沒有人注意到穿著兜襠褲和短褂的實之。實之也經常故意把臉弄得黑糊糊的。

比起工作時的樣子，還有另一件事令他感到羞恥。那就是目前應該是發表畢業豪語的時候，卻讓人看到自己最不堪的一面。

早知道應該像哥哥一樣從小用功讀書。如此一來，家裡或許會把花在哥哥身上的學

1在薄木片上塗上硫磺，用來移火，在火柴普及後不再使用。

費預留一點給自己。

哥哥受傷回老家了，難道這是自己人生發生變化的前兆？

回到房間，打開燈。被褥整齊地疊在角落，住持太太每天早晨都會為他打掃房間。實之坐在桌前。昨晚攤開的習題集還在桌上。那是高等學校入學考試各個科目的習題集，是另外一個同學偷偷送給他的。那個住在家裡的同學向父母央求很久買了這套習題集後，根本沒有做過，就不想要了。

習題集的對面堆了一堆帳簿，下面夾了一本東京一家名叫博文館出版社出版的《中學世界》的雜誌。同學說，這本雜誌已經過期，他不想要了，所以實之也一起帶回來。他已經看過很多次，這時再度拿在手上。然後，感到極度後悔。

這本雜誌中刊登了「東京國立學校」的特輯，介紹了各個學校的特色和東京的學生生活。每個月的學費大約一圓至兩圓，供應三餐的宿舍每個月三圓至五圓。如果去東京求學，每個月至少需要八圓。高等學校三年間約需三百圓，大學要讀三年至四年，另需三至四百圓。

專科學校一年的學費大致相同。國立學校的學費並沒有比較便宜，相反的，不容易招生的學校學費反而便宜。

東京似乎沒有薪水優渥的家教工作，可能是因為有太多帝大生和高等師範的學生吧。高等學校的學生應該可以找到不錯的工作，但專科學校的學生恐怕只剩下出賣勞力的工作。即使工作一整天，日薪也才二十錢，一個月六圓，一年才七十二圓，根本不可能半工半讀。

即使如此，實之仍然偷偷用功，準備入學考試。

這是他在薪炭批發行工作的兩個月前開始的習慣，因此他實際開始準備考試的時間或許比渡部更早。

他只擅長數學，但入學考試的問題都太刁鑽，根本不知所云。他最怕英語和國文，尤其遇到英語中的過去式，無論怎麼查字典，都翻譯不出正確的句子。翻譯範例的日語，他也看得一頭霧水。昨晚他一邊翻字典，一邊對照譯文和原文，學習途中遇到瓶頸而停了下來。他想：功課比渡部更差的自己，是不可能通過高等學校的入學考試的。

於是，這就面臨不得不面對的一個問題。

他到底想做什麼？

他總覺得自己真正的目的不是升學，而是想去東京。

兩年後，就要迎接二十世紀。

再過四、五年，或是再過十年，電燈、瓦斯和自來水也將在這個鄉下城市普及，取代油燈、紙罩座燈、薪炭和水井。

他經常在報紙上看到國外發明了電車、汽車、飛機和電影等令人耳目一新的東西，這些東西有朝一日將進入日本，日本或許也會很快製造出國產品來。

然而，他隱約覺得，真正新奇的東西，真正可以稱之為未來的東西，只會出現在東京，只會在東京誕生。

哥哥在東京的未來中求學，有朝一日，哥哥也會加入創造未來的行列。然而，自己卻……。

雨下得更大了。偏屋周圍的樹葉發出沙沙的聲響。

實之突然想起自己傍晚想做卻沒做的事。房間內剛好沒有玻璃容器，但桌上有一個玻璃製的鎮紙。那是哥哥之前留下來的。

實之衝動地抓起鎮紙丟向牆壁。鎮紙撞到牆壁後，發出一聲悶悶的聲音後，掉在榻榻米上。

鎮紙既沒有碎，也沒有出現裂痕，牆壁倒是稍微凹下去一小塊。

（三）

因為但馬屋的工作安排，無法說走就走。以致實之在接到信的三天後，才回到位在N町的老家。

N町位在和S市相距十五公里，更靠近大阪的方向，只能靠步行往返。實之吃完早餐離開寺廟後過了橋，在蟬聲相伴下一路往北快步趕路。

內村家在維新之前都是藩的守山人。廢藩後，失去工作的外祖父賣了位在城下町的房子，在N町買了土地和房子，晚年都在務農。他在幫實之取名後不到一年就去世了。

實之看到內村家的房子出現在眼前。那是一幢只有三個房間的平房，屋後的農田位在斜坡上，所以從馬路上就看得一清二楚。母親和外祖母在中午之前還不算太烈的陽光下，蹲在田裡幹活。

「稟報，我回來了。」

實之大聲說道。

N町從舊幕府時代就是農村，這裡的居民也都是農民。讀小學時，同學看到實之每次進家門都這麼說，經常嘲笑他：「臭士族，臭士族。」

實之脫下草鞋，用井水仔細洗完腳後，才踏進家門。母親已經動作俐落地脫下務農的衣服，換上了居家服，搶先一步坐在日式客廳迎接次子。

「這麼晚才回來，而且曬得這麼黑。」

母親抬頭看著坐在眼前的實之說道。自從實之懂事之後，只聽過母親訴苦和抱怨。

「我在游泳學校每天教小孩子游泳，」實之謊稱，「所以不能突然請假。」

「是嗎？夏天都快結束了，還在游泳嗎？」

「對，城裡人很好學。……哥哥的情況怎麼樣？信上說他腹部受了傷。」

「他說是在修理宿舍屋頂時，腳下一滑，剛好跌在庭院的竹柵欄上。」

實之覺得「他說是」這三個字有點不太對勁，但並沒有追問。

「聽醫生說，傷勢本身問題不大，傷口有點深，已經請醫生在肚臍旁幫他縫了十針左右。只不過……」

「只不過？」

「從昨天開始出現了黃疸。醫生說，可能是膽囊受到傷，引起細菌感染。建議我們去大醫院檢查一下。」

「膽囊……。那可不妙。」

實之起身想去看哥哥，母親制止他說：「等一下。」

實之趕緊又坐了下來。

「實之，你想讀高等學校嗎？」

實之有點不知所措，哥哥這次回來探親，果然和自己的未來有關。

「但是，母親大人之前說，沒有學費……」

「沒錯，家裡的錢只夠支付到你唸中學之前的學費，現在家裡已經分文不剩了。」

實之也很清楚這一點，但不禁感到生氣，事到如今，為什麼還提這些？

「我知道，所以我也沒有準備入學考試。即使現在可以讓我升學，我也考不進去。」

不管要不要參加入學考試，都要用功讀書。實之以為母親會像以前一樣這麼斥責他，沒想到母親卻說：

「義之再兩年後就畢業了，聽說帝大畢業後，每個月薪水有五十圓。我原本一直打算在他工作後，用他的薪水支付你的學費。雖然你沒辦法在中學畢業後馬上升學，的確有點可憐，但至少比沒有機會升學好。所以，我一直要求你用功讀書。」

實之不發一語地注視著母親的雙眼。原來母親和我的想法一樣。這麼說，這件事已經有著落了嗎……？

然而，和實之一樣被太陽曬黑的母親看著兒子的胸口，似乎正準備說一件重大的事。

「可是現在不能靠義之了，這樣雖然對你來說很不公平，但你可能沒辦法升學了。」

「不能靠哥哥，是什麼意思？」

「義之擅自退學回家了。」

「什麼？」

實之一時說不出話。哥哥從帝國大學退學了？那個說自己是鄉下人，要重建東京的哥哥退學了？

「他沒有說明理由，只說想回來這裡找工作。他沒有畢業，根本不可能找到高薪的工作。而且，他把存在銀行的剩餘兩年份的學費都花光了，甚至不告訴我到底花到哪裡去了……」

這番話無情地粉碎了實之內心唯一的希望。他茫然地看著母親的臉，發現淚水從母親眼中滑了下來。母親端坐在桌前，雙手掩面，無聲地哭泣著。

實之慌了手腳，比起自己的希望突然遭到粉碎，向來嚴格的母親在自己面前痛哭更令他感到震驚。

昏暗的日式客廳內，母親語帶顫抖地繼續說：

「……他已經不在乎這個家，也不在乎家人了。他竟然做出和你父親一樣的事。」

和父親一樣。這句責備哥哥的話，對年僅十八歲的實之來說，未免太沉重。

哥哥穿著白色單衫，敞開胸口，雙目緊閉地仰躺在薄薄的被褥上，腹部包著白色繃帶。他似乎睡得很沉，實之打開門時，他也沒有動一下。

實之踏進屋子，凝視著哥哥的臉龐，發現他土黃色的臉上，雙眼深深地凹了下去。這是他第一次看到哥哥沒有戴眼鏡的樣子，無論怎麼看，都覺得哥哥的病情不輕。難道他在受傷之前，身體就出了問題嗎？

五分鐘後，哥哥醒了。

「……啊，原來是你。」

他發現是實之後，戴上放在枕邊的眼鏡，拿起一旁的扇子，緩緩地在胸前搧著。

「今天也好熱。」

「……我幫你搧。」

實之挪到床鋪旁，從哥哥發黃的手上拿過扇子用力的搧了起來，哥哥冒著鬍渣的嘴角露出笑意。看到這個表情時，實之覺得哥哥變了。

「我退學了，打算在這裡工作。……你已經聽說了嗎？」

「剛才聽說了。」

「我會盡可能找高薪的工作，但不知道能不能幫你出學費。你想讀高等學校吧？」

「嗯，是啊。……但等你先養好身體再說。」

「原本還有兩年份的學費，但因為發生了一些事，都被我用光了，所以我乾脆退學了。」

實之看著榻榻米的縫隙。哥哥似乎想吐，他閉上眼睛，一隻手在胃的附近拚命按著。

哥哥腹部的傷應該不是被竹柵刺到的。

那天中午前，醫生來出診時，實之才得知這件事。換繃帶時，實之在一旁幫忙，看到肚臍左側斜斜的縫合痕跡。一直線的傷口不像是柵欄所使用的竹子所造成的圓形切口，反而像是被銳利的刀刃之類的東西刺傷。

更令他在意的是，周圍的皮膚呈現暗黃色，好像已經壞死了。在外用藥的草藥味中，夾雜著腐爛的味道。傷口顯然已經化膿。

「似乎沒有好轉的跡象。」

年邁的醫生口齒不清地嘀咕著。哥哥抬頭看了傷口一眼，又無力地躺回枕頭上。

醫生隨即用稍微口齒清晰的聲音，對一臉擔心的母親和外祖母說：

「很有可能傷到膽囊，所以身體無法自行癒合傷口。他還年輕，一旦開始恢復，很快就會有起色。」

於是，話題轉到外科手術的問題上。醫生建議轉到縣廳所在地的一家大醫院，但是一提到費用，母親和外祖母就洩了氣。

實之在一旁聽著，暗自思考自己未來的出路。

中學將在一個星期後開學，至少在此之前，要幫母親和外祖母的忙。醫生離開後，實之頂著烈日下田工作。

他在田中拔草，發現外祖母搖搖晃晃地從家裡走出來，把手上的水壺重重地放在田埂上。

「這是放在井裡冰過的麥茶，喝太多，小心拉肚子。」

母親穿上務農的衣服時，儼然是個鄉村農婦，但言談舉止還保留著士族女兒的味道。可能是因為必須和兩個兒子相處，自然而然地以身作則吧。外祖母卻滿身鄉土味，難以置信她以前是武士的妻子。她總是把切碎的菸草塞進菸管大口吸菸。因為喝酒的關係，她的臉整天都紅通通的。此刻她正一屁股坐在擋土石上，開始抽起菸來。不過，實之倒覺得和外祖母相處比較輕鬆。

「我看是女人幹的。」

外祖母突然這麼說。

「說什麼從屋頂摔下來，說謊也要說得像樣一點。那是被女人用刀子捅的，因為沒什麼力氣，所以沒有捅到底，才會造成那樣的傷口。」

「女人？」

實之嘀咕著，甩了甩沾滿青草汁的雙手。

「那種傷後患無窮。聽說他已經退學了，不知道能不能好起來。聽好了，你以後要對女人特別小心。」

實之很難想像哥哥是被女人用刀刺傷的。

「哥哥有告訴妳什麼嗎？」

正在噴雲吐霧的外祖母搖搖頭。這時，實之突然想起以前哥哥說的話。

「哥哥有可能去東京找父親大人了。」

實之繞到外祖母面前，蹲在地上說道。外祖母抬眼打量著他。

「找？聽說東京很大，沒有人能夠保證那個男人現在還在東京。況且，就連他是死是活，也沒人知道。」

「但是……」

「如果他還活著，你或許有機會升學。所以你哥哥才會去找他吧。」

「但是父親大人根本不知道我出生的事……」

外祖母沉默了一下，抬眼凝視著實之，然後說了一句出人意料的話。

「不，他知道。」

實之大驚失色，難道還有自己不知道的事？

「既然你哥哥已經這個樣子，應該不需要隱瞞你了。那是剛好推出憲法的那一年，新年後不久，你們的父親突然找來這裡，還帶了一筆錢。就是用那筆錢付了你哥哥的學費。」

實之很意外。聽母親說，哥哥的學費是內村家最後的存款，但事實顯然不是如此。

聽外祖母說，當時，父親隻身造訪，穿著很體面的西裝。那時候哥哥剛好去高等小學上課，實之也去附近的普通小學。父親隻字未提自己住在哪裡、做什麼，但外祖母說，他似乎仍然住在東京。

父親在分手十年後突然上門，母親和外祖母對他的態度十分冷淡，父親也不打算和母親破鏡重圓。

『我工作賺了點錢，希望妳收下。』

說著，父親從皮包裡拿出總額一千圓的紙鈔。

『我們已經毫無瓜葛，我沒有理由收你的錢。』

母親斬釘截鐵地拒絕了。父親似乎早就猜到母親會有這種反應。

『那就拿來當作義之的學費，』父親改口說，『假設他不用功讀書，那就沒辦法。如果他有意願，在現在的年代，就算不讀大學，只要不升學，根本不會有出息。』

實之對這件事印象最深刻。哥哥當時讀書就很用功。雖然明知高等小學畢業後，必須去當學徒工作，但哥哥還是每天抄寫書本，背英文單字。

於是，母親收下了這一千圓作為哥哥的學費。然後又問父親，是否可以從這一千圓中撥一部分給另一個兒子時，父親聽了，頓時大驚失色。

「我現在仍然記得他當時的表情，他的眼神好像在問，另一個兒子是誰的？」外祖母突然哈哈大笑起來。

「那個男人可能無法想像，當初在談分居時，一時興奮撲向你媽，結果那一次就懷孕了。」

那時父親就知道實之出生的事。臨走時他說，下次一定會再把實之的學費送過來。

「他當時的確這麼說，說要讓你去讀中學，他一定會及時把錢送來。但是現在根本來不及了，看起來他只是信口開河啊。」

一晃就是十年。

父親從來沒有寄來片言隻字，母親領悟到不能把希望寄託在口說無憑的約定上，考慮到長子未來可能提供的援助，省吃儉用讓次子讀了中學，而且一直嚴格要求他用功讀書。

距離中學畢業還有半年，高等學校的入學考試還有一年。父親會送來今後的學費嗎？哥哥真的沒見到父親嗎？會不會是見到了父親，才造成了現在的情況？

雖然母親和外祖母再三逼問，但是哥哥仍拒絕透露退學的理由和那筆學費的去向，堅稱自己是意外受傷。

實之暗自打算：哥哥的傷勢可能會拖很久，等他情況好轉後再好好問他。沒想到事態的發展出人意料。四天後，哥哥便一命嗚呼了。

實之在第二天晚上曾經有機會和哥哥聊了一下。當時，哥哥說了一句令人匪夷所思的話。

「我在三年坂跌倒了。」

火之夢 1

（一）

同年八月二十一日，午後的東京。

位於學生街的神田錦町的巷尾，一棟掛著「開明學校」木製招牌、漆著油漆的廉價歐式房子內，有一大群人正擠在一起上英文課。

二樓的教室人滿為患，五十多名身穿和服、裙褲，不到二十歲的年輕人坐在地板上聽課。窗戶和教室的門敞開著，每個人卻都汗如雨下。有人把袖子捲到肩上，也有人敞開衣服的胸口，似乎很沒有規矩，但所有人都全神貫注地聽著講師上課。

身材偏瘦的男講師大約三十歲左右，手很長，也身穿和服、裙褲，瀏海披在額前，正諄諄教授著英文文法。

雖然他的語氣充滿熱情，但眼神卻很冷靜；雖然流著汗，但臉上的表情卻很冷漠。

「我剛才說，英語中，單字的位置決定了一切，其實最重要的是位置的法則。請你們記住，除了感嘆詞以外，只有副詞可以自由放在不同的位置。首先，我希望你們學會區別副詞。」

「副詞……」

幾個學生嘆著氣，唸著這個字眼。有三分之一的人都戴著眼鏡，他們的眼鏡也因為熱氣起霧了。

講師用粉筆在黑板上寫了一大串英文。

「那我們來具體試一下。」

敞開的拉門外，走廊上站著兩個男人。高個子的年輕人穿著和服裙，一臉快活的表情。另一個四十多歲的男人穿著白襯衫，帶著領結，西褲上掛著吊帶，挺著大肚子，不時甩著微禿的頭。

「簡直是盛況空前。」

年輕人走向階梯時，小聲地說。

「這次新來的老師很受歡迎，這麼一來，新學期應該就可以高枕無憂了吧？理事長。」

那位被稱為理事長的中年男子趕緊跟上去。

「沒有沒有，立原老師，你也是狠角色，試聽課的時候不也是人滿為患嗎？所以，你不要說只做到今年，明年也務必……」

立原快步走下樓梯，鞋子在木製樓梯上發出乾澀響亮的聲音。

「這件事我們不是已經談妥了？研究室很忙，這裡只是我的副業，老實說，今年已經……」

「我當然知道你的本業是研究學問，但你教的物理化學是本校的招牌課之一……」理事長慌忙叭答叭答地追了上去，他的西褲燙得筆挺，卻光著腳穿雪駄[1]。

「立原老師，你上課的時候不是經常提到東京的未來嗎？學生特別喜歡聽這種話題。我們一起去下面喝杯茶……」

開明學校是以報考國立學校的學生為招生對象的補習班。七月是各大主要學校入學考試剛結束的季節，但為了招收新生，目前正在舉辦免費試聽課，積極招募九月開始上課的新生。

教室內，剛才的英語老師若有所思地停下手中的粉筆，回頭看著學生。黑板上已經寫滿了英文和解說的日文。

「對了，我還沒有自我介紹。我是負責九月開課的國立學校入學考試英語課程的高嶋鍍金。」

他在寫滿黑板的英文上直寫了大大的「鍍金」兩個字。

「鍍金不是我的本名，只是我的號。我有時也會用這個號在雜誌上寫一些無聊的文章。至於鍍金這兩個字的意思，我的英文不是很好嗎？因為實在太好了，有時候甚至會啟人疑竇，懷疑我到底是哪裡人？……沒錯，我只有表面是日本人，骨子裡卻是冒牌

1 一種皮底日式人字拖鞋，男人穿和服時搭配的鞋子。

的。」

教室內頓時響起一陣哄堂大笑。

立原總一郎和開明學校理事長本多正坐在一樓的休息室。四坪大的空間單調無趣，木質地板上六張傷痕累累的舊辦公桌椅擠在一起，隔壁有一個不到兩坪的日式房間，兩個人正面對面坐在矮桌前喝咖啡。剛才的談話似乎已經結束，理事長一臉悵然的表情。

立原毫不在意對方的心情，語氣開朗地問理事長：

「聽說鍍金老師是從英國回來的，難怪他的發音字正腔圓。他在那裡住了多久？」

「……我也不太清楚，聽說他在美國讀高中後，曾經一度回國，之後又去英國住了十年左右。」

「太厲害了。這麼說，他家很有錢囉？」

「我也不是很清楚，聽說他家在關西那邊做棉花的進出口生意，家裡會寄錢給他，照理說是不需要工作……」

立原的表情變化很豐富，這時也瞪大眼睛叫了起來。

「真是太令人羨慕了！」

理事長卻心不在焉，他似乎正在努力設法留住年底準備辭職的立原。

「他之前有在正規的英語學校任教過吧？什麼時候回日本的？」

「聽說是一年前。他說，比起外國，他反而對日本比較陌生。」

「第一次見面時，我也聽他說了，所以才取了鍍金這個名字。這是他的號，好像他也在一家名叫《天命》的雜誌上寫文章，不知道有沒有涉獵其他的行業？」

「這個嘛，我對他的私生活就……。立原老師，我看明年你每個星期開一堂課如何？報酬絕對不會虧待你。」

這時，上完課的鍍金剛好打開休息室的門走進來。

「你可以回去考慮一下再回答我。」

說著，理事長站了起來，立原也滿臉苦笑地起身。趿著雪駄的理事長匆匆走向鍍金，語帶諂媚地說：

「太棒了，真不愧是鍍金老師。免費的試聽課竟然爆滿，傍晚的課也拜託你囉。」

「好，我記得是四點十五分的課吧。」

「你可以自由活動，只要在這個時間之前回來就好。」

理事長向他欠身打招呼後，匆匆走向出口。

「那就萬事拜託了，我要去張羅招生的事了。」

鍍金坐在其中一張辦公桌前，抬頭看著走向他的立原。

「鍍金老師，你傍晚還有課嗎？」

「對啊，中間有三個小時的空檔。」

「那真辛苦。我很希望可以趁這段時間，聽你聊聊英國的趣聞。但很不湊巧，我要回大學做實驗，可能會一直做到早上。」

「真可憐。今天要做什麼實驗？我記得你是工科大學建築系的吧？」

「今天要做的是一種耐震實驗。我專攻建築材料，目前是研究生。」

「改天一定要好好向你請教，我也可以和你分享愛爾蘭的事。」

「一言為定。」

說著，立原拿起自己辦公桌上的小包裹，向門口走了兩、三步，又回頭說：

「啊，對了，鍍金老師，我拜讀了《天命》那本雜誌，上面介紹了都市火災，尤其是倫敦和巴黎大火的事十分有趣。」

鍍金恭敬地低頭道謝。

「謝謝。」

「你在國外生活多年，生活常識很豐富。你為什麼會想到寫火災的事？」

「其實我每次的主題都很隨興，上次剛好和編輯閒聊到火災的事，所以就決定來寫一下。」

「這麼說，你還寫過其他主題，也是在《天命》這本雜誌上發表嗎？」

「對，我和那家雜誌社的老闆在倫敦結識，他叫我有空的時候寫點東西。」

「是嗎？」立原說著，拿出懷錶，「啊，我真的要走了。」

一樓的事務所內，理事長以及其他事務人員正為了接受新課程的報名和說明忙得分身乏術。休息室內只剩下鍍金而已。只有少數受歡迎的講師才開試聽課，他是唯一同時開了白天和傍晚兩場試聽課的老師。

鍍金看著牆上的時鐘嘆了一口氣，從辦公桌裡拿出一本書。雖然他身穿和服，但翹著腿，把左肘放在桌上，手托著下巴，右手微微拿起書本的神情很像是外國人。他正在看《南總里見八犬傳》的和裝本，或許是內容太費解了，他的神情越來越凝重，忍不住打起呵欠。

鍍金把八犬傳丟到一旁，趴在桌上打盹。剛開始只是大腦停止活動的睡眠，十分鐘後，可能大腦疲勞已經消除，開始做起夢來。

他經常夢見英國的事。雖說他是日本人，但回到日本後，反而有了思鄉病。然而，他今天卻夢見完全不同的內容。

鍍金不知道什麼時候坐在人力車上。

因為是夢境，所以他不知道天氣是陰是晴，也無法分辨是白天還是晚上，更不清楚是冷是熱。

那是一輛很普通的黑色堅硬材質的木製人力車。

他搞不清楚狀況，不知道是自己叫的車，還是車行來接他的。

車伕戴著平頂斗笠，握著人力車的車把快步往前跑。

鍍金想叫車伕停下，問他：

「我到底要去哪裡？」

這個問題很愚蠢。自己不可能被人強迫上了車，更不可能像偵探小說寫的那樣，被人用暴力制服；或是聞了笑氣後，被抬上車子。

應該是自己上的車。但我到底想去哪裡？

人力車飛速前進。好像是下坡。夢境裡的視野有限，坐在速度逐漸加快的車上，很難看清周圍的景色。不巧的是，自己目前的狀況竟然同時滿足了兩個不利的條件。

人力車不斷狂奔，卻不知道奔向何方。

既然是坡道，終究會到終點。因為是在夢境，車子絲毫沒有放慢速度。

車伕不停地奔跑，不辭辛勞地載著鍍金往前跑。載著人的人力車好像滑落般飛也似地衝下坡道。

既不知道季節，也不知道時間。鍍金想著，突然感到很熱。不，不光是熱而已，而是灼熱。

灼熱。

好像正在穿越烈火熊熊燃燒的房屋……。

鍍金從趴著的辦公桌上抬起頭，四處張望。

下午兩點半。

一看時鐘，發現自己睡了將近一個小時。休息室內仍然空無一人，晚夏的微風吹進敞開的高窗，窗簾輕輕搖動。

他一臉茫然地看著窗外。剛才的夢境好像是現實，眼前的現實彷彿是夢境。

三年坂2

（一）

「在三年坂跌倒？什麼意思？」

渡部驚訝地大叫。

哥哥死後一個星期，頭七結束後，實之回到了S市。九月開始的新學期已經開學，他不能繼續請假。

實之回到S市的當天晚上，渡部立刻來他寄宿的寺廟找他。他們把鋪好的被褥推到還很新的榻榻米角落，兩個人盤腿坐在舊蚊帳內，實之把相關情況從頭到尾告訴渡部。

毫不隱瞞地從頭說起這一切時，實之內心產生一種奇妙的感覺。即使渡部是他的好朋友，如果不是十天前被他看到在薪炭批發行工作的情形，實之可能會繼續向他隱瞞家裡的事。雖然對哥哥離奇死亡感到難過，但他更感到疑惑不解，但如果當時沒有告訴渡部家裡的情況，如今根本不可能向他說明這些事。自己會把一切都埋藏在心裡，整天鬱鬱寡歡。

「聽我哥說，東京有好幾個三年坂，只要在那裡跌倒，三年之內就會死亡。」

「就和寺廟一樣嗎？如果不想死，就要舔那裡的泥土，或是假裝舔過的樣子，懇求我佛慈悲吧。」

「是嗎？」

實之對迷信或是傳聞這些古老的事情沒有興趣。

「對啊，寺廟就是這麼神聖的地方，我也有過一次經驗喲。」

「你跌倒了嗎？」

「不是，我在寺廟內撒尿，結果大人就說，我的雞雞會爛掉，害我每天都提心吊膽的。」

渡部剛才還一臉嚴肅地附和，試圖安慰實之失去哥哥的難過，現在他卻興奮不已。他是黑岩淚香偵探小說的熱情書迷，特地訂了東京的報紙，只為看他的連載小說。

「我哥真的死了。所以，是因為他在那裡跌倒，沒有舔地上的泥土嗎？」

「你真笨，」渡部笑著道，「那是迷信，我的雞雞也安然無恙。……總之，你把前後的情況說清楚點。比方說，你哥對你說了什麼；還有守靈和葬禮時有什麼情況，或是你哥帶回來什麼行李？」

「……嗯。」

實之說起那天晚上和哥哥的對話。

那是他回家第二天晚上的事。和前一天晚上不同，哥哥的身體情況大有好轉。母親想為哥哥補身體，在門口用炭爐煮了牛肉壽喜燒，但哥哥才吃了幾口就反胃，剩下了一大半。當時，牛肉是很昂貴的食材。

『你吃吧，不然太浪費了。』

於是，實之吃了剩下的壽喜燒。哥哥瞇起眼看著他，令實之感到相當不自在。哥哥向來不會笑著看自己吃東西，同時，他也覺得「現在正是時候」。他直截了當地問哥哥，腹部的傷是不是被刀刺的？

哥哥沉默良久。實之等得有點心焦時，才終於聽到回答。

『那是意外。』

哥哥還是咬定這句話，但他似乎在猶豫該不該說出某些事。

接著，實之告訴他前一天聽外祖母說的有關學費來源的事。

『我昨天才聽說……』

原本沉默的哥哥很快有了反應。

『對不起，我之前就知道這件事，但母親大人叫我不要告訴你。』

哥哥告訴實之，在他就讀中學時，母親告訴他父親曾經造訪一事，之後，他就把讀一高和帝大視為自己的目標。

哥哥最後說：

『所以，我有義務為你籌措學費。』

實之沉默了一下說：

『離入學考試還有一段時間，也許父親大人會把我的學費送來。』

『……也許吧。』

哥哥看著實之的眼睛喃喃自語。

實之覺得有點不對勁。

『你該不會在東京見到父親大人了吧？你去找過他嗎？』

哥哥想了一下回答說：

『……不瞞你說，我找了很久，但最終還是沒能見到面，可能已經死了吧。』

實之不發一語地看著哥哥的臉，不知道他的話是真是假。

『聽說你的英文和國文很差。』

哥哥突然改變話題，

『等我身體好了，我可以教你。過一陣子，我的行李就會從東京寄回來，我找到並且幫你買了不錯的參考書。……聽好了，你要好好用功，不要再去想從來沒見過面的父親大人了。』

哥哥的額頭微微顫抖著，他似乎疼痛難耐。實之默默地收拾碗筷，準備讓哥哥好好休息。

正當他拿著碗筷準備走出房間時，哥哥突然用沙啞的聲音問：

『實之，我的傷看起來不像是竹柵刺傷的嗎？』

實之停頓了一下，回答：

『外祖母大人說，像是被女人用刀刺傷的。剛才母親大人說，可能刀上有毒。』

『東京有好幾個名叫三年坂的坡道，聽說在那個坡道上跌倒，三年之內就會死。』

『嗄？』

『其實，我也是在三年坂上跌倒了。』

哥哥說完這句話，對著天花板笑了起來。他神經質的笑聲既像是自嘲，也像是心灰意冷。

『聽好了，如果你去東京時，也要多小心。』

那天深夜，哥哥把吃下去的幾口食物全都吐了出來。翌日中午過後就陷入昏迷。

『是不是被下了毒？』

母親緊張地問醫生。

『會不會是被沾到有毒的東西刺傷？』

醫生委婉地否定了這種想法。

『不能說是有毒，可能是被不乾淨的東西，或是生鏽的東西所傷。』

兩天後，哥哥死了。他回老家後，在病榻躺了一個星期就斷了氣。以當時的醫療技術，如果及時送醫，或許可以救回一命，但在那個年代，很多人都是這樣死的。

哥哥去世的當天傍晚，東京的行李寄到了。實之把裝在小型蜜橘箱裡的參考書和外文書搬回哥哥和自己的房間，哥哥把房間角落的壁櫥當作書架使用，實之打開杉木門，頓時瀰漫一股驅蟲的樟腦味。

拿出蜜橘箱裡所有的書本後，發現箱底放了一個印著「丸善」字樣的紙袋。往袋內一看，裡面裝的是稿紙，三百張左右的稿紙上沒有寫任何字。哥哥從帝大退學回到老家，難道是想用這些稿紙寫些什麼嗎？

「原來如此，『有好幾個』三年坂，還有稿紙。真是令人費解。」

渡部嘀咕著，「這麼說，真的沒有毒殺的可能性嗎？」

實之露出悲傷的眼神搖搖頭。

不久渡部發現自己似乎太興奮了。

『對不起，我太得意忘形了……』

氣氛有點尷尬。

不知道哪裡跑進來一隻大蚊子在蚊帳內低空飛行。除了蚊子的聲音外，還有遠處像地鳴般的青蛙叫聲。

「你哥哥搞不好可以成為大建築家，在東京建造好幾幢了不起的大樓。」

渡部再度用感慨的口吻說道，實之卻用開朗得很不自然的語氣回答：

「總之，我已經決定未來的出路了。中學畢業後，我就要去工作。」

「但是，你父親大人……」

「我也稍微考慮了這個問題，我覺得所謂『及時』送錢過來，應該包括我準備考試的時間。即使現在突然把學費送來，我的腦袋也不可能一下子變聰明，最晚應該在去年，當我還只是四年級生的時候送錢來，否則就稱不上是『及時』。」

「但是……」

「我哥哥說，父親可能已經死了。即使沒有死，也可能沒有多餘的錢，或是忘了這件事。也可能在十年前離開後，他覺得我根本不是他的兒子。」

「對了，就是這件事！」

渡部再度興奮起來。

「你舅舅在十年前開了燃料商店，他應該認識你的父親大人吧？」

實之恍然大悟，因為他知道渡部想說什麼。

「對，在和我母親結婚之前，他們就是朋友。」

「十年前，你父親大人給你母親大人一千圓，對吧？這麼說有點失禮，但這並不是很大的金額，我猜想他應該帶了更多錢。況且，來見你母親大人，怎麼可能不見你母親大人的哥哥，也就是他的舊友呢？」

「你的意思是，我舅舅當時向我父親借了錢，開了現在這家店嗎？」

「對，你舅舅有沒有這種跡象？」

舅舅內村充輔在郡部開燃料店之前，都在S市打零工。舅舅年輕時正值幕末混亂時期，所以沒有什麼學問，無論做什麼工作都不長久。乍看之下，根本就是一個潦倒的中年男子，難以想像他曾經是士族。十年前，他開了那家店，卻始終無法擴大規模。然而，即使是小店，也應該需要資金才能開店。

實之想起守靈時的所見所聞。

『好不容易讀到帝國大學，人的命運真是吉凶未卜。』

充輔坐在一臉嚴肅地看著前方的母親身旁，滔滔不絕地和親戚聊天。他有點鬥雞眼，和母親很像；完全沒有士族的派頭也和外祖母如出一轍。即使坐在遠處，也可以看到外祖母已經酩酊大醉，不時地打著瞌睡，硬撐著坐在那裡。那天的守靈很冷清，只有七、八個親戚到場。

已經喝了不少酒的充輔搖搖晃晃地走到實之身旁。

『阿實，現在輪到你繼承這個家了。你要好好賺錢，把內村家發揚光大。』

實之沒有告訴母親，他和舅舅約定好畢業後，準備去他店裡工作的事，他覺得母親會反對，所以打算到時候再說。

如今，哥哥死了，實之改變了心意。既然升學無望，自己就必須找一份薪水高的工作，好好努力，讓母親和外祖母享清福。

當初是因為只利用升學前的短暫期間；也期待可以獲得通融，讓自己有時間讀書，所以才選擇在舅舅的店裡打工。但如果要正式就業，那就另當別論了。在舅舅店裡工作不僅薪水不高，即使擴大業務，賺的錢也都會只進舅舅的口袋。

實之壓低嗓門說：

『舅舅，上次的事……』

『喔，我知道，我知道。』

充輔好像小孩子耍賴似地搖著頭。

『事出突然，我知道你很不安。』

這時，母親突然站了起來。

『哥哥，你過來一下。』

母親叫了充輔，打開通往走廊的拉門。

『阿春，什麼事？我正在安慰阿實。』

渡部問：

「結果呢？」

「沒有結果，後來，舅舅就回家了，但是很不高興的樣子，好像有點生氣。我在想，應該是我母親把他趕走了。」

「嗯。」

渡部抱著雙臂，他從裙褲口袋裡拿出紙捲菸，用蚊香的火點著後抽了起來。

「可能是你母親大人向你舅舅提出什麼要求。」

「什麼要求？」

「如果你舅舅以前借了錢，可能要求他馬上還錢，用來支付你的學費。……內村，你還是有希望升學。」

是嗎？實之偏著頭思考。

他曾經去過舅舅的店兩次，那家店的財務狀況很不理想。雖然不至於倒閉，但根本不可能一下子歸還幾百圓或是幾千圓的本金。所謂「窮人家的孩子多」，他家也有四個幼兒。他應該是想靠實之擴大經營規模，讓他的孩子接受理想的教育吧。

「而且，你也可以去東京直接拿學費。」渡部說。

「向誰拿？向我父親嗎？」

「內村，你哥哥不是說了嗎？他去『找了』你父親大人，卻『沒有見到』。也就是說，他知道你父親大人住在哪裡。你父親並不是無影無蹤。根據我的推理，你哥哥可能知道你父親大人之後的生活，但是，他們並沒有直接見到面。」

實之看著喋喋不休的渡部的臉。

「關於你父親大人的地址和人生，關鍵可能在『三年坂』。不過，我第一次聽說東京有好幾個三年坂，我只知道一個而已。」

（二）

回到S市的翌日，實之在放學後，去了但馬屋薪炭批發行。之前曾經約定，暑假結束後，每天放學後也會在那裡打工。如今已經無意在舅舅的店裡工作，照理說，應該找個更賺錢的工作，但因工作時間很短，找工作不易，也很難立刻找到家教的工作。無論如何，他希望在畢業之前多存點錢。

做完炭灰滿天飛的雜務工作，回寄宿的地方吃完晚餐後，他又開始擦拭昨天沒有擦完的燈罩。住持太太用溫柔的眼神看了實之片刻，不發一語地離開了。

老人家說，人死後四十九天，在下一次投胎前，靈魂會四處飄遊，那叫「中有」。雖然應該不是哥哥的靈魂進入自己體內，但實之覺得自己的內心起了變化。「哥哥的死隱藏著秘密」的感覺與日俱增，想要了解真相的慾求，宛如間歇泉般從內心深處湧現。不升學也沒有關係，但他想去東京。為此，他需要錢。

擦完燈罩後去洗澡。這時，他已經完全找回日常的感覺，一回到房間，就坐在桌前做數學習題。

他突然想起昨晚分手前渡部說的話。

『內村，你可以升學。所以好好用功吧。』

如果他是基於對舅舅那一番毫無根據的推理，實之完全不抱希望。即使舅舅曾經向父親借錢，可以一次歸還的機會極其渺茫。

他第一題就解不出。這道題目是什麼意思？

實之闔上習題集。

他的目光掃到從老家回來後，一直放在桌旁的包裹。他想起裡面有哥哥幫他買的參考書。

拿出來一看，一股新書的味道撲鼻而來。實之翻了起來。

「東京的三年坂嗎？」

回來兩週後的某個傍晚，實之問住持三年坂的事。每到夜晚，涼風就從庭院吹進來，但很容易流汗的住持仍然扇不離手。哥哥的守靈和葬禮時，都曾經請他幫忙，當時他也是汗流浹背。

實之回來後，住持一直很關心他，隨時願意和他聊天。

「東京的情況我不太清楚，我只記得京都有一個坡道叫這個名字，在東山那裡。」

實之沒去過京都，根本不知道東山在哪裡。既然京都也有，代表「三年坂」是個很常見的名字囉？

「那是怎樣的坡道？」

「普通的石階坡道，那一帶有很多類似的坡道。不，正式的名字叫產寧坂。」

實之得知「產寧坂」的名字後，感到十分意外。聽到「三年以內會死」，令他有負面的感覺，但是「產寧坂」這幾個字卻很詳和。

「要不要吃一些茶點？」

住持太太進來問，住持請她把京都地圖和幾本書拿來。實之吃著住持太太拿來的車輪餅，在觀光地圖上確認了三年坂的位置，住持戴起眼鏡，翻書找地名的由來。

「我聽別人說，只要是在東京的三年坂跌倒，三年之內就會死，所以才取這個名字。京都的也一樣嗎？」

住持滿臉狐疑地抬起頭。

「三年之內就會死？真是不吉利，那裡的坡度的確很陡。」

「我還聽說和寺廟一樣，只要舔那裡的泥土，或是假裝舔過，就可以躲過一劫。」

「沒錯，關於寺廟的確有這種說法，但在石階的坡道上怎麼舔土？這不是很奇怪嗎？」

聽住持這麼一說，的確如此。如果坡道很陡，在那裡跌倒受了重傷，還情有可原……。

「啊，找到了，找到了。」

住持輕聲叫了一句，快速地看著書上的內容。

「……看上面寫的內容，名字的由來好像並沒有很不吉利。」

書上寫著，京都的三年坂是東山八坂之一。因為是大同三年（八〇八年）開闢的道路，所以取了這個名字。沿著三年坂往下走，是一個比較小型的坡道，叫「二年坂」。

住持好像唸經般繼續說：

「在三年坂跌倒受傷，會讓人在三年內翹辮子。……這麼說，二年坂必須是在兩年內翹辮子的陡坡。但我去過那裡好幾次，二年坂並沒有很陡。先是三年坂，後面的坡道比較小，所以才叫二年坂吧。」

大同三年建造的坡道，所以叫三年坂，比三年坂規模小，所以叫二年坂……。

實之有點失望。這麼說，也有五年坂和四年坂嗎？

「這點我就不知道了，好像沒聽說過五年坂的名字。」

住持又拿起另一本書翻閱著。

「啊，這裡有不同的解釋，是解釋剛才我說的產寧坂。」

那本書上說，以前那裡有一座泰產寺，三年坂是通往寺院的路，石階兩側是門前町，有許多商店。

「所以是祈求平安分娩的寺院嗎？」

「應該是，還有一座子安塔。在爬坡的時候，祈求分娩安泰、安寧，最後來到寺院。我認為這種說法比較具有真實性。」

也就是說，原本叫產寧坂（san-nei-zaka）的坡道，因為誤傳，變成了「三年坂」（san-nen-zaka），之後才牽強附會地用年號解釋名字的來由。住持解釋說：

「地名可以長久流傳，有時，地名中隱藏著如今已經不為人知的真相。京都的三年坂這個名字背後，也隱藏著以前這裡曾經有過香火鼎盛的寺廟這個事實，我認為這樣的解釋比較合理。」

地名中隱藏著被埋沒的真相。

這種想法令實之感到印象深刻。

那天晚上，實之沒有洗澡，擦完燈罩後，立刻坐在書桌前。放學後，已經做了四個小時的勞力工作，身體感到很疲憊，睡魔不時出現。不久之後，就要決定到底升學還是就職。應該不得不就職吧。

哥哥死後，實之一開始只是基於習慣打開習題集，但翻開哥哥留給他的參考書後，感覺和以前完全不同，他決定在中學畢業之前就準備入學考試。

他在抵抗睡魔的同時，把參考書上的物理公式抄在筆記本上，注意力漸漸集中，不一會兒，鉛筆在紙上沙沙地寫著，忘記了時間。

晚上十一點左右，有什麼東西打在只打開一扇的雨窗[1]上，發出咚的聲響。草皮外是低矮的樹籬，再外面是一條小路。

實之起身往外一看，發現是渡部身穿白色浴衣站在樹籬外高舉雙手。他右手拿著包裹，左手抓著用報紙包起的東西，應該是食物吧。實之這才想起今天有大黑菩薩的祭典。

「原來京都的三年坂有年號說，和安產祈願說這兩種解釋……」

吃完東西，渡部在蚊帳內抽著菸說。他帶來剛出爐的酒饅頭已經統統進了肚，蚊帳內只留下香味而已。實之把從住持那裡聽來的事告訴他。

「這一點的確很值得參考。不過，你看這個。」

渡部一邊打開包裹，一邊說道。

1日式房子在窗戶和落地窗外裝的密閉鐵窗，用來擋雨和防盜。

「這就是我們等待多日的東京地圖。」

實之回來的那天晚上，渡部和他約定，下次來的時候會帶東京的地圖來。如果要從地圖上找坡道的名字，市售的觀光書或是簡單的地圖派不上用場。聽說渡部寫信給住在東京的親戚，費了好大的工夫才找到這份地圖。

「今天才寄到，我看了一下，真的很厲害。這叫『五千分之一東京圖』，或是簡單稱為『五千分之一圖』。」

那是一份總共有九頁的黑色銅版印刷地圖，每一頁都折疊後裝在小盒子裡。地圖似乎不是全新的，有些泛黃，也有沾到水的痕跡，還有不少折痕。

然而，一攤開地圖，實之忍不住驚叫起來。

「太神奇了！」

「是參謀總部陸軍部測量局發行的。」

「參謀總部？」

「無論地形還是路寬、建築物的大小都精密無比。」

參謀總部是陸軍的局部之一，實之坐在油燈下，把臉湊到地圖前。

之所以說「精密無比」，是因為所有建築物在哪裡、什麼形狀都清楚地標示在地圖上。不光是大型建築物或政府機構，就連大雜院和小住宅都用不同深淺的黑色詳細記錄。

油墨色的深淺似乎代表建築物的材質，也就是分別表示木造房、磚瓦房還是石頭房子。當然，馬路、水路、農田和草地也明確加以區分，每戶宅第內的樹木和水池也鉅細靡遺地印了出來。

簡直就像一隻鳥從空中鳥瞰了東京全貌。每兩公尺就有一條等高線，懸崖等也一目了然。

「怎麼做出這份地圖的？是坐在汽球上測量嗎？」

「不，聽說是靠三角測量和實地調查。」

渡部讀著夾在地圖中的便箋說。

「……不過，這份地圖有點老舊，是明治十九年到二十年發行的，差不多已經有十多年了，所以，應該是軍部在此之前花了好幾年時間調查的結果。啊，對了，這原本是軍事用地圖，這裡有防護牆，那裡有戰略上的要塞……。所以，這是西南戰爭時用的地圖。」

「什麼？」

根據寫在便箋上的說明，這份地圖是為萬一政府軍在西南戰爭中潰敗，反政府的士族軍東上攻入東京時應戰所準備的。也就是說，這是城市巷戰的陣戰地圖，因此在戰術上需要了解哪一幢建築物會被子彈打穿，可以在哪裡建立防禦陣營等。

西南戰爭結束後已經十年，所以一般民眾才能買到這份地圖。因為日本基本上已經成為一個統一的國家，在東京發生巷戰的可能性微乎其微。

實之突然想起以前母親提起東京的山之手地區有可能變成一片廢墟，可能變成戰場，子彈和砲彈穿梭，陷入一片火海的東京……。

激動漸漸平息，開始低頭在這份地圖上尋找三年坂時，反而陷入一種失望。

這只是標示出地形和障礙物分布的地圖，町名、番地和街道名、路名的資訊很少。而且，地圖上的文字很小，在墨色的銅板印刷中，和建築物不同深淺的墨色重疊在一起，很難辨識。再加上地圖曾經多次折疊，或是隨身攜帶的關係，有些地方已經磨損了，雖然有許多地方都印了坡道的名字，但聽說東京到處都是坡道，但地圖上卻很少看到。顯然只記載了其中的一小部分。

要從這九張地圖中尋找可能沒有刊載的「好幾個三年坂」……。

實之忍不住嘆了一口氣。

「對了，渡部，你之前說你知道一個三年坂，是在哪裡？」

渡部說他知道一個後，即使在學校遇到，也完全不透露一絲口風，每次都裝模作樣地說，等看了地圖以後再說。

事到如今，渡部還在吊實之的胃口。

「你要不要先聽聽我的推理？你是不是很納悶，我為什麼說你可以升學？」

「不是因為我舅舅借了錢嗎？即使真有那麼一回事，他恐怕也無力還錢。」

「我也同意不能指望你舅舅。」

實之有點火大。渡部又點了一支菸，悠然地吐了一口煙後繼續說：

「但我並不是因為這個原因才這麼說。」

「那到底是什麼？有話快說。」

「東京不是有好幾個三年坂嗎？我剛好知道其中一個，那是在歷史上很有名的地方，但你好像不知道。」

「不好意思啊，我太愚昧無知了。到底在哪裡？」

「在霞之關。」

渡部從九張地圖中拿出一張，攤在面前，指著左上角的一點。實之低頭細看。上面的確印著「三年坂」幾個小字，但有一半和標示道路的線重疊在一起。

「你仔細看一下四周，就知道那裡是什麼地方了。」

實之按渡部說的，又拿了另一張和上面部分連續的地方疊在上面，查看周圍的文字。虎之門、三年町、裡霞之關、……這些都是地名。三年町的名字應該來自三年坂吧。義大利大使館、蘇聯大使館、外務省……嗯？再往北就是參謀總部，還有永田町……。

「你現在知道了吧？這裡是中心的中心，是軍事、外交的樞紐。三年町在歷史上也很有名，大久保的宅第就在那裡。」

實之抬起頭，露出緊張的表情。

「大久保就是遭到暗殺的大久保利通嗎？」

實之也知道和西鄉隆盛、木戶孝允並列為維新三傑的大久保利通。他是鎮壓西南戰爭的政府軍的中心人物，因為遭到士族的怨恨，在明治十一年（一八七八年），在紀尾井坂遭到暗殺。

「渡部，你的推理該不會……？」

「之前聽你說，你的父親大人和自由民權運動或是報紙有關，所以，應該是反政府士族吧？」

看到實之啞口無言，渡部笑了起來。

「不，我並不是說你的父親大人和暗殺或是內亂有關，不過，他可能掌握了什麼秘密。我相信關鍵就在於『好幾個三年坂』和『在三年坂跌倒』這兩句話。」

「………」

「你哥哥一定也得知這個秘密，只是還來不及告訴你就死了，他搞不好是被人滅口的；說不定是被擦了什麼藥物或是有毒的刀子刺傷的，只是普通的醫生檢查不出來而已。」

實之張口結舌了半天，終於說了話。

「你是不是中偵探小說的毒太深了？你的意思是，我可以去找出這個秘密，用這個秘密換錢，然後靠這筆錢升學嗎？」

渡部有點尷尬地點點頭。

「你父親大人十年前不就是這麼做了嗎？靠這個秘密拿到了一千圓或是兩千圓，不，有可能更多。他只是拿了其中一部分到你家……」

看到實之一言不發，渡部心浮氣躁地說：

「你有資格繼承這個秘密。秘密喔。內村，你必須掌握這個秘密！」

「那為什麼我父親之後音訊全無？」

渡部閉口不語，一臉同情地抬眼注視著實之。

（三）

哥哥死後兩個月，十月下旬時，實之再度接到母親的信，上面寫著：

「下星期天白天回家，要商量你未來的出路。」

反正一定是談工作的事。實之不太想回去，但那天早上還是從S市出發，踏上熟悉的街道。

走在路上，他思考著父親和哥哥的事，覺得應該利用這個機會向母親確認幾件事。

那天之後，有關三年坂的調查也小有進展。

首先，他和渡部分頭調查『五千分之一圖』後，另外又找到兩個三年坂。其中一個在「麴町區番町」，另一個在「牛込區」的角落。

在番町發現三年坂時，渡部十分興奮。他說那一帶是以前旗本[2]的居住區，如今成為高級住宅區，住了許多高級公務員和華族。

2武士的等級之一，有資格直接見幕府將軍。

相反的，在牛込的角落發現時，渡部卻很失望。牛込雖然屬於山之手範圍，卻是平民百姓居住的地區。而且，附近還有一個早稻田的地名。從地圖上來看，那一帶是郊區，只有農田和空地。

之後，他們又相互交換各自負責的區域，繼續查地圖，但是很遺憾地，並沒有新的發現。從地圖上來看，東京只有三個三年坂。

他們為此發生了爭執。實之的哥哥說，東京有「好幾個」三年坂，「三個」到底算不算「好幾個」？

渡部認為，如果只有三個，應該會說「有三個」。所以，顯然不止三個。實之則反駁說，一個或是兩個很特別，三個已經足以稱為「好幾個」。兩人僵持不下。

最後他們達成了共識——從等高線來看，東京的坡道應該比地圖上所記載的更多，地圖上所記載的坡道名應該只有實際的十分之一。

其次，有關霞之關的三年坂也有了進展。渡部找到對東京那一帶知之甚詳的中學老師，向他打聽了很多情況。那位老師曾經在位於三年町的一所名為工部大學的國立學校唸過書。

渡部像往常一樣，在實之寄宿寺廟的蚊帳中對他說：

『住持之前不是說，京都的三年坂也叫產寧坂嗎？其他還可能因為發音不正確造成的誤傳。』

『對啊。』

『聽那位老師說，霞之關的三年坂也有兩個別名，分別叫淡路坂和鶯坂。』

實之在嘴裡反覆玩味這個名字，渡部繼續說：

『淡路坂這個名字似乎很常見，可能是因為江戶時代的淡路守大人的宅第就在附近吧。或是德川家康建造江戶時，由淡路守大人負責建造淡路藩之類的。』

『建造江戶時……？』

江戶，也就是東京，難道是「造出來」的嗎？實之感到不解。

『另一個鶯坂名字的由來，顧名思義，應該是附近有黃鶯在叫，可能這一帶有梅林吧。因為赤坂溜池就在附近。』

母親經常提到赤坂溜池這個地名，聽說舊藩邸就在溜池的南側。

『你知道我想說什麼嗎？』

『不知道。』

『你真差勁，動動腦筋嘛。總之，無論如何，兩者都和你哥哥說的，在三年之內會死這種不吉利的傳說相去甚遠。況且，霞之關的三年坂是很緩的坡道，既沒有石階，也不是陡坡。』

原來如此。

實之不由地感到佩服。那麼，「跌倒」或許不是指真的跌倒或是絆倒，會不會是某種比喻？實之這麼問渡部。

『有可能，』渡部想了一下，『我原本以為所謂秘密是有關霞之關的秘密，現在發現可能不是這麼一回事。也許有好幾個三年坂這件事本身就是秘密，或是所有的三年坂有什麼共同的秘密……』

『坡道有共同的秘密？什麼秘密？』

『這我就不知道了，只是有這種感覺。可能是很古老的秘密吧。我突然覺得很興奮，但是很遺憾，我要開始用功讀書了，不能提供什麼協助……』

實之有點跟不上渡部「偵探」的節奏。

他想要向母親確認的事如下。首先，以前母親住在東京的藩邸大雜院時，是否知道三年坂這個名字。第二，在哥哥的遺物中，有沒有提到三年坂的東西。

哥哥死後，母親曾經整理過他的書信，應該看過內容。哥哥最後放在行李袋裡帶回來的東西，以及回到家後從各地寄來的東西中，或許曾經提及三年坂。

上次離開老家時，實之沒有向母親和外祖母提起哥哥那句令人費解的話，就回到了S市，他覺得這次是個好機會。

出乎實之的意料，舅舅充輔也坐在內村家的日式客廳。他沒有喝酒，一臉不悅的坐在上座，抱著雙臂。母親和外祖母坐在他的斜前方，好像在監視他。看到這幅景象，實之突然激動起來。

在母親的催促下，實之坐在舅舅的正對面。

「實之，關於你未來的出路，」母親首先開口說道，「你舅舅說，如果你想繼續升學，他願意資助你。」

預感靈驗了！不，應該說，渡部說的話成真了！

實之紅著臉，看著充輔。

舅舅很不甘願地說：

「你應該知道，我店裡的生意做得很辛苦，而且家裡有四個孩子。雖說是親戚，其實我根本就沒有能力資助你。」

「嗯，嗯嗯。」

然而，母親斷言，舅舅願意資助。

「只不過義之發生那種事，你就是這裡的戶主了，中學畢業就去工作的確有點可惜。你應該有在用功吧？」

舅舅上次才說，「學校讀的書在社會上根本派不上用場」，顯然他不是心甘情願的提供資助。難道是……？

實之措詞小心地說，在哥哥回來之前，自己就已經開始準備入學考試。

「是嗎？那你有自信可以考進一高或是三高嗎？」

「嗄？」

實之回頭看著母親。

母親似乎已經走出失去長子的悲痛，黝黑的臉龐十分嚴肅，她轉頭看著實之。

「這是我的條件，要升學，就要進入帝大。同樣地，要進帝大，如果不是從一高或是三高升上帝大，將來也不會有太大的出息。」

「而且，」舅舅說，「無論一高還是三高，等你考取，學校開學後，每個月給你八圓，我沒能力出更多錢。」

實之從外祖母口中得知舅舅態度驟變的真相。舅舅氣鼓鼓地回家後，實之逮住正在田埂上抽菸管的外祖母，向她確認渡部說的借錢一事。

「對，沒錯，你說的對。」

外祖母打著呵欠回答，她滿嘴酒臭味。

「阿實，你的腦袋很靈光嘛，考進一高不是夢想。」

「呃，嗯。」

「充輔向你父親借了一千圓，那已經是十年前的事了。之後，他就仗著債主沒有現身，連一毛利息也沒付。借給他錢的人可能已經客死在他鄉，考慮到他的實際情況，照理說，他至少應該把本金還給阿春。每個月八圓，一年也不到一百圓，充輔必須支付十年。」

實之對渡部的料事如神感到興奮不已，突然覺得這可能是外祖母的功勞。

「外婆大人，該不會是妳……？」

「呵呵呵，」外祖母臉上擠出更多皺紋，大聲笑了起來，「那次之後，我一直住在充輔的店裡，每天開懷喝酒，也在他家大鬧了一場。我對他說，如果你不還錢給阿春，我每天都這麼鬧，他終於折服了。照理說，他是兒子，他應該是內村家的戶主，他要養我，而不是阿春。」

「外婆大人，謝謝妳。」

外祖母打量著實之。

「你給我聽好，考上一高後去東京，絕對不能像你父親或是哥哥那樣。」

不，無論一高還是三高，現在的我根本考不進。實之好幾次都想說這句話，但又把話給吞了下去。

距離七月的入學考試還有九個月，他完全沒有自信可以考取。尤其一高是競爭率超過六倍的窄門，三高的熱門程度也僅次於一高。

實之總覺得一高和三高是舅舅提出來的條件，也可能是根據自己這個外甥的學力故意設下的門檻。付錢的時候，誰都想越晚付越好；如果可以不付，那當然更好。

母親可能一口答應這個條件。之前母親就對哥哥說，除了一高和帝大，其他都不值得讀。這次之所以會增加京都的三高，是母親因為丈夫和長子的事，已經對東京望而生畏，所以認為即使以後不得不讀帝大，二十歲前後最好遠離東京。

事實上，即使實之再怎麼用功，如果可以在兩、三年後考進三高，就已經笑得合不攏嘴了。如果去外地，也可以讀二高、四高或是五高。當他考試失利一、兩次後，家裡對他的要求也會放寬，到時候就會去那裡讀高等學校，在外地生活三年，無論讀哪一所高等學校，都可以無條件進入東京的帝大，但最早也要五年後，才能實現這個夢想。

五年後……。

實之覺得東京漸漸離他而去。搞不好渡部的推理正確，三年坂或許真的隱藏著巨大的秘密，自己卻不能一窺究竟。

他在母親和舅舅面前隻字未提三年坂的事，升學的事才剛有了著落，他不想讓事情變得太複雜。

不過，他向外祖母打聽了一下。

「三年坂？我不知道有名字這麼奇怪的坡道。」

外祖母顯得興趣缺缺地回答，她活到這麼大，連大阪都只去過兩次，當然不可能知道東京的坡道。

即使如此，實之還是很想看看哥哥的信。原本打算當天就回去，但謊稱有點感冒，當晚便住在家裡。等母親和外祖母入睡後，他去儲藏室找哥哥的遺物，在燭光下，看了用細繩綁起的將近百封書信。

幾乎都是新年賀卡、暑中見舞[3]或是簡單的問候信，哥哥似乎沒什麼好朋友。信中完全沒有提到三年坂，也沒有提到父親。即使偶爾看到一封長信，也都是無關緊要的話題。

無奈之下，他只好抽出幾封哥哥最近收到的一高和帝大同學的信。如果有奇蹟發生，明年九月就可以去東京見到他們，搞不好會延到五、六年後。現在根本不需要什麼書信，只要用功讀書。雖然他很清楚這些道理，卻仍然無法停止偵探行為，可能感染了渡部的偵探中毒症。

之後的經過如下。

實之辭去薪炭批發行的工作，去參加為中學應考生舉辦的補習課程，每天晚上自己做入學考試習題集。他對歷史逐漸有了概念，在擅長的數學方面，解題也越來越得心應手。不過他對向來較弱的英語和國文方面，仍然缺乏基本學力，物理化學也只有基礎水準而已。

這是一月的事。距離入學考試還有半年，在這種情況下，根本沒有希望。無論再怎麼用功，可能一輩子都和一高無緣。果然要等到五年之後嗎……？

絕望越深，想要立刻去東京的欲望就越發強烈。他想用自己的雙腳去找三年坂。只有了解哥哥和父親，才能像外祖母說的那樣，避免步上他們的後塵。

想要了解父親，也想了解哥哥，更想了解自己。一切的答案都在東京。

身為考生，有充分的理由可以去東京，那就是去讀補習班。既然永遠都考不進，不如今年放手一搏，為此，可以先去東京的補習班讀一段時間。也許東京有在這種鄉下地方不可能了解的學習方法。最重要的是，來自全國各地的考生都集中在東京。

3日本人在夏季相互贈禮、寫信問候，此是指用明信片簡單問候。

實之從雜誌上看到，東京神田有許多專門為報考國立學校考生設立的補習班。三月中學畢業，大部分補習班在四月開始上課。費用和專科學校差不多，包括住宿費在內，每個月至少八圓，需要三個月的費用。

再加上考試費用和旅費等，如果有四十圓，應該就可以解決問題。雖然不能指望舅舅出錢，幸好自己打工存了二十圓，只要再有二十圓，就可以成行。

實之向母親試探，說想去東京的補習班讀三個月書。他當然不可能提出自己真正的目的。

母親問他：

「你去東京後，入學考試的題目就會改變嗎？」

當然不可能改變。

但認識一下競爭對手的其他考生，自己或許會改變。實之這麼回答。

「最大的敵人不是競爭對手，而是你自己。」

言之有理。

母親不同意。她雖然叫實之去讀帝大，內心卻很擔心實之去東京。

進入三月，五年的中學生涯就要結束，接下來有三個方案可以選擇。離開寄宿的寺廟，回到老家埋頭苦讀；或是繼續在寄宿的地方，以畢業生的身分繼續去中學。當然，還有第三種方案。

如果在資金不足的情況下，執行第三方案，就必須留下一張紙條後逃跑，去東京找工作。反正無論怎麼做，都不可能考進一高，但他不知道這段期間，能不能用心讀書，也不知道有沒有時間去找三年坂。實之不知道該何去何從，整天悶悶不樂。

畢業典禮的第二天晚上，渡部來到寄宿的地方找他。渡部已經決定去讀京都的補習班，為考三高做準備，隔天就要出發。雖然他已經沒時間玩偵探遊戲，但還是有事來找實之。

「我拿到不少紅包，也剩了一點零用錢。」

說著，渡部拿出一個禮金袋。打開一看，裡面有二十張一圓紙鈔。

「唯一的條件，就是如果你知道三年坂的秘密，一定要告訴我。」

火之夢2

（一）

「你那篇關於都市火災的文章很受好評，幾乎每個遇到我的人都會問，那篇文章的作者到底是誰？」

坐在鍍金對面的三十多歲男人一開口就這麼說。他嘴上叼著菸，聲音很模糊，尖嘴猴腮的臉上戴著一副金框眼鏡，眼鏡後方的眼神十分銳利。他穿著昂貴的西裝和立領襯衫，繫著黑色細領帶，渾身散發出一種陰鬱的感覺。

「謝謝。」

鍍金微微點頭，端起紅茶杯喝了一口。他穿著日式裙褲，頭髮也比夏天時更長了。

「和我同一所補習班的一位帝大建築系的講師，也極力讚美喲。」

「是嗎？」

這是明治三十二年（一八九九年）十月下旬的某一天，兩個人坐在神田區小川町一家西餐廳二樓角落的餐桌旁。吃完午餐後，鍍金喝著奶茶，眼鏡男喝著咖啡。這是一棟狹小的木造歐式房子，下午兩點多的這段時間，餐廳裡只坐了一半的客人。

「對了，鍍金先生，你應該還會在日本再多住一年吧？」

「嗯，目前是這麼打算。」

說完，鍍金皺了皺眉頭，小聲地繼續說：

「我原本是打算在日本長住才會回來的，不過住了一段時間，還是覺得國外比較適合我。身為日本人，實在是很丟臉。」

「那是因為你在國外住久了的緣故。……這麼說，你在日本的這段時間，我還是可以請你寫文章或做調查囉？」

「對，沒問題。之前寫稿都是運用我在國外生活的知識。如果可以，我希望寫一些關於日本的事。我必須更了解自己的國家。如果可以進一步了解，或許我會考慮在這裡定居。……啊，不過應該沒有人想要看我這種冒牌貨寫日本的事吧？」

「不會，你的觀點說不定很有趣。」戴眼鏡的編輯仍然一臉陰沉地回答，「也許反而更有新鮮感。我們對自己的國家太熟悉了，即使有批判，有自嘲，最終還是對自己的國家手下留情。關於這一點，說你是外國人可能有點失禮，但你可以從觀光客的角度看日本，用全新的觀點，看那些我們已經習以為常的事。」

「……全新的觀點，這點我沒有自信。是不是有什麼具體的內容？聽傳話的人說，這次要委託我的是和上次一樣，有關火災的事。」

編輯喝完咖啡，探出身子說：

「對，鍍金先生，因為事關重大，不能大聲說。你聽過『最慘的冬天』嗎？」

他的聲音中途變得很小聲，連鍍金也必須探出身體才能聽到。

二十分鐘後，編輯離開，只剩下鍍金。他叫來身穿印有店徽短外褂的服務生，點了第二杯奶茶。這時，鄰桌一個身穿西裝、背對著他的紳士好像接到暗號似地站了起來，左顧右盼後，坐在鍍金對面的椅子上。

這位西裝穿得也很得體的男士，正是物理化學講師立原總一郎。

他壓低嗓門問鍍金：

「剛才這個人就是天命社的編輯鷺沼洋次郎嗎？」

「對，沒錯，是不是很奇特？當然啦，我沒資格這麼說他。」

「對不起，突然拜託你這件事。因為有一件事讓我很在意。」

「對啊，當我說今天要和他見面，你要求讓你在一旁竊聽時，真是嚇了我一跳。」

身穿和服的服務生端著漆器盤，恭敬地走了過來。立原坐直了身子，告訴服務生自己換了座位，然後又點了一杯咖啡。

鍍金問：

「你聽說我們要討論下次寫稿的事時，有想到什麼嗎？」

立原遲疑了一下回答說：

「要進一步詳細調查後才知道，但這麼做是值得的。我擔心的事似乎成真了。」

「你的擔心成真？」

立原探出身體。

「鍍金老師，剛才你們話說時，中途突然變得很小聲，我只能隱約聽到『最慘的冬天』和『把東京燒光』這幾個字。」

「……喔。」

「我在大學時讀過『最慘的冬天』，所以略知一二，那是指明治十四年左右的連續大火。之後你們又說了什麼？你們聊了很久。」

鍍金閃爍其詞。

「這個嘛。總之，他要求我結合這些內容，討論東京發生這種前所未有的大火的可能性，批判政府在防災政策上的缺失，喚醒民眾的注意。」

立原用銳利的眼神注視著鍍金。

「希望只是這麼簡單……」

當服務生送上第二杯奶茶和咖啡，轉身下樓後，鍍金開始告訴立原，剛才鷺沼小聲對他說的內容。

立原也知道「最慘的冬天」指的是明治十三年（一八八〇年）年底至翌年年初的冬天。這四個月期間，東京連續發生了四起大火。

最初是十二月三十日的「神田鍛冶町大火」，導致兩千一百八十八戶房屋燒毀，屬於中等規模的火災。接著是翌年一月二十六日的「神田松枝町大火」，燒毀一萬零六百三十七戶房屋，和日本橋箔屋町大火並列「明治最大火災」之一。第三起和第四起分別是二月十一日的神田柳町大火和二月二十一日的四谷簞笥町大火，燒毀的房屋分別為七千七百五十一戶和一千四百九十九戶。

那時政府正處於制定憲法和開設國會的混亂時期，「明治十四年的政變」就發生在那年秋天，主張早期制定憲法的大隈重信派和福澤諭吉派都被趕出當時的政府權力中心。

之後，以伊藤博文為中心的長州勢力獨佔政府的樞紐，著手創設內閣、鹿鳴館外交和修正條約。

另一方面，大隈派和在此之前就失勢的土佐派（板垣派）則組成立憲改進黨和自由黨等政黨。除了用言論攻擊政府以外，還結合對政府不滿的階層，最後導致秩父事件等地方暴動。

總之，「最慘的冬天」是指明治維新最後階段的混亂時期，在東京連續發生的都市災難。

立原插嘴說：

「所以，他的意思是說，這四場火災其實是政治陰謀嗎？為什麼事到如今，又重提二十年前的事……？」

「對，我也覺得納悶，但鷺沼先生是這麼說的。」

『你應該知道，最近出版了很多維新元老的回憶錄或回顧集吧？』

明治維新的當事人逐漸年邁，明治初年的事也逐漸成為歷史的一頁。有些人覺得如果現在不揭露當年這場政治變革幕後的種種，就會讓真相永遠埋藏在黑暗中，實在可惜。所以紛紛去採訪那些老人，把他們的談話匯集出書。

『根據一個沒有透露採訪對象的可靠消息來源顯示，當年是有幾個喬裝打扮的人到處縱火。』

鍍金放下奶茶，抬起頭。

『目的是在攪亂人心嗎？』

『當然。這項計畫的規模很大，似乎意圖把東京燒光。』

『……把東京燒光？』

『要重新再來一次維新。不過，正如你所見，東京的馬路凹凸不平，到處塵土飛揚；而且雜亂無章的建築充斥。證明這項計畫最後以失敗告終。』

鍍金皺著眉頭。

『這些話屬實？』

『不，很遺憾，目前無法得到證實，也難辨真偽。』

鍍金嘆了一口氣，靠在椅子上。

『原來如此，如果真有其事，那麼現在的東京就會像巴黎一樣，成為一個井然有序的首都了。』

『應該吧。』

『……姑且不談縱火的事。從江戶時代到目前為止，曾經發生過整個東京付之一炬的大火嗎？』

『明曆大火幾乎達到這個規模。』

『明曆大火？』

鍍金對日本歷史的了解有限，即使聽到這個名字也毫無頭緒。

『原來過去曾經發生過。我回來日本後，第一次住在東京，一開始對東京的土地之大和地形之複雜感到不知所措，完全無法想像整個東京陷入大火的情景。』

『東京的地形的確很複雜，所以如果只是某一個地方起火，很難整個燒毀。』

『是啊，這麼說……』

『剛才提到的燒毀東京的計畫還有待補充，就是逆向利用東京的複雜地形，有幾個該稱為「罩門」或是「燃點」的地方。聽說數量並不多，總共不到十個。』

『罩門？』

『只要在這幾個地方點火，至少東京市十五區，也就是以前的江戶府內，可以付之一炬。』

『你的意思是，同時在不到十個地方，引發小規模的火災嗎？』

『當然，如果及時撲滅，計畫就不會成功。但只要這幾個「燃點」徹底燃燒起來，整個東京就會陷入一片火海。』

『東京陷入一片火海……』

『怎麼樣？是不是很有趣？我就知道你應該會感到有趣。……這就是這次想委託你的事，可不可以憑你獨特的見解，調查一下是否有這種可能性存在？』
『我嗎？』
『只是事關重大，也許會引起警方的懷疑。所以，拜託你務必要秘密調查，在最後一刻提出讓世人為之震驚的報告。』

立原聽完後，抱起雙臂。
「燃點嗎？如果這些話屬實，真的事關重大。」
不知道是不相信這番話，還是生性好奇，鍍金面帶笑容的反問立原：
「明曆大火，確實是發生在江戶時代初期的一場火災吧？」
「對，那是發生在大約兩百五十年前的大火，據說江戶幾乎被燒掉了六成，就連剛創建不久的江戶城天守閣也被燒得精光，之後就沒有重建。大火後，江戶的都市計畫就擴大規模重新執行，也算是因禍得福。」
「所以，江戶城是在這場大火之後，才變成一個有秩序的都市囉？」
「沒錯，不過江戶重建，使得幕府的財政陷入危機。最後，武家的勢力也隨著財政困難走向衰亡。」
「之後就沒有這麼大規模的火災了嗎？」
「對，之後的火災並沒有導致六成以上的房屋燒毀。對了，明曆大火還有一個別名叫做『振袖火災』[1]，流傳著一個很神奇的故事。」

「神奇的故事？『振袖火災』這個名詞，是指來自大家穿日式和服的正月發生的大火嗎？」

「火災的確是在正月發生，但和穿日式禮服沒有關係。」

「是嗎……？」

「據說，燃點是目前位於本鄉的本妙寺，那家寺廟供奉了不幸死亡的年輕女子的振袖和服。據目擊者說，起火時，充滿年輕女子怨念的振袖和服發生自燃，飄在空中，火苗四散，才會造成大火。」

鍍金露出好奇的表情。

「自燃嗎？太有趣了。」

看到鍍金興趣十足的表情，立原進一步向他說明，自己所知道的有關江戶時代火災的事。

說完之後，立原說：

「總之，燃點的事的確很可疑，我會著手調查。鍍金老師，你也要小心。」

鍍金滿臉詫異地問：

「為什麼要小心？」

「總之，你先不要自己去調查，也不要告訴別人這件事，我猜想你有可能被人利用了。」

鍍金終於露出嚴肅的表情。
「你的意思是，鷺沼先生很可疑嗎？」
立原微微點頭。
「老師，你跟他很熟嗎？」
「不，他只是我的責任編輯，在其他方面完全沒有交集。啊，對了，聽說他自己也用筆名寫過文章，刊登在很多雜誌上。他說是受其他編輯朋友之託，臨時墊檔。」
「這樣我就更加擔心了。」
不過，立原就此打住，並沒有繼續說下去。他看了一眼牆上的時鐘。
「啊，對不起，我要回大學了。」
兩人起身走下狹窄的樓梯。
「老師，你住在哪裡？」
「京橋的元數寄屋町。」
「是嗎？」立原驚訝地回頭看著鍍金，「該不會是銀座的紅磚房吧？」
「對，」鍍金滿臉笑容，「以前是賣西洋雜貨的店，目前轉租給我。住了一年後，我充分了解到，高溫多濕的日本實在很不適合紅磚房。」

1 振袖為長袖和服，指未婚女子的禮服。

之後，鍍金夢見了上次夢境的續集。他躺在元數寄屋町紅磚房二樓的自家床上，黎明時做了一個夢。

鍍金還是坐在人力車上。

人力車以相當快的速度，沿著坡道向下衝。

上次的夢境中，狹窄的坡道兩旁散發出熱氣，好像從大火中穿越而過，這次卻不一樣。

兩側的石牆後方似乎堆滿冰塊，周圍的冰冷空氣擠向雙頰。

一定是因為去淺草水族館參觀的關係；一定是因為目不轉睛地看了挖入地下好幾公尺的修路工程……。

鍍金雙手抱著肩膀，渾身發抖。

踏、踏、踏。

車伕向前跑。

「車伕，」鍍金叫道，「我可以把車蓋放下來嗎？」

沒有回答。

車伕似乎急著趕去目的地，他以一定的步伐衝向漆黑的前方，不停地往前衝。

「我要放下來囉，沒問題吧？」

鍍金雙手拉著竹子骨架的折疊式車蓋，試圖放下來。然而，收在後方的車蓋卻怎麼都拉不起來，似乎強迫鍍金欣賞眼前的風景。

原來是這樣。

鍍金心想。

我回國是為了觀察這個國家將走向何方，所以不能把車蓋放下來。我必須張大眼睛看，直到最後一刻。

想到這裡，他就醒了。鍍金覺得和上次的夢境相比，這次似乎毫無進展，但最後那一剎那看到的影像，卻在腦海中留下深刻的印象。

車伕身上的短褂印著好像是商號的文字。文字很模糊，一直看不清楚，直到最後一刻才聚焦。上面寫著——

「鍍金。」

是自己僱用了這個車伕。

（二）

十一月下旬。

在神田西餐廳談話後一個月，立原總一郎又去銀座元數寄屋町拜訪高嶋鍍金。

他從有樂町走過數寄屋橋，來到靠京橋的那一側，那棟紅磚房就在大馬路後方的小路上。不同於大馬路旁寬敞的高級紅磚房，小巧的建築很老舊，外牆已經出現了很大的裂痕。

對開的木門旁有一個銅製門鈴，立原按了門鈴，身穿粗呢夾克的鍍金立刻出來應門。他在家似乎都穿西裝。

一踏進屋，立原立刻發出讚嘆的聲音。

「啊，我好想有機會住在這種房子裡。」

之前有一對夫妻在這裡開西洋雜貨店。一樓仍然保留了店面的樣子，臥室之類的應該都在二樓吧。一進門，就看到紅木吧檯和空的陳列架，店的後方有三組圓桌和靠背椅，看來這裡目前已經變成客廳。

鍍金帶立原來到其中一張桌前。

「搞不好這幢房子明年就會空出來，如果你喜歡，可以來租啊。」

鍍金走進吧檯，用虹吸式咖啡壺泡了咖啡。

「對了，你上次和那個鷺沼也提到這件事，你真的打算再去英國嗎？」

「老實說，我還在猶豫，因為現在已經交到像你這樣的朋友。」

「不，我……」

立原說著，環顧店內。

入口內側至客廳放置了各式各樣的物品。撞球台、西臘石膏像、經過漂白的牛骨和古老的大時鐘，簡直就像是童話故事中的西洋古董店。牆角的金屬棒上掛滿幾十件夾克和大衣。

「鍍金老師，這些全都是你在國外買的嗎？」

鍍金端著兩杯咖啡坐在桌子的另一側。

「對，我是遊手好閒、毫無生產性的米蟲。」

立原發出羨慕的聲音。

「像老師這種人稱為高級遊民。」

立原繼續四處張望著，視線突然停了下來。

「咦？那是什麼？」

鍍金回頭看著立原手指的方向。在幾乎及地的那堆吊掛的大衣後方，放著一輛嶄新的黑色人力車。

「如你所見，那是人力車。」

「你僱了專用的車伕嗎？我看你平時都是走路去學校。」

「沒有，」鍍金顯得不好意思，「我沒有僱車伕。況且，我很喜歡走路。」

「那……」

「這是我最近買的。……怎麼辦？如果我告訴你實情，你可能會覺得我這個人很可疑。」

「到底怎麼了？」

鍍金猶豫片刻，說出兩次夢境的內容。

火燒坡道的夢。

立原不發一語地聽著，兩頰不知不覺泛紅。

「太驚人了。我不是學鷺沼說話，老師，你可能真的有什麼特殊的能力。」

「是嗎？在做這個夢之前，我剛好在寫有關都市火災的文章，因此才會夢到火災吧。」

「你買了人力車，是以為夢境中的車伕會突然現身嗎？」

「我也不知道。也許只是突發奇想，想要擁有一輛人力車。……對了，我一直遵守你的忠告，到目前為止，我都沒有著手調查，也沒有告訴任何人。」

立原的表情嚴肅起來。

「鷺沼之後有沒有來找你？」

「他派人帶話到學校問我：『上次談的事有沒有進展？』我回話說，最近忙著上課及寫其他稿子，還沒有著手調查。」

「鷺沼經常來找你嗎？比方說，他會不會來你家裡？」

「不，他很忙。到目前為止，我只和他見過四、五次面而已。我要求每次見面，都約在外面。」

「聽你這麼說，我就放心了。」

「為什麼？」鍍金納悶地偏著頭。

「我的擔心果然沒錯，那個人的確很可疑。……先給你看這個，你看過了嗎？」

立原拿出一本雜誌。正是之前刊登鍍金文章，鷺沼所屬的天命社所出版的月刊《天命》的春天號。

立原翻開薄薄的雜誌，遞給鍍金。在「論驅逐貧民窟的是非」的標題下，印著「卓軒山人」的名字。

「不，我沒看過，我只有看過刊登我文章的那本雜誌。」

鍍金抓著頭。「即使他們寄給我，我看日文也很吃力。」

「這是鷺沼寫的文章，他會使用很多不同的筆名。但我問過天命社的其他員工，這篇文章就是他寫的。總之，你先看一下。」

「驅逐貧民窟嗎？倫敦也面臨這個大問題，我大致可以猜得到。」

說著，鍍金低頭看文章。雖然他說自己看日文很吃力，但閱讀的速度倒是很迅速。

那是有關「最慘的冬天」的內容。

明治十四年（一八八一年）一月發生神田松枝町大火時，名叫神田橋本町的地區完全被燒毀。那裡廉價旅館和大雜院密集，也就是所謂的貧民窟地區，被認為是「東京四大貧民街」之一。

政府為了提升日本的國際形象，將貧民區視為國家落後的象徵，不僅想要隱瞞這些地區的存在，更希望可以徹底清除。結果，一把大火把那一區的所有房屋燒得一乾二淨。

火災後，東京府立刻展開行動，全面徵收土地，實施「驅逐貧民窟」政策——在進行區域重整的基礎上，出借土地給民間蓋屋。同時對建築物實施管制，不允許建造成貧民區根源的廉價旅館和大雜院。沒辦法，貧民只好轉移至其他貧民區居住。

然而，筆者卓軒山人卻指責政府的做法太手軟，他措詞強烈地要求，不能等待大火發生後才採取行動。在即將迎接二十世紀之際，應該強制驅逐貧民，重新進行都市計畫。

鍍金中途抬起頭。

「我在倫敦也經常看到類似這種激烈的言論，這有什麼問題？」

立原探出身體。

「倫敦也有貧民區吧？但聽說有人認為貧民區的存在，並不是落後的象徵。」

「沒錯。貧民區是工業發展導致勞工階級聚集而形成的，所以，在工業化發展相當進步的英國，貧民區的問題更加嚴重。」

「對，對，我也是這麼聽說。」

「貧民區經常發生火災，容易流行赤痢和瘧疾等傳染病，這點和東京不相上下。不過倫敦東區更是犯罪的發源地，像開膛手傑克這種街頭隨機殺人事件，始終沒有偵破。比起來，東京的貧民區算是很平和了。」

「對嘛！」

立原雙眼發亮，急忙接著說：

「問題反而在於一國之都該如何美化外觀。既然貧民區無法消失，就該考慮如何加以管理或隱藏。……東京在這方面卻毫無計畫。」

鍍金興致勃勃地聽著。

立原繼續說：

「以前，每次大火都發生在貧民區，於是就出現了貧民自己放火燒毀家園的『貧民原因說』，或是少許溫和一點的『貧民期待說』。即使遇到火災，貧民只要人逃出來就沒事了。既可以領到救濟金，重建時也容易找工作。每次貧民區發生大火，就有人懷疑是當地居民自己縱火燒毀的。」

鍍金不發一語，立原發現了他的冷靜態度，閉上嘴，尷尬地調整姿勢。

「不好意思。……回到剛才的話題，你看一下這篇論文的最後寫道，『除非發生偶發性的大火，否則很難徹底驅逐貧民區。然而，我們等不及這種真正的偶然。』」

再度低頭看雜誌的鍍金很快抬起頭。

「……他的確這麼寫。啊，立原，我大概知道你想說什麼了。」

立原用力點頭。

「作者應該是很強硬的『徹底掃除貧民區論』者，我還看了他寫的其他文章，我唸一下標題給你聽。『有關消滅犯罪之愚見』、『貧困和懶散』、『政府的人民管理和教育』……。我認為，上次鷺沼對你提到政府內亂的事，恐怕另有隱情。同樣是反政府，鷺沼主張的不是人民的權利，而是批判政府內政不力，是強烈的國家主義者。」

「他的確給人這種感覺。」

鍍金露出沉思的表情。

「對了，上次鷺沼說，要寫燃點的事，是為了給當局敲警鐘，你曾經懷疑他的動機。」

立原一隻手摸著下巴，一邊思考一邊說：

「這只是一個假設。姑且不論過去的幾場大火是不是陰謀，假設鷺沼認為這個國家的首都必須重新出發，因此應該把東京的貧民區付之一炬。這時剛好聽到燃點的傳說，於是，就請你用秘密的方式調查……。」

「為什麼要委託我調查？」

「應該是鷺沼自己受到警方監視，無法調查，所以請你代勞吧……。剛才聽你聊到夢境的事，你的直覺應該很強，而且可以用西方的角度觀察事物……」

「燃點不是日本的傳說嗎？我在這方面就……，不過，你為什麼會對鷺沼有興趣？」

「因為認識你的關係。」

「啊？」

「因為認識了你，才知道《天命》這本雜誌，所以我上次才會要求聽你和責任編輯討論的內容。之前聽你說，你文章的主題都是和編輯在閒聊中決定的。」

「什麼意思？我不太了解你的意思。」

「老師，你才從國外回來，又是富家子，同時很快又會再出國，是警方很難追蹤的對象。我懷疑那位編輯故意設計你寫都市火災的題材，結果果然不出我所料，他又和你談起『最慘的冬天』和『燃點』的事，還請你著手調查……」

「原來是這樣！」

鍍金輕聲叫了一句，突然笑了起來。

「……所以，鷺沼不僅慫恿我寫稿、調查，還要我成為縱火犯嗎？」

「不，實際執行的不是你，而是鷺沼。但警方會因為文章內容和之前調查留下的痕跡，將矛頭指向你。不過，那時候，你已經不在日本……」

鍍金再度笑了起來。

「老實說，你從一開始是不是覺得我很可疑？從外國回來的來路不明男子，竟然討論起都市火災，所以開始懷疑我是不是縱火犯？」

立原忍不住移開視線，卻剛好和鍍金四目相接。他誇張地搖手否認。

「不，沒這回事，怎麼可能……」

停頓片刻後，兩個人一起笑了起來。

過了一會兒，鍍金再度露出嚴肅的表情。

「姑且認為你的假設成立，鷺沼等了很久，發現我沒有動靜後，他會怎麼做？」

「會覺得你可能察覺到有危險，或是覺得有錢人做事靠不住……。不好意思，他看到你興趣缺缺，就會找別人做了。」

鍍金點點頭。

「假設真的有燃點，那我們必須搶先一步找到。否則……」

「整個東京會燒起來嗎？」

立原再度笑了起來。

「這點倒是不需要擔心，這只是個傳說而已。即使真的有這些燃點，也不可能把整個東京燒掉。」

「⋯⋯⋯⋯」

「可是，有那種狂熱的人很可怕，他們很可能真的縱火，引發一些小火災。老師，我擔心你會捲入這些麻煩。」

停頓一下後，鍍金反問他：

「你為什麼認為不可能燒掉整個東京？」

「因為⋯⋯」

立原無奈地抓著頭。

「兩百五十年前發生明曆大火時，當時的消防還不完善，也只不過燒掉六成而已。十多年前，大火通常都只燒毀兩個區，但最近的火災連一個區都燒不掉。現在的房子有磚造、土造、瓦屋頂和防火巷等避免火勢蔓延的設計，滅火效率也提升了。⋯⋯老師，難道你不這麼認為嗎？」

鍍金想了一下答道：

「我的回答是yes，也是no。」

（三）

十二月初旬的星期六，下午一點過後。

或許是第一波寒流已經報到，即使過了中午，氣溫仍然沒有上升。開明學校的每個人都同樣感受到冬天的來臨。

兩小時後，所有的課都已經結束，留在教室內發問和閒聊的學生也都走光了，補習班呈現一派冷清的冬日景象。

一樓事務所內，簡易暖爐燒得很旺，只剩下理事長眉頭深鎖的在打算盤，不時滿臉不耐地看著走廊盡頭。

高嶋鍍金和立原總一郎終於擺脫學生，在走廊盡頭的講師休息室內聊天。休息室沒有裝暖氣，剛才還因為擠滿學生而充滿熱氣，如今變得冰冷，立原在和服外披了一件大衣。

立原正和坐在對面桌前的鍍金說話。

「老師，你上次說東京全部燒毀的可能性既是yes，也是no，叫我回去思考一下。我想了很久，也查了很多資料。」

「結果呢？」

鍍金微笑地等待他的下文。他今天很難得穿西裝來上課，羊毛襯衫外只穿了一件厚毛呢外套。他剛才把外套穿起來。

「我的結論是，考慮到風向和地形的高低，應該不可能。但同時在不到十個地點縱火，這種行為的定義也很模糊。」
「的確很模糊，我也有同感。」
鍍金點點頭，想了一下說：
「那不妨列出這樣的前提條件。是在夜深人靜，路上沒有人走動的時候。如果周圍有建築，就把汽油淋在建築物上；如果沒有，就把木柴或是木炭放在農田中點火。雖說是同時，其實是指在一個晚上之內，可以由一個人四處縱火，但必須沒有被任何人看到……」
「原來如此，就是說，被發現時，火災已經有相當的規模了嗎？」
「沒錯。而且，風向不定，乾脆視為無風。不過，當空氣加熱時，當然會產生上升氣流，這點必須考慮。季節就設定在天氣乾燥的冬天。」
「即使這樣，老師的回答仍然是既yes，又no嗎？因為我認為是no，所以要反駁一下。東京很大，除了下町[2]以外，還包括山之手的高地和低谷地區。」
完全正確。鍍金連連點頭。
「問題在於山之手，下町在銀座大火、日本橋大火、淺草大火時，曾經多次全部燒毀，只要有幾處燃點，下町隨時可以付之一炬。」
「老師，這就是你說yes的根據嗎？」
「不，不是。問題在於地形。……關於這個問題，我也想請教你的意見。所以，明知你很忙，今天還特地請你留下來，陪我一起去找燃點。」

「只要老師不嫌棄，我隨時樂意陪伴。……你說地形是怎麼一回事？」
「在此之前，先聊一下我的過去。」
鍍金簡單說明了自己的經歷。
他出生於神戶，十二歲之前和父母、兄弟一起生活，之後去了美國新英格蘭的學校留學，那裡是日本有錢人子女留學的地方。
二十歲後，他一度回國，在神戶父親的公司幫忙了兩年，之後以進入英國大學的名義再度出國，主要住在英國首都倫敦和愛爾蘭的都柏林，也曾經在巴黎和華盛頓短期居住過。
說到這裡時，立原插嘴說：
「我聽說老師家裡的公司做的是棉花進出口生意。」
「對，還有其他的生意。」
「老師，不好意思，請教你一個私人問題，你有幾個兄弟？」
「我是老三，哥哥在神戶幫我父親。」
「是嗎……」
「我去年開始住在東京。我每次住在一個新的城市，都喜歡到處走走。我在東京到

2 指東京的低窪地區，包括東京灣附近的下谷、淺草、神田、日本橋和深川一帶。

處走走看看時，產生一個奇妙的印象。」

鍍金似乎想要藉由說明自己的身世，告訴立原他親眼看過華盛頓、倫敦和巴黎這幾個外國的首都。

「奇妙的印象是什麼？」

立原反問時，他們的談話被打斷了。他們聽到有人敲木門的聲音。

「薪柴一直燒很浪費，可不可以關門了？」

理事長不悅地問道。

兩個人走出開明學校後，在鍍金的提議下，他們走去本鄉區。此刻他們來到位於神田北的駿河台高地，走在通往御茶水橋的路上。

立原怕冷地縮起肩膀，拉了拉衣襟說道：

「所以，你的意思是，東京是由城區部分和山區兩個部分組成的複合都市？」

「沒錯。」

鍍金點點頭。他相反的，並沒有怕冷的樣子。

沿路上，他這麼解釋著。

他剛來東京時，發現兩件事：首先，東京和其他首都相比，土地面積大很多。其次，東京的坡道特別多。

都市通常都建造在河川的兩側。其實光是東京下町的神田、日本橋、銀座、淺草，以及河對岸的本所和深川這些地區，就足以組成一個首都。然而，除了這些下町地區以外，還有面積更大的山之手地區，加大了東京這個首都的容量。

鍍金認為，名為山之手一帶是由幾個高地組成的。雖說是高地，更正確地說，是一片山脊被削平的小山丘。雖然山脊消失了，但山谷依然存在，於是就形成了坡道。

原因很簡單，以前的江戶城，就是目前的宮城佔據了一個山頭。結果，導致許多都市機能都設立在這些坡道周圍，造成一國之都到處都是坡道的異常情況。

姑且不論填海造鎮等歷史事實，照理說，東京可以由隅田川兩岸區域組成都市。如果要建造城牆，上野高地應該是理想的地點。然而，成為東京中心的宮城剛好位在從上野轉九十度的山區內。也就是說，可以簡單地認為東京是由平原（填海地）都市和丘陵都市這兩個部分形成的……。

他們走過御茶水橋的鐵橋。

立原眺望左右的風景說道：

「一切都取決於三百年前德川家的決定。聽說建造江戶是自然地形的大改造，把山挖平，把這些泥土填進海裡，完全難以想像原來的地形。」

「之前得到你的許可後，我調查了一下……」

鍍金在橋中央停下腳步，低頭看著遠處崖壁下方流過的神田川。冬天的午後，連吹來的風也很沉重。

「在江戶成立之前，剛才經過的駿河台是一座名叫神田山的山，這座御茶水橋是從駿河台高地通往湯島台高地。也就是說，駿河台和湯島台原本是同一座山，神田川是劈山挖掘出來的運河。」

「這麼高的崖壁，並不是原本就有的低谷嗎？」

「好像是。」

鍍金再度邁開步伐。

「我之所以說既是yes，又是no，和這一點有關。總而言之，如果問是否可以把目前的東京付之一炬，答案是no。無論風向如何，要在不到十個燃點的條件下燒毀東京是一件很困難的事。建造完成後的江戶，也就是和目前十五區相同規模的江戶一樣，不會輕易燒毀。」

「但追溯以往，就不是這麼一回事。你是不是這個意思？也就是說，想要燒毀構成東京江戶要素的城區或山區，並非不可能。但到底要追溯到多久以前？」

「假設兩百五十年前的明曆大火，也是利用燃點造成的火災，最後只燒掉了六成。但那是當時江戶市區的六成，最多相當於目前東京十五區的四分之一。當然，那時也可能並沒有充分利用燃點吧。」

「沒有充分利用燃點是什麼意思？」

「我想，可能是有幾個燃點的位置不正確。當然，這完全是我的臆測。」

「你的意思是，有關燃點的傳說是源自更早的時代嗎？」

「對，是更早之前的江戶時代，可能是還沒有江戶這個名字的年代。」

「原來如此，這和剛才你談到的城區和山區有關聯吧？」

「我在想，如果完全燒毀的對象是半個東京，而且是宮城周圍的山之手的話，情況又如何呢？……答案是yes。」

「山之手都是高地，啊，我知道了。即使不需要考慮下町，只要山之手那部分燒起來，火星就會飄到下町，於是，就會把剩下的地方完全燒毀……」

「也許吧，但我剛才說的是完全不考慮下町，也不管火星有沒有飄到下町的情況。追溯到那個時代，根本還沒有填海造鎮，也不存在下町這些地區。」

「啊，我懂了，」立原一臉興奮地回頭說，「燃點該不會是以前火攻的據點吧？」

下午兩點多，兩個人來到本鄉區的某個坡道，前方的坡道上方有一座寺廟。氣溫稍微回暖，立原把大衣敞開著。

「這裡就是本妙寺，」立原指著說，「也就是以前振袖火災的燃點。」

鍍金瞥了寺廟一眼，緩緩左右張望著。

「剛才，我們經過低谷，從湯島台來到本鄉台，然而這一帶還保留了很多小規模的山脊，所以坡道特別多。」

立原等待他的下文。

鍍金繼續說道：

「至於燃點，我想，應該都在低谷區。」

「是因為上升氣流的關係吧，」立原點頭，「火往高處走。……但是，就這麼簡單嗎？」

「你問我是不是就這麼簡單，應該就這麼簡單……。首先，可以將山之手分割成幾個部分。火遇到峭壁和河流就會停止，所以，相當於原本地形的山脊和山谷。於是，我就在想，每個區域地勢最低的地方，很有可能是最佳燃點。燃點不超過十個地方，代表分割的區域不滿十個。」

立原「啊」地驚叫一聲，抱著手臂陷入沉思。

「原來如此，很有道理。只要讓火勢從幾個低谷蔓延到山脊，整體就會一起燒起來……。所以說，火是沿著坡道往上燒。啊，這或許就是老師之前做過的火之坂的夢……」

「在現實中，燃點並沒有太大的意義。」

「沒有意義？為什麼？」

「如果想燒毀整個東京，可以有很多其他的方法。比方說，可以有組織地在幾十個地方縱火，或是用砲彈攻打各處……」

立原苦笑著放下手。

「那倒是。」

「所以，其中似乎隱藏著『超自然現象』的要素，但又好像沒有……」

東京漸漸迎接了傍晚的景色。他們沿著市電還沒有通車、地面還是凹凸不平的泥土路，來到市谷見附附近的堤防。那片堤防位在住宅密集的番町北側，沿著外護城河畔。

鍍金停下腳步，不停地四處張望。

「這裡的地勢也很低，剛才有一個上坡道，這裡也是上坡道。」

「……真的耶。」立原說。

「這裡原本是低谷。挖了外護城河，建了崗哨，修築堤防後，比較不會覺得這裡是低谷。由於位在西北的角落，如果火勢從這裡沿著坡道往上燒，番町一帶就會陷入一片火海。因此這裡也是可能的燃點之一。」

「能確定嗎？」

「可能的燃點應該為數不少，我想大概有三十個。」

立原轉過頭，驚訝地問：

「三十個？」

「我在想，燃點應該有某些共同的特徵。但目前還不得而知，我希望在找到可能的燃點後，歸納出它們的共同特徵。而且，對照以前的地形後，有些地點就可以排除。」

「……原來如此。」

他們走上一個坡道，又沿著另一個坡道南下。這個坡道延伸到通往麴町方向的上坡道，坡度剛好在下番町要轉換到麴町元園町二丁目的位置，他們停了下來。

「你看，這裡也是低谷。」

鍍金縮起脖子左顧右盼，似乎感受到某種靈氣。

「這裡以前叫地獄谷。我調查後發現，以前好像是亂葬崗。」

「亂葬崗？」

「就是窮人的墓園。以前，只要人死了，就會丟到谷底。當然，這是在江戶之前，這裡形成高級住宅區以前的事了。當時沒有火葬，但萬一點火的話……」

立原獨自在四周走來走去的觀察著，最後心滿意足地跑回鍍金身旁。

「這裡也可能是燃點之一吧？」

「沒錯，一旦這裡燃燒起來，番町和麴町一帶可能會被燒得精光。」

一輛人力車從後方跑來，於是，他們繼續向前走。人力車追上他們後，朝向谷底加快速度，然後利用這個速度一下子衝向上坡道。

「今天要不要順便多看一個地方？我在地形圖上看到麻布這個地方，以前從來沒有實際去過那裡。啊，對了，立原，你時間上沒問題吧？」

「沒問題，我今天一整天都有空。」

他們緩緩走向麴町的街道。

「對了，前幾天鷺沼委託我寫其他的稿子，這次和火災沒有關係。他說，我可以多花一點時間好好調查之前委託我的事。看來，他已經打算放棄今年冬天可以拿到稿子了。」

走了三十分鐘後，他們看到一個年輕女孩蹲在下坡道的石階中央，對著谷底雙手合十。她穿著破舊的和服，頭上包著名叫御高祖頭巾的女用防禦寒頭巾，全身上下只露出一雙雙眼皮的大眼睛。

「妳沒事吧？」

頭頂傳來一個男人快活的聲音，女孩慌忙站了起來。男人似乎以為她胸口痛，或是木屐帶斷了。

女孩走上石階，那個穿西裝的男人和另一個裙褲外加大衣的男人站在路口看著她，剛才似乎是身穿大衣的男人在問她。

女孩低著頭，快步走過他們面前。她無論對任何人都是這種態度。她聽到身穿西裝的男人在後面說：

「這裡叫我善坊谷，和剛才的地獄谷有關，是江戶時代初期的火葬場遺跡。有一位德川將軍的夫人很難得地希望火葬，這在當時很罕見。」

一個小時後，女孩快步走在通往低谷的坡道上。當坡道變成平坦的道路後，她經過一座木板橋，下方是除了冬天以外，都會發出陣陣惡臭的下水道。然後，她轉進一條狹窄的巷子深處。

「哎喲，小冴，今天真早。」

聚在井邊的幾個女人中的一人向她打招呼。

「今天也去拜拜了嗎？」

這些大雜院的女人，有的人是晚上站在路旁賣淫。名叫小冴的女孩覺得她們很可怕，低著頭快步走到水井旁。她伸手正準備打開自己和母親居住的房間門，突然想起什麼似地回過頭。

剛才對她說話的胖婦人笑盈盈地看著她。她的丈夫很能幹，她很照顧這個女孩。

「謝謝妳送我們蘿蔔。」

「沒關係，沒關係，我買太多了，所以請妳們幫忙吃。對了，妳媽媽好像好多了，藥發揮作用了。」

「對，託妳的福。」

冴再度低頭道謝，走進昏暗的泥地，反手關了門。泥地裡那間三坪大的房間沒有生火，充滿陰濕冰冷的空氣。母親坐在角落的被褥上，正彎腰做著紙捲菸的代工。

「妳回來啦。」母親用沙啞的聲音迎接女兒，她的病情絲毫沒有改善。

「媽媽，妳應該生火，讓自己暖和一點。」

冴忘記拿下頭巾，急忙蹲在泥地角落的炭櫃前。

「家裡還有錢，」她語氣堅定地說，「那是給妳看病的錢。」

天還沒亮，冴便張開眼睛。

又做了火的夢。明明是冬天，她卻滿身是汗。

她不敢再閉上眼睛，躺在薄薄的被子裡，在昏暗中盯著天花板。

咳、咳。

睡在一旁的母親喉嚨裡卡著痰，不時的咳嗽。

（啊，那一片火海……）

冴不知不覺中，再度回到噩夢中。

三年坂3

（一）

明治三十三年（一九〇〇年）是十九世紀的最後一年。

內村實之是在那一年的三月底來到東京。他搭乘神戶出發的東海道線三等客車在三月二十七日早晨八點半過後，停在當時稱為東京大門口的新橋車站。

這天從一大早就是陰天，天氣冷颼颼的。實之從大阪搭了十六小時的車子，終於獲得解放。他一下車，立刻把行李袋放在月台，用力伸展雙手。他的內心充滿緊張、期待和警戒的複雜心情。

他走出雙棟歐式風格的車站，立刻聞到馬車的馬糞臭味，吹在臉上的風也濕濕的。車站前有一整排人力車在等候客人。

頭上的鳥叫聲和車伕的吆喝聲混雜在一起，鐵路馬車[1]剛好經過，發出巨大的聲響。人潮在兩側川流不息，人力車的車輪不停的轉動。

街上的男人不論身穿和服還是西裝，都戴著帽子；身穿和服的女人梳著廂髮[2]、島田髻和西洋髻，髮型五花八門。

到處都是人群，每個人都在往前走。為什麼自己走在其中時，跟不上周圍人的腳步，顯得慢吞吞的？

不，沒問題。

他幾乎已經把東京的地理都記在腦子裡。雖然在地圖上只找到三個三年坂，但他已經決定到東京後，要先去實地勘察一下。剛才在火車上，先設計好路線。首先要去霞之關的三年坂。

名叫濱離宮的巨大庭園坐落在汐留地區新橋車站的東側，後方就是東京灣口。前方東西向的運河是築地川，成為北側的銀座地區和南側汐留之間的交界線。大海和河畔。新橋車站位於角落。

好想過河去看看銀座。

一踏進都市所產生的激動，令實之忍不住閃現這個念頭，但他馬上發揮了自制力。現在的確已經來到東京，可是，並不是自己所有的一切都來到東京，只是身體來這裡展開調查和讀書而已。

實之拿了渡部的錢，把感動化為行動，立刻給母親寫了一封信，向母親約定等七月一高入學考試結束後，會立刻回家報告。他搬離了寺廟，把行李統統寄回老家，拎起裝

---

1 在鐵路上行駛的馬車，一八八二年在新橋和日本橋之間開通，之後被市電取代。

2 一種瀏海部分蓬起的髮髻髮型。

了替換衣物的行李袋直奔東京。他向住持坦誠一切，拜託他協助善後。

實之懷裡放著折起的『五千分之一圖』，用力吸一口氣，從新橋車站出發。他在人群中加快腳步，從通往銀座的那座橋面前走過。

他經過虎之門前往霞之關。虎之門之前是崗哨，從這裡進入江戶城樞紐的霞之關、永田町一帶。實之確認築地川上的每一座橋，沿著河往西走。

新橋、難波橋、土橋。對岸已經從銀座變成了日比谷，日比谷的西側就是霞之關。他一直往前走，幸橋、新幸橋出現在他的右手。

新幸橋？

實之停了下來。

幸橋的下一座橋不是新橋嗎？而且，築地川的水域變窄，好像變成了普通的下水道……。

實之站在路邊，從懷裡取出地圖。在『五千分之一圖』上，幸橋和新橋之間並沒有橋，築地川到日比谷為止都是相同的寬度。然而，眼前的河域從中途開始幾乎已經被填平了。

實之恍然大悟。啊，這張地圖太舊了。

這是十五年以前的地圖，東京在這十五年內已然產生了變化。這個河域已經沒有了……。

來到虎之門後，他繼續往前走。果然不出所料，溜池不見了。赤坂溜池是永田町和赤坂之間很大的水池，作為外護城河，區分城內和城外。在『五千分之一圖』上，水池的輪廓中央印著波浪線，之前一直不知道是什麼意思，現在終於知道在這份地圖發行時，這裡就已經開始填河，變成了濕地。眼前的風景中，只能從這條大溝想像以前溜池的影子。

實之有點茫然。

他能夠理解城市建築物改變或是道路拓寬，但沒想到東京竟然連地形都會改變。也許這份地圖根本派不上用場。靠這份老舊地圖來東京的鄉下人，在三個月的時間內能夠找到什麼？而且，在這段時間內，還必須比別人用功兩倍……。

從溜池遺跡折返虎之門後，過橋來到霞之關。以前的水域現在已經變成狹窄的水路，但是堤防還殘留在那裡，也種了很多樹，兩名車伕把人力車放在一旁，正在樹蔭下睡午覺。三年坂就在附近，實之站在堤防上良久，欣賞著東京中心一帶的風景。

兩匹馬和四匹馬拉的馬車不時經過，身穿西裝的紳士、淑女坐在車上……。

實之以前一直想像著這樣的景象。但來到此地後，發現霞之關其實是一個更務實的地方。

由於地點的關係，街上看到許多身穿西裝、感覺像是官員的人，但也有不少穿裙褲的學生和馬路清掃工等衣衫邋遢的人。有不少小販和路邊攤。穿著考究西裝的男士站在路邊攤的麵店前，匆忙的吃著麵。一個身穿小倉織和服的學生從實之的面前經過，他拿著帳簿，正不停地向身旁一位年長紳士說明著什麼。

根本沒有馬車，到處都是人力車。除了車伕匆忙趕路，街上行人的步伐也很匆促。

他以前曾經幻想：當自己在三年坂上看著地圖唸唸有詞時，坐在馬車上的貴人發現了他，透過下人或是管家上前問：「你在那裡幹嘛？」於是，他猶豫了一下，把哥哥的事和盤托出……。

但那只是鄉下小孩的夢。雖然他知道這種夢想不可能成真，但眼前的景象著實令他感到非常疏離。完全沒有人注意到他的存在。

速度支配了這片土地。速度產生變化。也許以後水路、堤防和橋樑都會消失，寬敞的路上會架起鐵軌，兩側高樓大廈林立……。

實之對進步和變化充滿憧憬，但一直認為這些事和自己這種鄉下人毫無關係。

對了，三年坂……。

終於回過神的實之踏進了坡道的風景中。他似乎聽到自己的心跳。

前面就是第一個三年坂。

蘇聯大使館的莊嚴圍牆和東京女學館的柵欄之間的緩和坡道很寬敞，行人卻不多，樹木的綠意漂亮地點綴著坡道兩側。

坡道上光線充足，無論怎麼看，都無法產生「跌倒後，三年以內就會死」的感覺，那只是條普通的道路。

一個身穿西裝的微老男子在坡道上沒有柵欄的那片樹下抽菸斗，可能是大使館的日本僱員吧。停在樹梢上的鳥啾啾啼叫。實之想起這條坡道的別名叫「鶯坂」，在坡道上信步走來走去。

這條路到底什麼地方隱藏著秘密……？

在不知道第幾次回到坡道下方時，實之內心所產生的疏離感和幻滅感才終於變得淡薄。調查才剛開始，至少還有兩個三年坂。

生活更重要。今晚要住在哪裡是眼前的頭等大事。實之離開霞之關。

他原本計畫從日比谷穿越大手町來到神田，經過御茶水橋，前往本鄉弓町二丁目。去年夏天之前，哥哥寄宿的宿舍「正義館」就在那裡。他至少必須去那裡一下，打聽哥哥住在東京時的情況。因為那裡是宿舍，如果有空房，自己也可以住進去；如果沒有，可以在附近找找看。

他打算下午去麴町區隼町。舊藩主公的子爵家就在那裡，聽說舊藩的同鄉會事務所設在子爵的宅第內。無論要住宿舍還是讀補習班，都需要住在東京的保證人，同鄉會應該願意為舊藩士子弟的他做保證，實之手上也有請住持寫給同鄉會的身分保證信。

實之從霞之關走到本鄉，又從櫻田門進入宮城前廣場，稍微參觀了甲午戰爭後剛完成的楠公像，終於來到有樂町。

『五千分之一圖』上，日比谷至有樂町和大手町附近集中了許多軍方設施，但實際的景象卻完全不同。

到處都可以看到雜木林、原野、平地和建築物的斷垣殘壁。樹木茂盛，雜草叢生，拆除的建築物痕跡清晰可見，建材隨意到處亂丟。路上很少行人，也沒有路燈，感覺晚上可能有搶匪出沒。

這裡似乎也產生了巨大的變化。

實之不太了解，『五千分之一圖』所描繪的明治中期的東京，的確就像是一個軍事要塞。陸軍操練場、東京鎮台騎兵營、監軍總部等陸軍設施都集中在從日比谷到有樂町一帶的東京樞紐地區，嚴格防守宮城的東側。內亂的危機消失後，這些軍事設施才接二連三地轉移到青山等郊外地區。

實之所看到的是這些軍事設施轉移後的痕跡。當時還沒有日比谷公園，以前的陸軍操練場遺跡，成為一片名叫「日比谷原」的雜木林。

當時，也還沒有「丸之內」的地名，只是一片名叫「三菱原」的原野。以馬場先門前的路為中心，三層樓的紅磚樓房——三菱一號館、二號館、三號館、東京商業會議所大樓、東京府廳——零零星星地佇立在道路兩旁。大約十年後，這一帶才成為商業中心，蛻變成「一丁倫敦」[3]。

那時候還沒有東京車站。附近是監獄署，經常看到囚犯在獄卒的監視下清掃門前的街道。第一代警視廳也在那附近。

附近還有五年前遷移到霞之關的司法省，被東京帝國大學合併的司法省法學校原址，也變成一片荒地。

從有樂町往大手町方向的路上，還有之後被填平、名為道三濠的河道，不時可以看到漁船在河裡捕魚。走過河道後的道路兩旁是之後也遷至他處的大藏省印刷局的一長排紅磚圍牆。

實之正走在老東京和新東京之間的交界處。

實之從宮城周圍的麴町區經過神田橋，來到神田區。左側神田錦町是學校街，右側是宿舍街的美土代町。『五千分之一圖』上顯示，一高、帝大和學習院[4]都在這一帶。

哥哥沒有讀補習班，所以實之決定自己挑選。《中學世界》等以考生為對象的雜誌上介紹，正規英語學校和德國學協會的一高合格率很高，講師的水準也不錯。不過，身為考生，每天都會去神田，今天先不去也沒關係。打定主意後，他繞去神保町的方向，前往駿河台。

原來那就是大名鼎鼎的聖尼古拉教堂……。

他走過御茶水橋時，不時地回頭向右後方張望。神田川在橋下流動，綠意盎然，美

3 二十世紀初期，丸之內建造了很多英式建築，故稱為一丁倫敦。

4 創設於一八七七年的學校，從幼稚園到大學的綜合學院，專門負責皇族和華族子女的教育，一九四九年後，成為私立學校。

不勝收，彷彿走過一條溪谷。出乎意料的是，東京這一帶竟然很有大自然的味道。

過了那座橋就是湯島，站在堤防旁的坡道上，可以看到神田地勢較低的地區和宮城一帶。自己目前正走在「東京山之手」地區……。想到這裡，實之不由得激動起來，剛才的幻滅感和疏離感完全被拋到九霄雲外。

實之在湯島參觀了高等師範學校後，沿著孔廟旁的坡道往上走，來到房屋毗連的本鄉，再沿著大路往北走。

他要去的宿舍位在本鄉弓町二丁目三十七番地。『五千分之一圖』上沒有記載番地，無法了解正確的位置，只知道弓町二丁目在本鄉通西側靠近小石川的地方。

他不想向行人問路，看著電線桿上張貼的町名標示和房宅的門牌，來到本鄉三丁目的十字路口。東北側就是東京帝國大學，繼續往北走就是一高。

在十字路口往左轉，沿著東西向的馬路前往小石川區。地圖上一家名叫「梅毒醫院」的醫院擋住了去路，眼前這條路卻直直地通向前方。這條路有可能重新規畫過，只要找一條小路往南走就可以到弓町，但實之繼續往前走。

來到小石川區附近，前方的馬路變成一條很長的下坡道。實之停下來查地圖，上面寫著東富坂，西側印著西富坂的名字。位在高台的本鄉區前往同樣是高台的小石川區時，必須先走一段下坡道，然後再上坡。

實之在下坡之前就往回走。他走進每一條側巷，確認町名和番地。他從北側真砂町郵局的街角往南走，發現馬路東側的電線桿上貼著弓町二丁目的牌子。

他一邊確認番地，一邊往裡走，看到了很像是宿舍的房屋。『五千分之一圖』上顯示這裡曾經是一片農田，似乎十五年來，這裡也產生很大的變化。

宿舍是毫無特色的木造二層樓房，沒有大門，在一根簡陋的木柱上釘著「正義館」的木牌。沿著舖石走了三步就來到玄關，鑲著毛玻璃的格子門虛掩著。

走進昏暗的泥土地，發現門框上掛滿了寄宿人的名牌。由於這裡距離帝大和一高都不遠，實之猜測可能已經沒有空房間。這個猜測似乎成真了，實之有點擔心能不能在今天之內找到地方落腳。

一旁傳來打掃的聲音，站在玄關看不清楚。實之原本想要開口問，但有點遲疑，不知道別人會不會笑自己說話有鄉下口音。

這時，他發現自己手上還拿著地圖，慌忙塞進懷裡，頓時響起一陣沙沙聲。

「咦？」

隨著一個很尖的聲音，玄關旁出現一個人影。是一個用布條綁起和服袖子的少女，手上拎著水桶。年約十六、七歲，臉圓圓的，看起來很老實的樣子。她似乎是這裡的女傭。

「你要找誰？」

她問實之，說話帶著濃濃的鄉音。

（二）

「不，我沒有請人修過屋頂，這棟房子從建造到現在，從來沒有修過屋頂……」

正義館宿舍老闆是個名叫吉松的老人，他雙頰下垂的福助臉[5]上有一雙瞇瞇眼，頭頂已經很稀疏。他身穿條紋夾衣和沒有印家徽的短褂，坐在長火爐旁的樣子，很有房東的架勢。

吉松似乎對中午之前和不速之客聊天，還挺樂在其中，他把菸斗放在長火爐旁咚咚敲了幾下，抬起下巴，看著吊在天花板的電燈燈罩。

「而且，你問我有沒有什麼特殊的情況……。內村同學，也就是你哥哥在考進帝大後不久搬來這裡，前後住了整整兩年。他的品行很端正，讓我覺得帝大學生果然讓人刮目相看。夏天他搬出去時，我還不知道他已經退學，以為他不喜歡這裡……」

「……是嗎？」

實之垂下視線。雖然哥哥自己也否認了有修屋頂的事，但實之猜想可能發生了什麼類似的事，所以想先確認這件事。

哥哥一高時代的三年期間，一直住在學校的宿舍，這裡是他唯一曾經寄宿的地方。實之告訴吉松，哥哥離開大學後就行蹤不明。如果告訴他，哥哥因為受了不明的傷而死亡，事情會變得很複雜。至於自己，則是來東京考一高，順便打聽哥哥的情況。當然，也問問這裡有沒有空房間。

「很難想像內村同學會失蹤，家人一定很擔心吧。我很想幫忙，但我知道的有限……」

聽吉松說，哥哥每天在大學和宿舍之間往返，每天都留在研究室，最早也要八點多，有時候甚至會十一點多才回來。只有兩個朋友來找過他，但從來沒有關係親密的女生造訪。從哥哥留下的信件中，實之猜得到這兩位朋友是誰。

遠處傳來木門和窗戶搖晃的聲音，剛才接待實之的少女在二樓打掃。實之目前正在玄關旁的帳房和吉松聊天，面向側面走廊的採光拉門敞開著，隔著走廊另一端的玻璃門，可以看到小庭院。這幢房子本身還很新，庭院的樹木也都是小樹。梅樹的樹枝輕輕拂動著玻璃門。

吉松發現實之的視線後，立刻解釋說：

「我很喜歡在寒冷的季節開花的梅樹，而且，這一帶是賞梅的勝地，以前本鄉元町有一幢梅屋。」

吉松再度敲著菸斗，開始聊起黃鶯和杜鵑鳥。這個話題似乎可以聊很久。

「對了，呃……」實之打斷了他，「聽說東京有名叫三年坂的坡道。」

吉松露出狐疑的表情。

「三年坂？對了，在霞之關那裡的確有一個三年坂。……有什麼問題嗎？」

嗯，霞之關的三年坂，那裡最有名……。

5 福助為日本傳統布襪和褲襪品牌，商標上畫了一個臉頰飽滿的人像。

「不，那個，……我在想，不知道我哥哥有沒有打聽過三年坂……」

「內村同學嗎？……不，從來沒有。」

吉松困惑的表情不像有所隱瞞。

「……啊，對不起，一直請教你一些奇怪的問題。請問你知道為什麼會叫三年坂嗎？」

吉松露出更加詫異的表情。

「……這個嘛，有些坡道的名字本來就很古怪。」

他們的對話就這樣中止了。實之突然靈機一動，問他今天去湯島後路過的坡道名字。

吉松露出鬆了一口氣的表情。

「那個我知道。湯島孔廟旁的坡道叫昌平坂，幕府的昌平學堂[6]就在那裡。相反的，也有人根據坡道名，稱為昌平坂學堂。北側的路叫做富坂，是不是很吉利？」

因為昌平學堂在那裡，所以叫昌平坂……。

實之老家的坡道也都是用這種方式命名，富坂的名字也很容易理解。應該以前附近住了什麼有錢人家吧。S市還有一個富翁坂。

「還有，梅樹上有黃鶯……」

吉松說到一半時，聽到外面有動靜，他們的談話就中斷了。有人一路聒噪地衝下走廊深處的樓梯。

「慘了，睡過頭，睡過頭了。」

一個蓬頭垢面、穿著皺巴巴夾衣和日式裙褲，腰上掛著髒兮兮手巾的二十多歲年輕人穿越走廊，走向玄關。手拿布撣子的少女緊追在他身後。

「戶田先生，請問要穿皮鞋還是木屐？」

「沒關係，我自己來。」

話音未落，隨即聽到叫罵聲：「這不是我的！」

「你幹嘛發脾氣……」

少女嘀嘀咕咕地走回走廊。

「這麼說有點那個，」吉松再度開了口，「有些房客很吵。剛才那個是濟生學舍的學生，在這裡住了最久，你可以向他打聽一下你哥哥的事。那個女傭今年才剛來，什麼都不知道。」

「濟生學舍好像是準備考醫學院的……」

名叫濟生學舍的學校就在剛才去過的湯島，是專門為參加開業醫生考試的學生設立的補習班。那所學校的學生很多，打鬧、泡妞之類的問題頻傳。

「那裡俗稱『豬圈校舍』，因為學校的環境很髒亂。大家都說，之前春木町火災

6 現在的東京大學。

時，就應該把那裡燒掉。」

「春木町好像位在本鄉和湯島之間，什麼時候發生過火災？」

一打聽，才知道兩年前的三月。實之剛才經過的本鄉路東側發生了火災。在東京，兩年的時間就可以完全恢復得不留痕跡。

那個少女女傭站在後方的日式房間工作，發出乒乒乓乓的聲音，可能正在送午餐吧。實之在這裡已經聊了一個小時，差不多該告辭了。他正想最後問一下這裡有沒有空的房間，沒想到吉松主動提起這個話題。

「你是來東京應考的吧？已經找到住宿了嗎？這裡還有空房間。」

太幸運了。聽說房間一直都住滿了人，上個月剛好有人突然搬出去，所以還有一間三坪大的空房。

一聽到房租，實之就陷入天人交戰。這裡附早、晚餐，每個月房租七圓，之所以昂貴，是因為房間比較大。如果是兩坪左右的房間，每個月要五圓三十錢，對實之來說，這樣的開銷已經夠大了，但目前沒有空房。

如果去找，應該可以找到很多便宜的住宿。每個月只有十圓預算的實之進退兩難，但又覺得既然哥哥以前曾經住在這裡，自己也應該以這裡為據點。

補習班每個月至少要兩圓，所以，每個月只剩下一圓作為生活開銷。不過，這裡可以盡情吃飯，只要不吃午飯，省吃儉用，或許可以克服……。

「我想租這個房間。」一聽到實之這麼說，吉松頓時心情大好。

「你是內村同學的弟弟，我當然相信你。不過，租房子時，需要有住在東京的保證人……」

實之跟隨剛才的少女，把行李放到三坪大的空房。

「你住這個房間，代表你是少爺，是有錢人。」

那個可愛的女孩名叫阿時，仔細一看，發現她臉上還有酒窩。

實之環顧這間位於二樓邊間、光線充足的房間後，問阿時：

「我請問妳，妳該不會知道三年坂吧？」

「你以為我是鄉下人，就把我當蠢蛋嗎？」阿時露出可怕的眼神，「是在前面本鄉元町那裡啦。」

實之拿著只裝了筆盒和筆記本的包裹，走出弓町的宿舍。

他按照阿時說的路線，出了宿舍後往南走，來到位在弓町和神田川之間東西向延伸的本鄉元町。阿時說，沿著前面一所小學和寺廟的丁字路口向東走，有一片寬敞供水站的轉角就是三年坂。

實之喘著粗氣，咂了一聲，踢著腳下的小石頭。

哪來的坡道……。

那裡雖然沒有坡道，卻有一座門柱上寫著「三念寺」的寺廟。阿時似乎把「三年坂」聽成「三念寺」了。

實之東張西望，四周沒有傾斜的坡道。

不知道十五年前怎麼樣？

他從懷裡拿出『五千分之一圖』，地圖上並沒有供水站，只有很多細長的建築物。可能是這十五年間發生了火災，使這裡變成供水站，同時作為避火地[7]。供水站的北側，在「三河稲荷」旁寫著「三念寺」的小字。之前一直都沒有注意到，可見自己在看地圖時，還漏看了很多地方。

他繼續往南走，想去神田川畔的堤防。路從中間開始明顯下降，這裡的坡度足以稱為坡道。

這時，實之突然靈光乍現。

因為有昌平學堂，所以稱為昌平坂。那麼，有三念寺的地方，是否稱為三念（年）坂呢？

他左顧右盼。

他從宿舍的房東身上學到一件事，一定要找看起來閒著無聊的老人問地理和地名的事。

巷弄裡剛好有一個身穿和服便裝的老人用掃帚清掃門前，實之走過去問：

「請問那裡的坡道叫什麼名字？」

「坡道？喔，那個叫建部坂。」

「建部坂。……為什麼會取這個名字？」

「為什麼？」

老人停下掃帚，訝異地看著實之。可能發現他是純樸的鄉下小孩，老人又繼續掃地，自言自語地解釋說：

「因為以前有一個名叫建部的武家宅第就在坡道下方。」

「這裡有三念寺，是不是有名叫三念坂的坡道？」

老人「呿」了一聲，抬頭看著實之。

「我從小在這裡長大，我可以斷言，這裡沒有這種名字的坡道。」

本鄉一帶以前是武家宅第聚集的地方。這麼說，這位老人以前是幕府的家臣囉？

實之從本鄉元町沿著建部坂往下走，從水道橋越過神田川，繼續往南走。

他穿越了有許多像是學校建築的南北神保町，在俎橋越過運河往西走，來到九段坂下。他仰望著九段坂寬敞的陡坡，心想「啊，這才是東京的坡道」。

三月底的中午過後，在微微滲汗的明媚陽光中，人們吃力地走上坡道。老人拉著裝了瓶瓶罐罐和米袋的板車，兩個男人在後面推車；梳著圓髻、身穿和服的年輕女人壓著裙襬走上坡道；兩輛人力車爭先恐後地衝了上來。坡道中途的堤防旁有幾家賣丸子和酒

7 江戶時代，為了防止火勢延燒和火災發生時避難的空地。

的路邊攤。

坡道上方的招魂社前，停著一輛在霞之關也不曾看過的兩匹馬拉的馬車。實之一邊走，一邊看著馬路對面的田安門，發現堤防對面的視野十分開闊，神田到日本橋和淺草一帶盡收眼底。

這裡可以眺望上野的高地、宮城的樹林、神田至日本橋一帶的房舍。天空一片蔚藍，在前方牛之淵、千鳥淵投下濃濃的樹影。

實之情不自禁的停下腳步，看著這片景色出了神。哥哥曾經說，他要改造東京。哥哥也曾經在這片廣闊的土地尋找父親。

沿著和緩的下坡道往下走，來到甲武鐵路停車場所在的市谷見附。經過招魂社後，就屬於番町的區域，道路兩側都是三番町，走過見附後，外護城河旁就是土町三番町，地圖上顯示，第二個三年坂就在這裡。

番町的三年坂一下子就找到了。

霞之關的三年坂像是大馬路；第二個三年坂則很有坡道的感覺。兩側都是有著大庭院的豪宅，高高的圍牆筆直向前延伸。庭院伸出的枝葉從森嚴的圍牆上探出頭，在坡道上投下陰影，雖說是大白天，但坡道上有點陰暗。

實之站在外護城河堤防旁的坡下，欣賞著這條路通往番町高地的景象。

以町名來說，這裡是從土手三番町通往南側下六番町的上坡道，繼續往南走，經過番町小學旁，來到下二番町，最後從半藏門來到四谷見附，就可以通向麴町的大馬路。

『五千分之一圖』上，這個三年坂周圍的番町整體以農田為主。實之回想起母親曾經多次提起明治十年前後的東京——藩主的宅第變成了一整片原野、茶田和桑田，有的還變成了鬼屋。這些影像好像幻影般掠過腦海。

現實卻迥然不同。剛才沿路走來，鬱鬱蒼蒼的庭院樹木都經過細心整理，雖然有不少整過的平地，卻完全沒有看到農田和搖搖欲墜的舊房子。這裡是一度滅絕後獲得重生的街道。

宮城，也就是前千代田城西北部高台的番町一帶，曾經是俸祿優渥的旗本居住的高級住宅區。旗本在明治維新中退場後，這裡一度成為無人的廢墟，如今到處都是新上流階層興建的嶄新高級住宅，變成山之手的高級住宅區。帝國大學等國立學校畢業、身穿西裝去政府機關和公司上班的菁英在出人頭地後，應該就會住在這種地方。

坂道並不陡。實之往上走，發現兩側房子的後門都斜向相對。兩側的圍牆都在中途突然結束，變成另一戶人家的玄關。當他來到坂道盡頭，進入下六番町的街道時，街角又出現了另一戶人家。

「笨蛋，這次輪到我！」

「才不是，還是我玩啦！」

坂道下方傳來尖銳的爭執聲，不知道是哪一戶人家的小孩在庭院裡玩耍。

站在樹影幢幢的坂道上，可以聽到閑靜的住宅內傳來各式各樣的聲音。球打在牆上的聲音，鳥兒在樹梢啼叫的聲音，隨風飄來鋼琴的聲音。叮呤呤的聲音應該是電話鈴聲吧。在這種高級住宅區，每家每戶都有電話，都有刺眼的電燈和瓦斯取暖器吧。

實之暗自思忖。

哥哥說的三年坂會不會是指這裡？他說的在三年坂跌倒，是不是指無法度過像住在這裡的人相同的人生？但是，為什麼會在三年以內死去呢？

從下六番町走去半藏門對面的隼町時，只要先去靠近宮城的上六番町，朝英國大使館的方向走就好。

實之向那個方向踏出一步，發現一個挽著廂髮、身穿紫褐色裙褲的女學生從身旁走過。

不知道是剛放學，還是學完才藝回家，女孩胸前抱著一個扁平的包裹。實之很清楚地看到了她的臉——雖然顴骨有點高，但有一雙明眸和外形漂亮的鼻子，令人印象深刻。

實之想：啊，這就是東京高級住宅區的千金小姐。

下一剎那，外祖母的話猛然閃現在腦海。

『是女人。』

外祖母說，哥哥肚子上的傷是沒有力氣的女人用刀子捅出來的。

年輕女子沿著三年坂往下走。實之站在馬車都可以通行的寬敞道路上，發現路上只有零零星星的幾個行人。他站在坡道上方的街角假裝看地圖，目光追隨著漸漸遠去的年輕女子。年輕女子走進坡道盡頭附近左側一戶人家的後門，玄關面向堤防，門前掛著

「保谷」的門牌。

走過英國大使館的紅磚圍牆和一排櫻花樹，走出宮城的後門半藏門，南側就是隼町。

前藩主子爵家就在名為東京衛戍醫院的軍方醫院所佔據的一大片土地附近。舊藩主賣了坐落在赤坂溜池附近的藩邸，在這裡興建了新居。

醫院對面就是半藏護城河，南側就是陸軍省和參謀總部所在的三宅坂，那裡已經成為軍事設施林立的永田町。繞過皇宮繼續往東南方向前進，就是霞之關，所以，實之今天等於繞了宮城一周。宮城周圍都屬於麴町區。

子爵家佔地約五百坪，隔著正門旁樹叢後方的鐵柵，可以遠眺應該是本館的平房、日本庭園和兩層樓的西洋館和有一大片草地的前庭。

這就是士族的高級住宅……。

實之有一種不同於在番町時的感慨。假設自己有朝一日從一高、帝大畢業，之後運氣好的話，或許可以住土手三番町。然而，除非有什麼天大的幸運，否則一輩子都無緣住進這種大豪宅。

他突然想起渡部的話。

『內村，你必須掌握這個秘密！』

實之去隼町的同鄉會辦完手續，經過皇居北部的代官町（北之丸）來到神田時，已經過了三點半。清晨在火車上吃了剩下的飯糰後就滴水未進，不由得感到飢腸轆轆。錦町路上的路邊攤在賣黑蜜麵包，他的視線忍不住被吸引過去。

路邊在賣加了黑蜜的麵包。由於價格很便宜，實之之前去大阪時也曾經吃過。

必須節儉。

實之改變心意，快步經過攤位。

剛才在同鄉會花了一筆意想不到的錢。原本以為是舊藩主子爵家免費為同鄉辦理相關手續，沒想到是由舊藩士自主營運的組織，靠徵收會費維持。事務所也在那幢大宅第的警衛室旁，由以前是故鄉的家老[8]、目前在子爵家當管家的老人義務幫忙。

實之拿出住持寫的介紹信，請那位管家幫忙寫租屋、補習班入學和報考一高的保證書，管家要求他先交兩圓會費。對實之的荷包來說，這筆金額實在是不小的開支。

他忍著飢餓拜訪各家補習班。他去了在老家時就很有興趣的正規英語學校、德國學協會，以及看招牌走進幾家補習班參觀，拿了入會申請書和講義內容說明。兩所原本有興趣的補習班每個月的學費都是兩圓五十錢，還要另外收兩圓入會金，他忍不住嘆息，這兩所學校都超出了他的預算範圍。

不管怎麼樣，在七月之前的三個月，他必須靠這三十圓過日子。金額超出預算的住宿費，以及同鄉會的臨時開支，打亂了他的計畫。

反正宿舍還沒有做最後的決定，不如趁早另覓他處。那裡對自己來說，實在是太奢修了。但是，哥哥曾經住過那裡，附近也有名叫三念寺的寺院。

要找更便宜的補習班嗎？也許可以找只補英語的學校。

該怎麼取捨……？

實之在猶豫間走過御茶水橋，來到本鄉弓町的宿舍前。時間剛好是傍晚六點，可以吃晚餐。吉松剛才曾經說：「晚餐會準備好。」如果要退租，就應該拒絕今天的晚餐，帶著行李離開，在暮色沉沉的東京找今晚的住宿。

實之仍然舉棋不定，走進玄關。吉松和上午一樣，坐在帳房。

「啊喲，來得早不如來得巧。」

拿著餐點快步經過走廊的阿時眼尖地看到實之。

「今天晚上是壽喜燒。」

阿時開心地說完後，快步衝上樓梯。整個宿舍內瀰漫著香噴噴的味道。

「關於保證人的事……」

實之聽到吉松這麼說，毫不猶豫地把在同鄉會拿到的證明文件交給他。

（三）

8 幕府時代諸侯的家臣之長。

實之在東京的第二天早上在十點過後才終於拉開序幕。其他房客似乎都已經出門，整個二樓陷入一片寂靜。打開窗戶往外看，發現一片藍藍的天，春天的微風吹動。

昨天晚餐後，付了宿舍的費用，並交了合約書，又去了才打聽到的附近澡堂洗澡。獨自回到房間時，突然感受到旅途的勞累，鋪了被子，決定小睡一下再溫習功課。誰知一躺下來，就感受到強烈的睡意，結果一睡就睡了將近十二個小時。

實之下樓在走廊上張望，發現吉松在帳房拿著報紙昏昏欲睡。早餐怎麼辦？應該通知他，自己已經起床了嗎？還是過了一定的時間，就沒有早餐可吃了？

實之一邊思索著，在廁所前的洗手台前洗了臉，阿時用紅色細帶綁住和服袖子，手裡拿著抹布和水桶從後門走了過來。

「啊喲，你終於睡醒了。」

阿時誇張地皺起眉頭說道。

「早餐怎麼辦？現在要吃嗎？」

實之扒著阿時送來的飯，配海苔和醬菜，還有蜆仔味噌湯。不習慣有女傭在一旁服侍的實之默默地咀嚼著，阿時也一言不發地坐著。實之本想連午餐也一起吃了，所以多添了好幾碗飯，沒想到準備吃第四碗時，發現鍋子已經空了。阿時用驚訝的眼神看著鍋子。

阿時俐落地收拾好碗筷後，才終於開口說：

「我也很忙，下次這麼晚用餐時，請你自己到下面來拿。」

好丟臉……。

實之過了好一會兒才重新調適好心情。今天要辦兩件事，沒時間坐在這裡沮喪。首先要決定去哪家補習班，另一件事則是要去察看牛込區的三年坂。之前只聽說牛込和番町、霞之關不同，屬於平民百姓居住的地區，並不了解其他的情況。對了，這種時候，就應該好好利用宿舍……。

實之大聲走下樓梯，想要打聽路線和其他資訊。在日式桌前熟睡的吉松被這個聲音吵醒了。

「……你要出門嗎？」

「對，我想向你請教一下路。」

實之手拿地圖，站在房間門口，告訴他自己想去的目的地。吉松拿起長火爐上的水壺，往茶壺裡加了熱水，用眼神詢問實之要不要喝茶。實之搖搖頭，吉松的態度不如昨天親切，是因為被吵醒的關係嗎？

「牛坂的榆町，就在矢來下附近。」

實之坐在門口，在地圖上找了一下，在三年坂南側發現了這個地名。

「那一帶都是高地，矢來町、橫寺町可能比宮城更高，幕府的天文台也曾經在蒿店一帶，最近好像建造了不少出租房屋。」

「就在那片高地下方嗎？」
「對，那裡還有不少民宅，再往西走，早稻田那一帶就是紅線外。」
「紅線？」
吉松把茶倒進杯子，告訴他紅線就是區分江戶町和郊外的界線。實之擔心他會聊很久，趕緊問路。
問完之後，當實之起身時，吉松說：
「對了，你昨天問我三年坂的事吧。」
「對。」
實之馬上重新坐了下來。
「聽了之後，我也有點在意，就問了附近一起下棋的棋友。」
「結果呢？」
「東京的三年坂在霞之關，其實另外還有一個。」
「在哪裡？」
「在番町的角落，市谷見附堤防旁。」
實之有點失望。
「因為你問阿時三念寺的事……」
「啊？」
「我覺得三念寺和三年坂的名字很像，所以有點好奇，也問了棋友，結果發現番町的三年坂和這裡的三念寺有很深的淵源。不過，其他的三年坂就不知道了。」

「什麼意思？」

「聽那個棋友說，那座寺院原本在番町，所以，旁邊的坡道就取名為三念寺坂，最後變成了三年坂。」

這是相當重要的線索。

吉松聽別人說，三念寺是真言宗豐山派的寺院，本尊是藥師如來。文明四年（一四七二年），在麴町土手四番地創立。慶長八年（一六〇三年）移至本鄉元町，文明年間是室町時代，慶長年間剛好是家康開設幕府的時間。

三年坂的名字來自三念寺坂嗎？

那其他兩個三年坂呢？該不會有好幾個三念寺吧……？

實之百思不得其解地走向玄關，剛好看到阿時在掃玄關的水泥地。她停下手中的工作，回頭看著實之，陽光從她背後照過來，使她整個人都在陰影中。

「要穿皮鞋還是木屐？」

「我只有木屐。」

阿時從鞋櫃裡拿出實之的薩摩大木屐[9]，整齊地放在脫鞋台的角落。原本很髒的木屐

9 一種寬底的男式木屐，也稱為學生木屐。

無論木屐帶和鞋底，現在都被擦得一塵不染，應該是她擦的吧。實之無法輕鬆地向她道謝，就直接走了出去，阿時在背後問：

「今天你去哪裡？又是觀光嗎？」

「我才不是去觀光。」

「你不用功讀書不行喔，小心考試落榜。」

實之按照吉松告訴他的路線沿著神田川往前走，經過江戶橋後，往南進入牛込區。神田川在飯田橋附近沿著牛込區的外圍繞行，名字也變成江戶川，橋也用了相同的名字。

沿著河畔走太無趣了，反正只要往西走，在適當的位置往南，就會走到神田川或是江戶川。所以，實之特地選擇坡道，從本鄉弓町往西走。

他沿著東富坂而下，走到底就是小石川區，又爬上西富坂，經過名叫傳通院的大寺院。從地圖上看，這條路很好走，所以他在東富坂下選擇通往北方的路。南北方向有一條像河一樣的大水溝，地面也潮潮的。這裡似乎位於低谷地區，電線桿上寫著「初音」。初音是每年鳥兒的第一聲啼叫。

實之有一種似曾相識的感覺。

啊，對了，之前曾經討論過黃鶯……。

昨天第一次和吉松聊天時，聊到庭院裡的梅樹，曾經談過這個話題。初音是黃鶯或是杜鵑鳥的啼叫。

這個想法又觸動了他的記憶。

對了，霞之關的三年坂別名叫鶯坂。

初音，黃鶯……。

實之走在低谷，腦海中浮現這些字眼。巷弄深處，廉價飯館、酒店和奇怪的桃紅色招牌密集，水溝的臭味和地面的蒸氣使周圍充滿潮氣。搖搖欲墜的大雜院和破舊的小店擠在一起，魚店之類的看起來格外骯髒。

這裡就是經常聽人說的貧民街，鄉下沒有這種地方。附近就是製造陸軍軍用物資的砲兵工廠，很多人都在那裡工作，也許這一帶是工廠員工居住的地方。

低谷一直向北延伸，來到了「小石川柳町」。實之確認地圖後，發現這條路通往一個名叫指谷的地方。

實之在岔路向西轉，很快來到一條彎曲的窄坡。這時，實之發現一個很理所當然的事實。

原來如此，從低谷往前走，一定會遇到坡道……。

霞之關和番町的坡道都在高台上，所以之前沒有發現。坡道上方是高級住宅區，坡道下方是平民百姓住的大雜院區。江戶時代，武家都住在高級住宅區，聚集在坡道下方民宅的平民，則為這些大戶人家提供糧食。

高地和低谷。

坡道連接著高地和低谷。

來到坡道上方，道路中央有一棵大榆樹。一個身穿短褂的老人坐在露出地面的樹根上抽著長菸斗。實之想知道剛才的坡道名字，走過去問他。

老人立刻用冷淡的沙啞聲音回答：

「那叫善光寺坂。」

果然有寺院的名字。他回想起剛才聽到的「三年坂＝三念寺坂說」。這附近還有什麼坡道？但他沒有勇氣問那個態度冷淡的老人，只能道謝後轉身離開。

前方立刻出現了一條參道。那是什麼寺院？一看門上的木牌，發現是傳通院。如果沿著西富坂走，也是走到這裡。這時，他開始自我反省，覺得在找路時，必須隨時向路人請教。剛才應該厚著臉皮問清楚點……。

迎面走來一個女人。

已經是春天了，她還包著防寒用的御高祖頭巾，穿著看起來修改過好幾次的舊和服，低著頭快步趕路。實之覺得貧窮和痛苦會傳染，根本不敢上前向她打聽坡道的事。

女人擦身而過後，實之追著她的背影回到榆樹下。老人維持相同的姿勢坐在原地。

「呃，請問這附近有沒有名叫三年坂的坡道？」

「三年坂？」

老人審視著實之。或許是聽到老人沙啞的聲音，已經快要走到善光寺坂的頭巾女人在榆樹後方停下腳步。

「這裡沒有這種坡道，該不是霞之關的三年坂吧？」

彎下腰的實之起身時，看到前面包著頭巾的年輕女人的眼睛，女人很快轉身走向坡道。她應該是谷底貧民區的女人吧。實之心想。

「不是，謝謝你。」

出乎意料的是，長菸斗的老人很親切，告訴他坡道名字的由來。

因為這裡附近有一個善光寺，所以這個坡道叫善光寺坂。善光寺是信州有名的同名寺院的分院，這附近還有六角坂、安藤坂和牛坂等，分別是因為這幾個坡道附近有六角越前守[10]宅第和安藤飛驒守[11]宅第和牛天神[12]，所以才會有這些坡道名。

聽著老人的說明，實之又有了新的發現。江戶時代的房屋基本上都很固定，相同的房子和寺院可能在同一個地方存在了兩百五十年，於是就反映在坡道的名字上。

但是，三年坂呢……？

到底是什麼時候有這個名字？

實之在傳通院所在的高地再度沿著坡道南下，來到江戶川的河畔。那條坡道叫金剛

10 越前為日本舊國名，相當於目前的福井縣中部和北部。
11 飛驒為日本舊國名，相當於目前岐阜縣北部。
12 天滿宮的異名。

寺坂，原來是因為坡道下方有一座金剛寺。金剛寺坂的坡底一帶完全沒有在初音町和柳町時所感受到的谷底感覺。

經過江戶川橋往南走，來到牛込區後，河畔的一整排櫻花樹映入眼簾。東京導覽書上曾經介紹，江戶川的堤防是欣賞櫻花的名勝。

進入牛込後，都是平坦的道路，感覺是從高地走到高地。通往矢來下的路很寬，塵土很大，可能是路才修好不久。道路兩旁的房屋也很新，到處可以看到農田、剛整完的地和工地現場。不知道是不是正在進行引水道工程，很多工人把路面挖起，把土管埋進地下。

前方是上坡道，地面也很堅硬。接下來，來到吉松所說的江戶最高的高地，然後再走向南方的外護城河。外護城河的對岸就是昨天去過的九段和番町了。

上坡道的盡頭就是矢來下派出所前的三岔口路。『五千分之一圖』上，在這個三岔路旁寫著「三年坂」。實之沿著通往北方的下坡道往上走，來到坡道頂時，看到另一條通往西側的坡道。地圖上顯示這條坡道通往「東榆町」。

到底是指哪一條坡道？

實之決定去派出所打聽。他走向那棟很像鳥窩般的建築物，一名警員正坐在桌前寫東西。實之向他謊稱是做學校的功課，需要調查坡道名字的由來。

年輕警員用一口東北腔結結巴巴地回答說：

「前面那條坡道？喔，那裡好像叫地藏坂，我也不知道為什麼叫這個名字。」

地藏坂。實之重複著。

地藏菩薩是寺院祭拜的，果然和寺廟有關。

「可是地圖上寫著三年坂。」

「那是以前參謀總部的地圖吧？嗯，的確，路中央印著坡道的名字。但我聽說三年坂是榆町下面那條坡道，現在已經很少有人叫這個名字，畢竟這一帶改變很大。」

「原來的三年坂現在叫什麼名字？」

「那個坡很普通，沒什麼名字，是通常就叫岔路的坡道。」

這時，一個年長警官從派出所裡面走出來，上下打量著實之。他和那個年輕警員不同，似乎要開口盤問實之的名字和身分，實之趕緊道了謝，匆匆離開。

嗯，就是這裡嗎……？

據警員說，第三個三年坂就是通往西側榆町的下坡道。兩側都是住宅，也有許多空地堆放了建築材料。

實之觀察著寺院，走下三年坂。雖然渾身有一種不安的感覺，但沒有昨天在番町時那麼強烈，可能是因為整體是新開發地區的印象吸引了注意力。這裡比番町的三年坂坡道更陡，所以令實之對坡道下方有什麼，充滿期待。

然而，坡道一下子就走完了。實之忍不住感到失望，三個三年坂中，眼前這個坡道最沒有感覺。

附近有兩座寺院，分別是名為芳心寺的小寺院和名叫濟松寺的大寺院，並沒有其他的寺院。從地圖上來看，這一帶離郊區的早稻田很近，以前曾經是一片農田。難道以前這裡曾經有過三念寺嗎？這種半信半疑的想法在他心中揮之不去。

沿著派出所前筆直的那條路往東走，就來到神樂坂的上方，屬於通寺町、肴町一帶。這裡是牛込區的中心部，的確是高地。

這裡的高地和番町不同，有不少地方有微微的起伏，巷道也很窄，和有馬車通行的高級住宅區完全不同。沿路看到的都是帶著女傭的年輕家庭主婦、學生和小孩子，感覺是屬於年輕小康家庭的住宅區。

神樂坂的坡道很陡，就連壯年的人力車伕在上坡時也喘著粗氣。走下神樂坂後，就來到外護城河，那裡是牛込見附。市谷見附就在前面。

不知道能不能再見到昨天在土手三番町遇見的女學生。實之腦海中閃過這個念頭，但時間已經超過十二點，今天必須去神田。

實之看著地圖，從飯田橋經過三崎町、西小川町，前往一之橋。沿途他都在思考三崎到底是什麼意思，是代表三個海岬嗎？

（四）

這天，實之耗了整個下午挑選補習班。原本打算就讀的正規英語學校和德國學協會在月費以外，還需要超過兩圓的入會金，所以不得不放棄。他要找月費便宜，而且不需要入會金的地方。

神田一帶到處可以看到像實之那樣身穿裙褲，頭戴獵帽，手拿地圖，一看就知道是外地來進京趕考的考生。四月開學以前，神田滿街都是這些年輕人的身影。每所學校都積極招生，不停地發廣告單，或是僱人在身體前後掛著廣告紙板，找學生去聽說明會。

實之在神田一帶轉了一個小時左右，拿到三份補習班的廣告單。其中一所是「新世紀學院」，另一所叫「開明學校」。實之沒有聽過這兩所學校的名字，但新世紀學院月費只要一圓五十錢，比其他學校便宜，而且不需要入會金，很吸引人。另一所開明學校月費三圓，入會金要兩圓，他根本不列入考慮的範圍。

他去一之橋路上的新世紀學校實地觀察，發現校舍是一幢漂亮的二層樓建築，說明會的感覺也很好，有幾名考生當場報了名。實之又在神田一帶繞了一圈，最後在新世紀學院辦理了入學手續。

沒想到報名後節外生枝。這所學校雖然不需要入學金，月費也只要一圓五十錢，但在他交了申請書後，校方卻說要三圓保證金。

對方說，只要不是中途放棄，到六月底學期結束時，就會如數歸還這筆保證金，此舉只是為了激勵學生堅持下去。於是，實之很不甘願地付了錢。付了總計四圓五十錢後，拿到一本薄薄的教科書和保證金押金的單子。

這兩天下來，除了火車費，帶來的四十圓中已經花了將近十四圓。

昨晚吃完飯就睡著了，所以什麼都不知道，今天才發現晚餐後的宿舍很熱鬧。

不知道是不是家庭教師上門，傳來教幾何的聲音。

「角A是角B的兩倍，角C因DC線而等分，求AC和BC的邊長比……」

有人模仿當時紅極一時的歌舞伎男演員九世市川團十郎的聲音大聲說著弁慶[13]的台詞，登登登地衝上樓梯。

「要不要偶爾去看京子的『三十三堂』，還有小清的『御殿』？」

那個人似乎在找人一起去看女人演的義太夫節[14]。

「不，今天晚上……」

「去嘛，去嘛。」

這時，阿時尖銳的聲音在附近響起。

「戶田先生，你今天又要去說書場了嗎？」

「對，沒錯啊。」

頓時響起一陣笑聲。

接著，又有人走上二樓。

實之捂住耳朵，努力集中注意力讀英文，所以沒聽到以下的談話。

「戶田先生，你聽好了，你千萬不要帶壞新來的內村先生。」

「有新房客嗎？」

「對，是要來考一高的少爺，聽說他哥哥之前也讀大學。」

「喔，原來是內村的弟弟，那一定很頑固，即使我邀他，他也不會去的。」

另一個年輕人說：「但其實內村私底下沒少玩，好像有花錢買便宜『站壁的』。」

「什麼？帝大生買站壁的？」

「我曾經好幾次看到他神情嚴肅地和頭上包著頭巾的女人說話，我也不知道是怎麼回事，搞不好是那種一晚只要二十錢的站壁的。」

「站壁的是什麼意思？」阿時問。

專門在坡道幫人推行李的苦力也叫「站壁的」，但他們剛才說的是最低級的妓女。江戶時代稱那些人為「夜鷹」。

翌日，實之七點就起床了。

昨天的讀書成效令他感到滿意。他決定在補習班開學前都要在宿舍讀書，傍晚的時候出去散步一小時，順便做調查。他匆忙吃完阿時端來的早餐，中午之前的讀書情況也很順利。當他下樓上廁所時，剛好遇到那個叫戶田的醫學生。

「聽說你是內村的弟弟？」

---

13 武藏坊弁慶是平安時代末期的僧兵，是武士道精神的代表人物之一。

14 一種日式傀儡戲，由一人說演各種角色。

他蓬頭垢面，好像才剛起床。

「聽說你要考一高，補習班已經決定了嗎？」

實之不太想理他，但又轉念一想，覺得他認識哥哥，搞不好知道什麼。實之簡單地告訴他，自己的荷包狀況和補習班的名字。

「啊，你上當了。你怎麼不先問我一下，我可以告訴你又好又便宜的地方。」

戶田上完廁所後，快步轉身準備離開。實之十分納悶，連忙叫住他。

「請等一下，你說我上當是什麼意思？」

戶田的房間和實之的房間剛好在走廊的兩端，是整個宿舍中唯二的兩間三坪大房間中的另一間。他的房間內亂成一團，必須把雜誌和猥褻的浮世繪推到一旁，才好不容易找到地方坐下。

聽他說，「新世紀學院」是全東京風評最差的學校，雖然講師陣容不錯，但幾乎都在其他學校兼課，所以經常停課，上完課就馬上離開，根本不願意回答學生的發問。相反的，學校對學生的規定很嚴，如果學生請假幾次，就會勒令退學。學生就無法拿回保證金，只能以淚洗面。

實之不禁愕然。所以，那四圓五十錢等於丟進水溝了嗎？

戶田的家境似乎不錯，對金錢的問題很不敏感。

「這點錢，就當作送給他們吧。補習班根本不是問題，你哥哥很優秀，不會有問題的。而且，只要去圖書館，那裡也有不少參考書。」

戶田下午才要去上課，所以他們聊了一陣子。實之發現他其實人不壞，只是很吊兒郎當，對哥哥的情況似乎也不是很了解。

「內村差不多每隔一天就要叫我晚上安靜一點，除此以外，我們好像沒說過什麼話。」

他這麼說道。他的確是哥哥討厭的類型，實之也不想把所有的事告訴他。雖然補習班的事令他很擔心，但又覺得必須等課程開始，自己親身體驗後才知道。

實之向戶田打聽了圖書館的使用方法後，決定中午之後實際體驗一下。圖書館位在下谷區的上野。哥哥留下的那些信件中，其中一個叫河田義雄的人就住在那一帶附近的谷中。另一位名叫真庭弘次郎的朋友也住在那附近千駄木的宿舍，應該可以見到他們其中一人。況且，因為沒有吃午飯，飢腸轆轆地坐在桌前，恐怕也很難專心。

那天的天氣有點陰沉，可能會下雨。實之懶得帶傘，帶著紙筆和『五千分之一圖』走出房間。走到玄關時，阿時已經等在那裡。

「今天……」

在阿時開口的同時，實之就搶著說：

「木屐。我要去圖書館讀書！」

「快下雨了，如果你沒有傘，我可以借你。」

實之已經衝出門外，叫了一句：「我馬上回來。」

實之從宿舍沿著本鄉路往北走，經過湯島後，來到本鄉町四丁目、五丁目，再繼續往前走，右側就可以看到帝國大學的紅門。一個身穿時髦西裝，看起來像是教授的男人趾高氣昂地帶著三個戴學生帽的學生走進大門。經過大學正門後，馬路就變成向東側延伸的下坡道。他從大學和一高之間往下走，兩側都是堤防，感覺有點陰森。

他向一個出門買菜的中年婦人打聽，對方冷冷地回答：

「這個坡道嗎？我不太清楚，這裡的人都叫暗闇坂。」

暗闇坂通往本鄉高地和上野高地之間的低谷，最後分成兩條岔路，都是往下的坡道。上方那條路可以從根津來到上野公園北側，下方那條路通往不忍池。實之選擇了上面那條路，這也是從圖書館走去谷中的路。

下坡道盡頭的根津是谷底的低地，這裡有一條南北流向、像水溝般寬度為一公尺的小河。地圖顯示，這條河叫藍染川，流入不忍池，也成為本鄉區和下谷區的界限。走過跨越這條河的木橋，就是通往上野高地的上坡道，放眼望去，可以看到寺院的土牆和後門。

「這裡是善光寺坂。」

一個穿著紅色背心連帽衣的老人告訴他坡道的名字。

「聽說以前這裡有一個叫這個名字的寺院。」

這是第二個善光寺坂，剛好分別位在本鄉高地的東西兩個位置，即使善光寺已經不復存在，坡道名字仍然保留了下來。

沿著善光寺坂往上走是上野公園的北側，谷中清水町、上野櫻木町、谷中町等寺町[15]都在這一帶。實之也知道上野公園是幕末內戰時，名叫寬永寺的巨大寺院燒毀後的遺跡，沒有遭到燒毀的地區仍然是江戶時代以來的寺町。

哥哥的其中一位朋友河田義雄住在白天也很冷清地區的木造二層樓宿舍。實之以為大白天他一定不在家，所以想和宿舍的女傭打聲招呼，轉告他回程時還會再來。沒想到河田竟然在家。他三天前就因為感冒臥床不起。

「可能是流行性感冒，你最好不要靠近我。」

身穿白色浴衣和棉外套的河田請女傭幫他收起被褥，坐在火爐前接待坐在門口的實之。他臉上長滿鬍渣，神情憔悴，大大的四方臉感覺很陰沉。他和哥哥雖然長相不同，但兩個人的氛圍很相像。

十年前，流行性感冒第一次在日本流行，由於會導致體力衰退，也經常會併發腸傷寒，造成了多人死亡，在當時是令人聞之色變的可怕疾病。

河田可能發燒了，他的雙眼濕潤，臉頰浮腫，聲音也很虛弱。「那我改天再來吧。」實之說。河田也有此意，但聽實之提到他哥哥的死訊，態度立刻改變，說想要詳

15 寺院聚集的地方。

細了解情況，於是立刻邀實之進屋。

實之把哥哥的死亡過程一五一十地告訴他，但絕口未提三年坂的事。河田聽完後，有好一陣子說不出話。他似乎發自內心地感到驚訝。

「……是嗎？腹部的傷造成了這麼嚴重的後果。俗話說，天有不測風雲，人有旦夕禍福，你哥哥這麼優秀，真的是萬萬都沒想到會有這種結果。」

河田語帶嘆息地說完，鄭重地表示哀悼。

「你是在去年夏天我哥哥離開大學時就知道這件事，還是事後才得知的？」

「我當時就知道了。應該說，我也是在那時候才知道的。他在回老家的前一天晚上，宿舍的下一位房客急著要搬進來，所以他就退租了，帶著行李來我家。那時候，我才知道他是申請退學回老家，嚇了一大跳。之前我就聽說他要離開那個宿舍，我還以為他暑假回老家後，會重新找新的宿舍，當我聽說他把書和其他東西都賣了，還感到很納悶。」

去年八月十九日，哥哥離開這裡走到新橋車站搭火車。當時，他肚子應該還沒有受傷吧。

「那當然，如果我知道他受傷，會立刻帶他去醫院。」

「我哥哥有沒有告訴你，他為什麼要退學？」

「他說是學費用完了。他還有兩年就可以畢業，其實可以借錢應付一下。」

哥哥的朋友不多，就連實之認為是哥哥好朋友的河田也和哥哥之間保持一段距離，無法期待可以打聽到更多消息。

「河田先生，你和我哥哥是同系吧？」

「對，我們都是工科學院建築系的，也在同一個研究室。」

「我哥哥是不是在課業方面遇到了瓶頸？」

「我不清楚，我們的專業是大樓設計，但日本根本沒有太多機會建造大樓，有時候的確覺得很空虛……」

不知道是不是身體發冷，河田不時地攪動火爐，實之卻已經汗流浹背。或許說了也沒用，但既然已經聊到哥哥的事，也許應該把父親的事，和三年坂的事也和盤托出。

「說出來很丟臉，其實，我和哥哥有將近二十年沒有見過我父親，甚至完全沒有他的消息。」

實之說到這裡，沒想到立刻得到了回應。

「喔，這件事我有聽說，聽說你哥哥找了很久。難道你也是來東京找你父親的嗎？」

「嗄？」

實之慌忙說了自己要考高等學校的事。河田擤著鼻子，調整呼吸。

「……原來是這樣，這麼說，你以後也很有可能讀帝大囉。」

「我哥哥有見到我父親嗎？」

「不，好像沒有成功。」

「完全沒有成功嗎？有沒有可能找到我父親在東京的地址？」

「對了，你父親好像寫了什麼手稿留下來，聽你哥哥說，他好像拿到了這份手稿。」

「我父親寫了東西留下來？我第一次聽說這件事。」

「你不知道嗎？」

河田納悶地說。

「他回老家時，也帶了這份手稿，我親眼看到他放在行李袋裡。」

「我不知道，那是什麼手稿？」

河田說，那份將近一百頁的手稿用細麻繩裝訂了兩處。返鄉的前一天晚上，哥哥拿著兩個行李袋來找河田，河田接過其中一個時，發現這份手稿埋在一堆換洗衣服中。

河田記得，封面上用很漂亮的字寫著標題名和名字，但並不是內村。標題有一半被衣服遮住了，看不清楚。當河田問：「就是那一份……？」時，哥哥點點頭，河田並沒有多問。

「那個名字是不是叫橋上？橋上隆？」

「對，好像就是這個名字。」

「我哥哥回老家時的確有帶這份手稿嗎？」

「對，絕對沒有錯。」

然而，哥哥卻並沒有帶回那份手稿。相反的，在他死後，寄來一疊空白的稿紙。這到底是什麼意思？

「我哥哥回老家那一天，幾點從這裡離開？」

「我記得是吃完早餐後，差不多九點左右吧。」

「他說直接去新橋嗎？」

「這我就不知道了。我和他在這裡分手後，直接去了學校。」

哥哥搭乘前往神戶的快車應該是下午三點多從新橋車站出發。二十日早晨抵達大阪時，已經負傷的哥哥直接叫了人力車，中午之前就回到家裡，沒有去其他地方。

從上野這裡走路到新橋只要一個小時，如果搭鐵路馬車，速度更快。所以，哥哥是在九點離開這裡到，三點多在新橋搭火車的這段期間受了傷。父親寫的手稿難道是在這段時間被人搶走了……？

「你知道我哥哥什麼時候拿到那份手稿嗎？」

「就是本鄉春木町火災的時候，差不多是兩年前的三月吧。」

「兩年前的三月……。他從哪裡得到這份手稿？」

「喔，他好像有提過……」

河田陷入沉思，似乎在努力思考。也許他曾經聽哥哥提過地點或是其他的事。然而，過了一會兒，河田說了毫無關係的話。

「……不好意思，我可以躺下來嗎？」

他似乎很不舒服。實之貼心地從壁櫥裡拿出剛折好的被褥幫他鋪上。

「不好意思。」

河田說著，躺了下來。看到他的樣子，實之想起之前坐在哥哥枕邊談到三年坂的事。

等河田躺好後，實之問：

「對了，你有沒有聽我哥哥提到坡道？」

河田露出茫然的眼神。

「坡道？」

這時，河田用力咳嗽起來。實之知道自己應該離開，但還是想了解這個問題的答案。

河田一直咳不停，斷斷續續地問：

「坡道、是、什麼、意思？」

「我哥哥好像在調查東京的坡道，我在想，會不會和這份手稿有關……」

「喔……，我倒不知道坡道的事。」

河田發燒的雙眼凝視著天花板，似乎努力在回想。

「啊，我想起來了。」

過了一會兒，河田看著枕邊的實之。

「剛才手稿的事，我記得是舊書店。你哥哥剛好在舊書店發現那份手稿。你父親把手稿賣給不知道哪一家舊書店，聽說要出版成書。」

「舊書店……」

在那個年代，普通的書店和舊書店並沒有明確的區分，兩者都賣舊書。書店也有各種不同的等級，有的是路邊的書攤，也有的有正規的店面，而且，可以用不計其數來形容。有些書店還兼出版業務，只要出了一本暢銷書，利潤就相當可觀。

河田似乎只知道是舊書店。然而，從哥哥的行動範圍推測，應該是在本鄉附近到神田一帶。

父親拿了自己的手稿去某家書店打算出版，結果被哥哥偶然發現了？那父親之後的下落呢？

河田開始激烈咳嗽，實之終於決定告辭，並約定等他感冒好了之後，再來向他了解情況。

河田露出無力的笑容說：

「好，謝謝你的體諒。聽到你哥哥的死訊，對我打擊很大，我很希望可以幫上忙。」

實之相信渡部的推理來到東京，但他心裡仍然抱著一線希望——哥哥的傷真的只是偶然的意外和災難造成的，和三年坂沒有關係。

然而，如今他卻認為哥哥是在被別人搶走父親的手稿時受了傷。如果父親的手稿和三年坂有關，所有的事就都有了合理的解釋。這麼一來，一切完全如同渡部的推理，是父親最先掌握了有關三年坂的秘密。那麼，父親現在怎麼樣了？已經死了嗎？

渡部曾經這麼暗示。

天空烏雲密布，快要下雨了，實之走去離谷中清水町不遠的圖書館。在圖書館裡尋找有關東京、江戶地名的書，然而，幾乎都沒有提到坡道的事。他埋頭繼續苦找，把讀書的事拋在腦後。

到了圖書館閉館的時間，天空開始飄雨。實之猶豫了一下，還是按照原計畫趕去位在千駄木的哥哥另一位朋友的宿舍。他想了解父親和哥哥的事，也許可以發現什麼新的情況。

實之離開位在帝國博物館西側的圖書館，音樂學校和美術學校就在後方，他沿著中間的路往北走。他轉入西側的小路，穿越谷中町、上三崎南町，來到通往西側本鄉的下坡道。

「這是三崎町的三崎坂。」

正在收攤的烤地瓜攤販告訴實之。

雨中的黃昏時分，實之躲進亮起燈的屋簷下查地圖，避免被雨淋濕。谷中應該就是低谷的中間，「三崎」就是「三崎」，和神田的某個地名相同，三個崎（岬）感覺是在水岸。

然而，『五千分之一圖』上，三崎町已經超過了最北的區域，因此，無法了解北側的情況，可能是屬於十五區以外的地區。

「啊，對了，雖然無關緊要，這裡也叫搖頭坂。」

剛才的烤地瓜攤販拉著攤位車經過時說道。

「聽說有一個和尚經過時不停地搖頭。」

嗄？搖頭？為什麼？

實之在前往藍染川前，在三崎坂，也就是搖頭坂上走來走去。東側是一片廣大的谷中墓地，周圍也有很多寺院。他看到電線桿上有「初音町」的名字。

又是這個名字。小石川也有這個地名。東京有很多這種重複的地名嗎？

他轉頭走下坡道。

他看著右側的稻荷神社，從橋上越過藍染川，前方是通往本鄉高地的陡坡。東京導覽上介紹那是丸子坂，是菊人偶[16]的本鄉區千駄木的坡道。

丸子坂？

難道是附近有糯米丸子店嗎？還是因為坡度很陡，跌倒後就會滾落下去，變成丸子嗎？這和跌倒後如果不舔泥土，就會在三年內喪命的說法到底有什麼不同……？

16 用菊花的花瓣和葉子做成人偶衣服。

實之來到丸子坂附近的民宅，才得知寄宿在這裡的真庭利用春假期間外出旅行了。那戶人家的女傭說，等學校開學時，他應該就會回來了。實之留下一張紙條，寫下自己的宿舍和姓名，並留言希望真庭可以和自己聯絡。

回到本鄉的馬路上時，天空下起傾盆大雨。實之回到本鄉的宿舍時，已經淋得渾身濕透，被阿時狠狠罵了一頓。他食慾缺缺地吃完晚餐後，覺得渾身發冷。可能感染了流行性感冒。

那天晚上，下了一場春天的暴風雨。

火之夢 3

（一）

「原來如此，總共有二十一個可能的燃點。」

鷺沼看著東京的地圖喃喃說著，不滿似地撇著嘴角。

他們在京橋元數寄屋町的鍍金家的一樓，油燈下的圓桌上攤著一張很大的東京地圖。

身穿西裝的鷺沼指著宮城周圍山之手地區的好幾個紅色圓圈繼續說道：

「最多只有這二十一個，但也無法進一步縮小，要把東京區分成不到十個區域很困難。以前或許有某些適合成為燃點的特徵，但現在已經不復存在了。」

「是嗎？」

鍍金點點頭。今天他穿著和服便服，翹著腳坐在對面的桌前。

「這些都是江戶以前的事，應該說是建造江戶之前的事。駿河台在那時候還是神田山，還沒有神田川，山之手是一片比現在有更多高坡和低谷的地區，但是幾乎沒有留下任何文獻資料，可能是被德川家銷毀了。」

「我以前好像也曾經這麼聽說過。」

「這二十一個地方以前都是低谷，但因為現在的地形已經改變很多，即使可以找到特定的十個燃點，也已經沒有意義了。」

「原來如此。不過，我相信目前雖然是科學萬能的時代，但應該還有很多我們無法估量的神奇力量。」

鍍金露出微笑。

「有時候的確會有這種神奇力量，應該說是超自然的力量吧？」

「對，沒錯，我就是這個意思。」

「假設燃點有什麼玄機，雖然我不知道適不適合使用超自然這樣的字眼，但比方說地下埋了什麼，或是地下有類似火的通道的洞穴。」

「果真如此的話，那就太神奇了。」

鍍金笑著搖頭。

「不過，無論如何，都不可能把整個東京燒掉，最多只能四分之一而已。而且，這並不是指現在的東京，是以前的江戶，而且是更早之前。聽說是和姓牛込的士紳有關的傳說。」

「牛込？和牛込區有什麼關係嗎？」

「對。他原本是姓大胡的士紳，在室町初期，從群馬縣赤城山的山麓遷移到目前的山之手。牛込一帶是他們活動基地，在神樂坂附近名叫袋町的高地上建了城。我對日本歷史不太了解，聽說他投靠關東總管和小田原的北條，在最顛峰時期，牛込擁有牛込區到赤坂日比谷一帶。戰國時期結束，德川家康統治關東後，才降為旗本。」

「從牛込到赤坂，以及日比谷一帶。……那不正是舊江戶城周圍的山之手地區嗎？」

「但那是江戶城建造之前的事，那時候還有太田道灌城寨，聽說規模最多只有目前宮城的十分之一。……那個燃點的傳說似乎是從牛込悄悄流傳下來的。」

「喔，」鷺沼說道，「難道地面下埋著什麼，或是有火的通道……。我明白了，這是打算用來攻城的嗎？」

鍍金點點頭說：

「事到如今，無法確定到底攻打的對象是太田道灌，還是後來進入江戶城的德川家康。歷史記載，牛込曾經屈服於這兩派勢力，但一定暗中等待絕地反攻的機會，在幾個地方同時點火，同時展開進攻，……這應該就是燃點傳說的由來吧。」

「明曆大火也是因為這個原因嗎？」

「也許是因為痛恨德川家的勢力，而執行了這個古老的計畫。那場大火不是和由井正雪之亂的時期相同嗎？不過，正如我剛才提到的，那時候，江戶的地形已經有了很大的改變……」

半個小時後，鷺沼用肩膀推開出入口的木門，右手拿著捲得很細的地圖。

「鍍金老師，我會把調查費用，連同上次的稿費一起給你。」

雖然他臉上沒有表情，但聲音顯得很失望。

出來送客的鍍金緩緩回到一樓深處的桌旁。一到晚上，油燈的光線也照不到房間的角落，感覺特別昏暗，大時鐘和石膏像等古董都變成一片漆黑。

一個人影從黑暗中站了起來。

「不知道那傢伙會不會就這樣放棄。」

一邊說著，一邊在鍍金面前的椅子上坐下的正是立原。

「老師，你說得頭頭是道，連我都不得不佩服你的著眼點。」

「有嗎？」

走去吧檯為立原倒咖啡的鍍金答道。

「在我調查的範圍內，這些內容相當接近真相，我並沒有欺騙鷺沼，但應該不可能同時在二十一個地方點火吧。而且，即使要求我進一步調查，也無從調查起。」

「但沒想到攻城的事是真的……」

「總之，我會繼續觀察，如果他沒有動靜，就代表這件事告一段落了，我已經拒絕再幫他們寫稿了。」

立原沒有說話。鍍金拿著兩人份的咖啡杯回到桌旁。

「啊喲，看來你並不這麼認為。立原，你原本就認為這是不可能的事吧？」

立原面色凝重地回答。

「……其實，我最近的想法有了改變。」

「什麼意思？」

「看到你的電報說鷺沼今天晚上會來你家裡，我便慌忙趕過來，所以還來不及告訴你。最近，我聽到一個出人意料的消息……。我大學研究室有一個學弟叫河田，他對我說了一件很奇妙的事……」

鍍金和立原併肩走在夜晚的銀座路上。他們離開元數寄屋町的紅磚房，想要出門吃點東西。

東京的夜晚仍然很黑，只有這條街上燈火通明，亮得可以看清楚對方的表情。

「所以，這個名叫內村義之的帝大生在尋找父親，結果沒有找到，偶爾在一家舊書店找到了父親留下的手稿，手稿上寫的可能是有關坡道的事，對嗎？」

立原一邊走，一邊輕輕點頭。

「光是這樣的話，似乎和這次的事沒什麼關係……」

「但是，有坡道這個共同點。我們也在東京的低谷地區找到二十一個可能的燃點，既然有低谷，就一定有坡道。」

立原再次點頭說：

「河田之前就曾經問過我，有沒有聽說過關於坡道和低谷的趣聞。不，不用擔心，我完全沒有提及燃點的事。前天，我在研究室遇到他時，河田告訴我剛才那些事。」

「原來如此。所以，看起來不那麼簡單。」

「……對。」

立原停下腳步，轉頭看著身旁的鍍金。

「老師，你知道明治二十五年的神田大火嗎？還有前年本鄉春木町的火災。」

他們從中央路轉往海邊的築地。鍍金一邊聽立原說明兩次的火災，遠遠地眺望著一排路邊攤。

晚上八點多，河畔的路邊攤仍然在營業。點著油燈的舊貨商的桌子上排列著舊雜誌、細筒褲、舊襯衫、空瓶和空酒瓶，還有舊洋傘、拐杖和鳥籠等等，在這些舊貨中挖寶似乎是鍍金的興趣。

「接下來才是重要的內容。」

走向沒有行人的方向，立原說道：

「老師，你之前不是曾經提到你的夢境嗎？也許那是預知夢。」

穿著和服便裝的鍍金從懷裡拿出紙捲菸和火柴，點了一支。這一帶沒有路邊攤，也沒有路燈，周圍很暗。

「所以，之後真的發生了這些事嗎？」

「夢境的內容並沒有實現，所以不能算是預知。不過，或許可以算是一種透視術。也就是說，透視了那兩次大火時的事。雖然是道聽途說，但聽說兩次大火時都有車伕到處縱火，還有目擊者。尤其是在神田大火時，有人看到一名中年車伕發了瘋似地在東京街頭狂奔。」

「是喔。」
鍍金對著黑暗吐出一口白煙。
「拉著人力車的縱火犯嗎？對了，你要不要來一支？」
立原接過鍍金遞給他的香菸借了鍍金的菸，點火後說：「謝謝。」
「太有趣了。所以，在我的夢境中僱用的車伕就是縱火犯嗎？你從河田同學的口中聽到了這個傳聞，又發現和剛才提到的帝大學生內村有關。」
「沒錯，沒錯。」立原驚訝地問，「你怎麼會知道？」
「因為，之後我又做了夢。」
鍍金說，一個星期之前他又做了夢，然後簡潔地告訴對方夢境的內容。

坐在人力車上的鍍金正在下坡。
這一次，身穿印了「鍍金」短褂的車伕拉著的人力車在火中奔跑，在從兩側不斷噴出的火星中穿梭，以驚人的速度衝向谷底。
突然，鍍金發現人力車左側有一個人影。因為光線太暗，看不清楚他的臉，但那個人頭上戴著角帽。難道是帝大的學生嗎？
右後方還有另一個人，也跟著人力車一起跑，但因為太暗了，既看不清他的臉，也看不清他的身材。
只聽到踏、踏、踏有規律的腳步聲。

這是這一次的新發現。

他才剛體會到這件事，隨即和之前一樣，感受到周圍的熱氣。

好熱！好熱！

鍍金說完後，立原默然不語地思考良久。

「這只是夢而已。」

鍍金不好意思地笑了起來，「請把你得到的消息詳情告訴我，那個拉著人力車的縱火犯和那個叫內村義之的帝大學生的事。」

「好，好，首先，縱火犯是之前就在流傳的事，我也曾經聽過好幾次，就和之前曾經提到明曆大火是振袖自然起火的說法大同小異。內村義之卻不一樣，他似乎很投入地調查了那個車伕的事。神田大火是將近十年前的火災，但他很努力地尋找當時的目擊證人……」

「原來如此，他覺得假設真的有這名車伕，很可能就是自己在尋找的父親，或是和父親有關的人。」

「沒錯，就是這樣。再加上有關坡道的手稿，你難道不覺得可能和我們之前討論的燃點的事有關嗎？」

「嗯，我也不知道，」

鍍金用木屐踩熄菸蒂，然後撿起來放進懷裡。立原也只好跟著撿了起來。兩人一起走向京橋的方向。

「這個問題是很難光憑這點就做出判斷。」

「我已經知道他父親的名字，聽說叫橋上隆，我認為這件事很值得調查一下。」

「車伕的傳聞的確很令人在意。那就和燃點的事一起調查吧。所以，那個內村同學目前人在哪裡？」

「去年夏天申請退學回老家了，聽說是付不出學費，教授也覺得很遺憾。聽說他專攻大樓設計，我是研究建築材料的，所以和他不太熟，但他和河田的關係很好。可能是因為這樣，他才突然想起這件事。」

「為什麼現在突然想起來？你之前談到坡道的事，距離現在已經很久了。」

「這我就不知道了，可能是他接到內村的信吧。」

「如果是這樣的話，應該會通知他情況已經有了進展，或是有更確定的消息。但剛才你談到的這些，似乎還停留在之前的階段。」

「那倒是，我下次再問他看看，我想他可能只是突然想起來而已。他屬於那種書呆子型的人。」

鍍金沉默不語，走了一段路後說：

「大學應該有內村同學老家的地址吧？」

「不，河田就知道，我下次也會記得問他。」

回到銀座路，來到四丁目的轉角時，服部鐘錶店後方有一家很有名的天婦羅餐廳。

油炸食物的香味隔著拉門飄到街上。

鍍金聞著香噴噴的味道，問：

「結果我們又回到這裡了，怎麼樣？要不要吃一點？」

三年坂 4

（一）

「拜啟，渡部義郎先生。小生在東京生活將近一個月，至今卻尚未能解開三年坂之謎，學業方面也遲遲未見進展。再加上計畫外的開支，備感困難重重，若兄台手頭寬裕……」

寫到這裡，實之停下了筆。

講台上身穿立領襯衫，繫著蟬形寬領帶的中年男子自顧自地講解著英文翻譯。教室內原本有三十名學生，如今只剩下一半。實之之前感染了流行性感冒，晚了一個星期來上課，發現已經有三分之一的學生不再出席。到了五月上旬，出席人數更少了。

上課情況並不像醫學生戶田說得那麼糟，每位講師看起來都很優秀，眼前這位英語講師的發音簡直就像外國人。

然而，每一位講師都保持「這是我的副業」的態度，對學生的態度很冷淡，連學生的名字也不願意記。上課時，只顧自己悶著頭講課，從來不向學生發問。

即使如此，前排的五、六名學生從不缺席，認真的做筆記。對有相當程度的學生來說，這或許是一家不錯的補習班。

實之聽不懂任何一堂課，不過，既然已經付了錢，他還是堅持每天來上課。剛才，他感受到強烈的睡意。雖然也有學生呼呼大睡，但是英語講師完全不理會。這樣反而讓實之產生反感，覺得我就是不要打瞌睡。所以他寧可寫信給渡部，以免自己打瞌睡。

暴風雨的那天晚上以後，他因為流行性感冒睡了十天，診察費和藥費花掉了他兩圓。不吃午飯影響了他的恢復速度，明明沒有食慾，卻要多付餐費實在奇怪。等他好不容易恢復時，補習班已經開學，他向校方解釋後終於開始上課，卻因為完全聽不懂課程而深受打擊。他花了一個星期全力預習和復習課程，第二個星期終於發現這裡的課程水準太高，完全不適合自己。

這段期間，他在補習班上下課時，都不曾再實地調查三年坂的事，因為他都在跑舊書店，希望可以找到哥哥買到父親手稿的那家店。目前已經以神田和本鄉為中心找了二、三十家店，仍然一無所獲。

他也試著尋找最近的東京地圖，但發現只有淺草、日本橋和銀座等觀光地圖，而且都只有町名而已。在那份『五千分之一圖』之後，似乎並沒有重新製作精密的東京全圖。即使如此，他還是花了少少的錢買了十幾張江戶時代的分區圖回宿舍研究，目前暫時毫無收穫。

上個星期，實之再度去谷中拜訪了河田義雄。他連續去了河田的宿舍三次，想詳細了解有關哥哥的情況，但每次都錯過時間。另一位住在千駄木的真庭弘次郎在大學開學後，仍然沒有回到東京。實之去了他寄宿的地方拜訪了兩次，聽女傭說，他向來喜歡遊山玩水，經常一出門就很久沒有音訊。

目前已經掌握到哥哥返鄉前的情況，也得知父親留下手稿這個新的事實，這些都是很明確的收穫，但尋找三年坂這件事卻完全沒有進展，根本無法向渡部報告。原本只是想寫一些近況，沒想到竟然變成向他要錢。

最後，實之用力撕了那封信。

沒想到聲音出乎意料的大，講師不知道是什麼聲音，嚇了一跳，往實之的方向看了看。實之趕緊低下頭。

「要不要陪我去一個地方？等一下就有課。」

下課後，實之在補習班唯一的聊天對象，來自東北的一位名叫熊澤的學生叫住了他。

「有課？你是說開明的課嗎？」

「沒錯，沒錯，我不敢一個人去偷聽。」

熊澤和實之一樣不擅長英文，有時候會去開明偷聽他們的課。聽說那裡的英文課比較容易懂。但不是該校的學生去偷聽的話，一旦被發現，就會被揪出來，所以熊澤不敢一個人去，每次都會找同學陪他。實之之前都拒絕他，但這天決定跟他去看看。因為他覺得除了調查以外，也應該在課業方面加加油。

他們利用下課的混亂時間順利混進了開明學校的教室。熊澤進教室後，熟門熟路地找到了後排的座位，和幾名認識的學生打招呼。實之是第一次來偷聽，心情很緊張。聽熊澤說，後排的座位有不少是來偷聽的。最好的證明就是快上課時，有的學生找不到座位。於是，原本三個人坐的桌子擠了四個人，甚至有人坐在通道上。

「到底誰是來偷聽的，趕快滾出去！我明明付了錢，卻找不到座位！」

有人叫罵道。

終於，一個削瘦的男人走進教室。據說他就是叫「鍍金」這種奇怪名字的英語講師。實之覺得他很像渡部長大以後的樣子。

百聞不如一見，鍍金老師的課的確很條理清晰。最重要的是，他上課時不會自顧自地滔滔不絕，而是採取互動式教學方式。實之很認真地做筆記。雖然這裡的月費很貴，但實之很後悔當初沒有來讀這所補習班。

最令他印象深刻的，就是他要求一位學生英譯日，結果那名學生說得牛頭不對馬嘴，羞紅了臉，教室內哄堂大笑。實之覺得好像自己遭到了眾人的嘲笑，鍍金卻神情嚴肅地說：

「先找出主語。你還沒有找到主語，只是把單字譯成日文，然後把單字串在一起而已。」

鍍金對全班說：

「翻譯是最後一件工作，要先確定主語是什麼，述語動詞是什麼。」

原來如此，要先確定主語……。

實之走出開明學校時感到受益匪淺。熊澤正在和像是開明學校學生的朋友大聲說話，因為今天是熊澤邀他來的，所以實之就等在一旁。不一會兒，實之發現他們提到「番町」和「土手」。

實之好奇地走了過去，發現他們正在聊一位女學生。仔細一聽，驚覺那個女學生竟是之前在土手三番町看到的女生。

真的太巧了。

實之不由地激動起來。難道有一條看不見的線，把自己和那個女生連在一起嗎？

熊澤正在聊天的對象就是剛才大罵沒有座位，操著一口江戶口音的年輕人。他理著平頭，長相很帥氣。

那個人說：

「對啊，那個死小鬼把我弟弟打傷了。番町高級住宅的少爺，竟然是附近的孩子王。我不能原諒他，去他家裡找他算帳，結果，是那個女生出來應門。」

「那個死小鬼」似乎是那個女生的弟弟。

「她家還有一個哥哥，連續考了三年一高都沒考上。那個女生也說，在家裡很無聊。他哥哥連續考了幾年都沒有考取，一定很蠢。」

「你和那個女學生是朋友嗎？」

實之忍不住插嘴道。平頭男完全不在意實之是誰，得意洋洋地回答：

「對啊。而且，那個番町的千金小姐明天一點，還要帶兩個朋友一起去咖啡廳和我們聯誼呢。怎麼樣，是不是很吸引人？」

平頭男似乎在邀熊澤同往，難道是要找人撐場面嗎？

實之戰戰兢兢地問：

「我也可以去嗎？」

平頭男很爽快地答應了。

「只要你付一圓，誰都可以來。」

除了撐場面以外，還要付錢，所以他才故意說得這麼大聲。實之終於恍然大悟。

花錢的速度如流水，不過這次他花得心甘情願。因為終於可以和住在三年坂的女孩說話了。

眼前的事態變得很糟糕，一旦付了六月的宿舍費，不僅付不出七月報考一高的考試費，連回家的車錢都沒有了。

應該立刻搬出那個昂貴的宿舍。哥哥的情況只能打聽到這麼多，吉松似乎也已經忘了哥哥失蹤的事。可能他判斷實之已經在宿舍住定了，所以不需要再對他特別客氣。但是……。

「啊喲，你回來了。」

阿時剛好經過玄關。實之感冒發高燒時，她不顧實之的反對，硬是找來醫生，那筆錢花得真冤枉。

阿時一直以為實之是有錢人家的少爺。實之覺得其實只要她注意觀察自己每天都穿同一件衣服，不吃午餐，拚命吃晚餐，就應該知道不是這麼一回事……。

實之一邊脫下木屐一邊說：

「我告訴妳，我不是什麼少爺。」

阿時驚訝地停下腳步。

「但我聽說你是士族的後代，不是嗎？」

「不是，即使是士族……」

「在我們老家，士族都住在大房子裡。下次有機會再告訴我吧。」

因為剛好是晚餐前最忙碌的時候，阿時向後門的方向走去。

「對，沒錯，我就住在三年坂的坡底，你知道得真清楚。」

那個女孩說著，雙眼皮的漂亮眼睛注視著實之。如果不是在調查，實之一定會心頭小鹿亂撞。她果然和阿時不一樣。

翌日星期三。那名女學生果然是三年坂坡底的保谷家的長女，名叫志野。她十七歲，是府立女高的學生，帶了兩名同學來到「明治樂飲」這家名字很奇怪的咖啡廳等實之他們。她們都穿著紫褐色裙褲和皮鞋。

熊澤擔心自己的鄉音遭到嘲笑，所以始終沒有開口。平頭男用江戶腔和三個女生聊著天。仔細聽他們的談話，發現平頭男是位於芝的一家大日本料理店的兒子，這個活力充沛的年輕人對自己考進一高充滿自信。

實之聊了女孩家的地點後，始終插不上話，只好耐心地等待機會。快要解散時，平頭男和其他兩名女學生紛紛去洗手間，實之終於等到了機會。

熊澤正結結巴巴地想要說什麼，實之打斷了他，鼓起勇氣主動找保谷志野說話，接著告訴她，哥哥的名字和外貌，問她在三年坂附近是否曾經看過。

「該不會是上次來我們家的那個人吧？他說他是帝大的學生，原來是你哥哥啊？」

實之不由得興奮起來。

「那是什麼時候的事？」

「好像是去年的這個時候。」

哥哥竟然在返鄉的三個月前去過保谷家！

「我只看到一眼，但聽說他事先有寫信到我家，希望和我爸爸見面談一談，好像是有關土地的傳說。我們是十年前才從其他地方搬來的，所以我爸爸說，沒有能幫上太大的忙。」

原來是這樣，原來他們不是番町的旗本後代。實之有點失望，但還是拜託她，希望能和她父親見一面，談一下哥哥的事。

「沒問題，我會幫你拜託我爸，但你找我爸爸有什麼事？他是政府的公務員，工作很忙。」

實之猶豫了一下，把哥哥負傷回家，以及因為這個傷死了的事告訴她。

「啊！」志野瞪大眼睛，「死了嗎？真可憐……」

接著，實之簡短地告訴她，哥哥說自己受傷的原因是為了修宿舍屋頂。

「但是，宿舍根本沒有修過屋頂，我猜應該是被人用刀子捅了肚子。」

實之說話時，仔細觀察志野的表情。

他腦海中閃過外祖母說的「女人是凶手」這件事。然而，志野臉上的表情並不是緊張或不自在，而是充滿了好奇。

這時，平頭男他們回來了，立刻叫著志野。

「喂，喂，你們在聊什麼？」

志野無視他，回答實之說：

「啊喲，怎麼會這樣，到底是誰幹的？」

實之小聲地說：

「不知道。」

志野也壓低嗓門。

「既然這麼嚴重，應該趁早安排。這個星期六中午過後，全家人會聽我彈鋼琴，你可以那個時候來。嗯，差不多三點左右。」

「好，但是突然……」

「沒關係，我會事先告訴我爸爸。」

實之內心期待這個漂亮的女孩可以協助他。

解散後，大家紛紛起身走出咖啡廳。

「喂，你們兩個人從剛才就一直在聊什麼？」

平頭男很聒噪。

實之和志野逃進小巷子。實之簡單地告訴她三年坂和哥哥的關係，這是除了渡部以外，他第一次把所有情況都告訴別人。

「這麼說，是有關坡道的秘密囉。」

志野臉上泛著紅暈，比剛才更壓低了嗓門。

（二）

三天後的星期六，實之在志野約定的時間，來到番町三年坂的保谷家。保谷家稱不上是大豪宅，卻是可以住兩名女傭的宅第。

他從三年坂下面向堤防道路的大門進入後，沿著四方形的黑色花崗石石階往上走，經過鑲著玻璃的新式玄關，來到放著鋼琴的寬敞西式飯廳。

飯廳的厚實木門上刻著龍飛鳳舞的漢字浮雕，似乎是家徽，看來這戶人家有一定的家世背景。

戶主保谷重恭不到五十歲，寬寬的額頭充滿知性，留著小鬍子，一看就知道是政府官員。他看實之的眼神很冷淡，在打招呼時，實之就感受到自己並不受歡迎。夫人和志野長得很像，雙眼很溫柔，但看實之時的眼神流露出不安。

實之立刻後悔說出哥哥的死訊。當初是為了吸引志野的好奇心脫口而出，十幾歲的小女孩會好奇，但她的父母又另當別論，一定不想和什麼麻煩事有牽扯。

保谷用冷淡的口氣說：

「今天志野一大早就有點感冒，沒辦法彈鋼琴。喔，你請坐吧。」

大桌旁圍著五個高背椅子，中央放著插著鮮花的玻璃花瓶和銀製燭台。身穿短褂的保谷背對著百葉窗，他的夫人一身和服坐在旁邊，女傭搬來一張椅子，實之坐在他們對面。

年長的女傭立刻端上紅茶，在三個人面前各放了一片蜂蜜蛋糕。「請用。」保谷重恭說。看到一塵不染的茶杯，實之更緊張了。

「志野告訴我你哥哥的事了，真是萬萬沒想到。我和你哥哥只是稍微聊了一下，在此表達我的哀悼。所以，你這次是來調查你哥哥受傷的原因嗎？」

「對。」

「那很遺憾，我可能幫不上忙。你哥哥來過這裡一次，我和他只聊了一個多小時。」

實之努力保持平靜。

「我哥哥在一年前的現在，曾經造訪過這裡，對吧？」

「他先寫信來詢問，指定日期後前來造訪，他問的事和你問志野的相同。」

「相同的事？是指三年坂的事嗎？」

「對。一開始我還很納悶，想說這個年輕人怎麼會對古老的事情有興趣。後來一打聽，才知道他是帝國大學建築系的學生。我還以為三年坂和他的專門學問有關，所以就決定見他。」

「呃，……對不起，可不可以請你告訴我當時的詳情？」

「沒有問題。……對了，內村同學，志野說得不太清楚，你可以斷定你哥哥的傷真的是被人用刀刺的嗎？警方應該說了什麼吧？」

實之垂下雙眼。

「警方沒有說……」

「既然警方沒有懷疑，就代表並不算是離奇死亡吧。只是你心存疑問，所以來調查，對嗎？」

「……嗳，可以這麼說。」

「原來是這樣。」保谷把微微前傾的上半身靠回椅背。

「你哥哥受了傷，他自己說是意外。或許只是因為延誤傷口處理的時間，導致細菌入侵而送了命。有可能真的是這樣而已吧？」

實之抬起眼睛。

「……但我哥哥說，東京有好幾個三年坂。」

「原來如此。」

一旁的夫人插嘴說。

「你一個人在調查嗎？聽志野說，你是來東京準備參加一高的入學考試。」

「……沒錯。」

「你打算繼續調查下去嗎？」

「對，應該是。」

「入學考試不是在七月舉行嗎？這不是眼前最重要的事嗎？」

實之再度沉默地低下頭。夫人說得沒錯。

保谷開了口。

「總之，我把告訴你哥哥的內容重複一遍，你或許可以從中找到線索。我們在十二年前搬來這裡，剛好住在三年坂旁。因為我在府廳工作的關係，有些事比一般人知道得更清楚些。聽我說完後，你哥哥很滿意地離開了，就只是這樣而已……。你對三年坂調查到什麼程度？」

實之結結巴巴地把自己查到的事，以及自己的想法說了出來。不吉利的民間流傳、京都的產寧坂，以及地圖上的三個三年坂。提到三念寺時，他說得特別詳細。那座寺廟以前位在土手三番町，是三年坂這個名字的來源。然而，卻不適合其他的三年坂。遷移到本鄉元町已經超過兩百年，那裡的坡道卻沒有叫三年坂這個名字。

聽完之後，保谷說：

「你哥哥也這麼說過。」

實之立刻產生了勇氣，原來自己摸索的方向和哥哥相同。

「就這樣而已嗎？」

「對，……目前只查到這些。」

「是嗎……」

保谷將手肘放在桌上，雙手握在下巴下方。

「……那我就把對你哥哥說的話，一五一十的告訴你。如你所說，東京目前有三個三年坂。也有傳聞說，只要在三年坂跌倒，在三年之內就會死。」

「目前有三個？以前其他地方還有嗎？」

「有時候一個坡道可能同時有好幾個名字，或是一直改名字。再加上不同的時代，地形和道路也會發生變化，會出現新的坡道，舊的坡道也會消失。」

實之點點頭，他對此有切身的體會。

「正如你說的，如果認為三年坂就是三念寺坂，就會出現矛盾，其實三念寺是十分重要的要素之一。聽好了，三年坂其實是指寺町的坡道。」

寺町？

實之在不知不覺中放鬆下來，注視著保谷的臉。

霞之關和土手三番町都沒有寺院，矢來下雖然有一、兩座寺廟，卻稱不上是寺町。

「一旦跌倒，會在三年內喪命，只有舔地上的泥土才能免於一死。這通常不是寺院的規矩嗎？」

「……是啊。」

「這代表寺院是很神聖的地方，主要是來自於風景的迷信。寺院其實就是墓地，周圍一片寂靜，因為種了很多樹木，所以白天也很昏暗。事實上，聽說三年坂的名字便是指這種陰森可怕的坡道。」

陰森可怕。番町的三年坂或許就是給人這種感覺。

「你知道這裡土手三番町附近的三念寺為什麼會遷移到本鄉？」

「不，我不知道。」

「德川家康進入江戶入府之前，這裡麴町區一帶是寺町。不光是這裡而已，霞之關也是。麴町區位在高地，寺院都建在這種視野良好的地方。江戶時代初期，遷移的並非只有三念寺而已，家康入府後，把幾十座寺院都遷移至本鄉、上野和赤坂等郊外地區。當然，其目的在於建造江戶城，讓旗本和諸侯的武家宅第可以環繞四周。」

除了這裡是番町以外，霞之關之前也是寺町。……是這樣嗎？

實之回想起初來東京的那一天，在日比谷和有樂町一帶步行的事。『五千分之一圖』上標示的宮城前那一整排軍事設施，只剩下不到一半……。

「應該並不是三年坂周圍才有這種情況而已，坡道的兩側圍著寺院的高牆，寺院內的樹木遮住了坡道，即使白天也很昏暗。墓地隱約飄來線香的味道，四周人煙稀少，遠處傳來誦經聲和木魚聲。寧靜的氣氛宛如寺院的延續，或是寺院的一部分。而且，如果坡道的坡度很陡，很容易不小心跌倒。跌倒的人會想起，在寺院跌倒後，三年之內會喪命。於是，便情不自禁的像在寺院內一樣，舔坡道的泥土。久而久之，那個坡道就被稱為三年坂。這裡附近雖然沒有寺院，但三年坂周圍還是保持著古意。霞之關的寺院已經遷移，那裡的馬路也拓寬了，兩側建造了現代建築，已經完全失去往昔的面貌，只保留了原來的坡道名字。

「我雖然不是很清楚，但牛込的情況應該也大同小異。家康入府前，聽說那一帶是山之手一帶的中心。現在仍然有幾座寺院，但以前應該更多。我對京都的三年坂更不了解，以前應該也是很冷清的地方吧。不過，即使坡道仍然保持不變，周圍的風景卻產生了變化。地名一旦固定後，通常都會一直流傳下去，所以，只有三年坂的名字繼續保留下來，以後成為其他地名的來由。唯一保留下來的寺廟是保佑分娩順利的寺廟，或是年號等……」

實之覺得謎底終於解開了，所以一言不發。保谷看著他的臉繼續說：

「我們很同情你哥哥的遭遇，也很理解你想追究原因的心情，但目前是你用功讀書的重要時期。志野也搞不清楚狀況，因此我狠狠責備了她。你對三年坂的名字應該已經了解了吧，我想你應該暫時放下這件事，以用功讀書為優先。」

充實和失望。實之帶著這兩種心情走出飯廳，三年坂這個名字的秘密已經解開。然而，哥哥的傷勢之謎卻毫無進展。去年春天，哥哥聽了這番話就心滿意足地離開了。之後不到三個月，他卻向大學提出退學，回到老家……。更重要的是，自己以後再也看不到志野了嗎？

志野站在走廊角落的樓梯口，她的眼神也很冷淡。

「你應該專心讀書，還剩不到兩個月了，我看你回去老家讀書，或許可以更專心一些。」

志野一定從熊澤那裡打聽到自己並沒有考一高的實力。實之想道。

「我哥哥對大學的看法嗎？」

河田的四方臉就在面前。

正襟危坐的實之將視線從對面河田的臉上移開，陷入了沉思。那是在番町了解三年坂名字由來的兩天後的傍晚，河田主動來弓町的宿舍找他。

河田首先為實之去找了他三次，都沒有見到面；以及把感冒傳染給他表示歉意，然後，又重提上次的話題。實之向河田報告，曾去舊書店找書，卻一無所獲。河田建議他去銀座、築地一帶的舊書店找找看，因為那一帶有很多書店也會從事出版業務。河田說，他自己有空也會去找找看。之後，他們就聊到大學的事。

實之終於回答：

「我和哥哥很少聊天。但對大學的看法，是指什麼？」

「是嗎？那就算了。他可能是因為其他的原因退學。」

河田說完，回顧實之的房間。

「你的房間真不錯，光線很好，房子也很新。」

「提到大學，我還想去找真庭先生，但他一直在旅行……」

視線看著窗外的河田用眼角掃了實之一眼。他說話的態度仍然很沉著，但似乎比上次見面時更加冷淡，是因為上次在發燒的關係？他對哥哥的死似乎真的很驚訝……。

「真庭？喔，他是怪胎。」

「你們不是同一個系嗎？」

「他是法律系的。一高時，我、你哥哥和他一起去旅行過，最近已經沒來往了。」

的確，真庭的信都是很久以前的，最近的一封也是兩年前的。這麼說，也許和他見面也沒有用。

「你如果可以上大學，想讀哪一科系？」

實之陷入了沉思，突然回想起遙遠的記憶。

「啊，對了對了，關於我哥哥的事，我還在讀中學時，他曾經說過：一國的首都都是因為鄉下人不斷改變它的面貌而形成的，因此他想要改造東京。」

河田不禁失笑。

「在不知天高地厚的年紀，的確會有這種想法。但是一個人是不可能改變東京的。」

實之輕輕點頭。

東京的確很大，可以容納幾十萬、幾百萬人，山之手和貧民街的高低落差也很大。河田暢談自己的未來。大學畢業後，他想出國留學，即使自費也無妨。為了成為一個實實在在的建築家，日後也需要花很多錢。

哥哥是在這樣的現實面前，不得不低頭嗎？

聊完的時候，河田不經意的問：

「對了，你上次好像提到東京的坡道。」

那一剎那，實之極度煩惱，要不要把三年坂的事和盤托出？

目前已經知道，三年坂是位在寺町的坡道，東京只有三個。如何才能查出哥哥說那句話的意義？實之感到不知所措。

河田沉默不語，用嚴肅的眼神注視著實之。

翌日，補習班中午放學，實之前往日本橋。聽河田說，哥哥很清楚地說是在「舊書店」找到的，但父親可能曾經考慮過要出版，甚至可能藉由出版書籍籌措自己的學費。只是如此一來，就有一個疑問。如果父親把手稿交給出版社，哥哥是怎麼拿到手的？

走了三家舊書店後，他來到日本橋本町三丁目。這一帶是兩層樓土造的耐火房屋林立的高級地段，或許是聚集了許多藥材批發行的關係，整個區域飄著淡淡的化妝品和中藥材的味道。當他看到發行《中學世界》等考生雜誌的博文館時，不由地格外興奮。對面是專門出版教科書的金港堂，雖然是出版社，但店內也賣書。實之實在不敢進去這兩家出版社打聽，同時也覺得會出版有關坡道書籍的，應該是更小眾的書屋。

他走進大馬路後方的小巷道，看到不遠的前方有一塊「天命書屋」的木頭看板。走過去一看，發現上面用小小的字寫著「舊書．新書．出版」。

他走到店門前觀察。那是一幢小型兩層樓的土造房，一樓像是民宅，並沒有零售。實之不敢進去，一直走到小巷深處，試圖尋找還有沒有其他書店，但只看到蕎麥麵店、天婦羅店等餐廳。他正打算往回走時，前方天命書屋一樓剛好有人走出來。兩個男人分別身穿和服和西裝。

他不是……？

一身和服的應該是開明學校的英語講師鍍金，出來送他的是一個身穿西裝、立領襯衫和黑色細領帶，戴著一副金框眼鏡的三十多歲男子。實之趕緊躲進蕎麥麵店的布簾，他還想去偷聽鍍金清晰明瞭的英文課，所以不想讓鍍金認出自己。

鍍金走向本町路，西裝男子左顧右盼，實之趕緊走進蕎麥麵店。即使被那個男子看到也無妨，但香噴噴的麵湯對沒吃午餐的他來說，誘惑力實在太大了。

火之夢4

（一）

久違的火之夢中，鍍金不停地對著前面說話。

是對車伕的男子說話？還是在左側奔跑的男子，抑或是右後方的不明人士？

等一下，請聽我說。

然而，對方似乎聽不到。

這時，鍍金終於發現。

喔，原來他們……。

就在這時，右後方的人影似乎加快了速度。踏、踏、踏的腳步聲加速，幾乎快要追上人力車了。

鍍金瞥見了那個人的臉。很年輕，戴著獵帽。是專科學校的學生，還是考生？

像往常一樣，當鍍金開始思考時，就會在夢中感受到溫度。坡道兩側的火星四濺，然而，火星沒有溫度的感覺，只是紅色的點。就在這一刻，每一個紅點突然開始產生滾燙的熱度。

鍍金頓時大汗淋漓。

好熱、好熱。

……他醒了。和往常一樣，身在紅磚房的二樓。

「橋上隆，弘化三年出生於奈良縣S市。是三萬石左右的小藩奉行[1]的獨生子。」

自從去年秋天後，他們曾多次造訪小川町西餐廳的二樓。

立原坐在角落的桌子旁，還想繼續往下解釋，正在往紅茶中加牛奶的鍍金舉起一隻手示意他停下。

「對不起，可不可以請你說一下西曆，還有他目前的年紀。」

「呃，是一八四六年出生，今年五十四歲。」

「謝謝。」

鍍金把紅茶杯連同托盤一起拿起來喝了一口。

「請繼續。」

「……明治維新時，他在老家結婚，生下兩個兒子。長子就是之前提到的內村義之，內村是母親的姓。一八七一年廢藩後，夫妻兩人曾經來到東京，住在赤坂溜池的舊藩邸大雜院內，就是我們之前去過的我善坊谷的上方，是燃點的候選地點之一。」

立原從記錄之前調查情況的筆記本上抬起頭，鍍金露出平靜的微笑。

「可能的燃點有二十一個，任何地點都有可能，或許是某個地點的附近。藩邸在山之手的高地，那附近一定會有低谷。」

「是啊，」立原紅了臉，「……後來呢，大雜院在一八八〇年被拆除。在此之前，橋上的妻兒就離開他，回到老家。妻子內村春回到娘家所在的奈良縣N町，兩個兒子也改回娘家的姓。」

「橋上獨自留下來嗎？」

「對，但之後的行蹤就無法掌握了。」

「住在藩邸大雜院時，他都在做什麼？」

「呃，關於這個……」

根據立原的說明，橋上隆來東京後不久，在一家名為「評論新聞」的報社擔任銷售和送報的工作。那家報社是一個叫薩摩派的派系主辦的報紙，專門發表反政府言論。薩摩派與主張征韓論後和大久保利通決裂而失勢的西鄉隆盛，以及他手下的桐野利秋等人有密切的關係，這些人大部分是來自薩摩[2]的軍人，和辭去軍隊最高職務回到鹿兒島的西鄉共同行動，但有一部分人仍然留在東京，用言論和其他方式從事反政府活動。

鍍金露出佩服的表情。

「你竟然可以查得這麼仔細。原來他有參加反政府活動的經歷。」

1武家時代的官職名。
2日本的舊國名，相當於鹿兒島西部。

「對，在大學裡，這種人脈關係不可少。」

「原來是這樣。……鷺沼也可能和這個組織有關，但他只有三十幾歲，年齡不符合吧？」

「等一下，還有其他關於橋上的情況。」

立原立刻舉起一隻手制止了鍍金。

「當時，反政府運動只是大型政治活動的一部分，這方面的事屬於歷史的模糊地帶，我也不是很了解。總之，橋上的活動經費不是由薩摩派支付，而是由目前已經變成子爵的舊藩主家支付。」

鍍金瞪大眼睛。

「這麼說，子爵家才是幕後黑手。鷺沼之前提到燃點的事是從回憶錄中看到的。」

「但子爵家最後背棄了橋上。其他舊藩也一樣，在西南戰爭之前，誰都不知道大久保派或是薩摩派到底誰會獲勝……」

「所以，他們發誓效忠政府的同時，背地裡卻和薩摩派保持良好關係。當政府方面獲得壓倒性勝利後，再把暗中活動的人一腳踢開嗎？」

「沒錯，所以才會拆除舊藩邸的大雜院。子爵家完全從這些地下活動中收了手，橋上也遭到解僱。一八八一年，政府又發生了一次內亂，但也就是從那個時期開始，橋上的行蹤完全成為一個謎，也不知道他和哪個政黨或是各地的紛爭是否有關。即使我向對這方面很熟悉的老師、或以前曾經參加過民權運動的報社記者打聽，也完全不知道橋上隆的下落。但我想或許可以這麼說，橋上之前只是聽從舊藩的命令行動，個人並不是反政府主義。他是基於士族的忠誠為舊藩主工作。……事實上，我見到一個人，他認識當時的橋上。據他說，橋上很忠厚膽小。」

「忠厚膽小。……是嗎？那麼鷺沼呢？」

「我之前就調查過鷺沼，曾經有人聽他親口說，他從十多歲開始，就參加了自由黨左派，也就是激進派的活動，但無論我怎麼調查，都沒有找到他的名字。他之前可能不叫這個名字，但我認為他的經歷可能是騙人的。他從五年前開始在『天命社』工作，除此以外都毫無線索。『天命社』原本只是一家小舊書店，十年前由目前的經營者買下來，不過，詳細情況就不得而知。鍍金老師，你應該比較了解吧？我記得你之前說，在倫敦認識這家出版社的老闆。」

「對，那是一個很特立獨行的老頭子，喜歡蒐集西洋古董，我就是在索森德的古董店認識他的。不過，我沒資格說他，因為我自己也是個怪胎。」

立原苦笑道：

「一八八一年就是所謂『最慘的冬天』那一年。假設橋上為舊藩工作，在偶然的機會得到了有關燃點的資訊。當他被子爵家像破布一樣丟開後，橋上整個人或許就變了。當時，他三十五歲，有反政府活動的經歷，又不了解新時代的情況，應該找不到像樣的工作，只能做生意或是從事體力的工作。」

鍍金興致勃勃地看著立原的臉。

「目前還不能這麼斷定，但如果他為了籌措生活費，靈活運用這些資訊，當然會賣給反政府的激進派。」

「對，不過，我倒是認為橋上應該和『最慘的冬天』沒有關係。啊，這是假設『最慘的冬天』的連續火災是縱火造成的。」

「為什麼？」

「即使假設燃點隱藏著什麼玄機或是神奇的現象，按照老師的推理，會將半個東京，尤其是山之手燒得精光，但『最慘的冬天』發生的火災都集中在下町。」

「原來是這樣，可能下町也有燃點。」

說著，鍍金再度露出微笑。

「所以，我的假設完全搞錯了方向嗎？」

立原一口氣把咖啡喝完時，鍍金繼續說：

「一八九二年的神田大火，發生在『最慘的冬天』之後的十一年，前兩年本鄉春木町也發生了火災……。你認為這兩場火災可能和燃點有關，或是和橋上有關……，是有什麼根據嗎？」

「對，關於這個問題……」

難得主動拿出紙菸捲的立原遞了一根給鍍金。

「原因之一，是時間點的關係。這和一八八〇年代的反政府活動不一樣，另一方面，是因為發生火災的神田、本鄉都在山之手附近或是山之手的一部分。在本鄉的火災發生時，上野也同時發生了火災。」

「和反政府活動不一樣是什麼意思？」

立原猶豫了一下後回答。

「他要向破壞自己人生的東京，或是那個時代復仇……。這種解釋會不會太文學了？」

鍍金露出微笑。

「原來如此，復仇。……在這些推理的基礎上，再結合車伕的傳聞嗎？」

立原有點生氣，但立刻恢復平靜。

「對，完全正確，我認為那個車伕就是橋上。如果可以找到曾經看過車伕的目擊證人，就可以判斷我的推理是否正確。如果他是用化名，可能就無法確定吧？如果有橋上的照片當然最理想，但問題是拿不到，幸好我找到了這個。」

他拿出一張像是外出旅遊時拍到的照片。鍍金拿在手上端詳，三個身穿浴衣的年輕男人坐在一塊外形奇特的岩石前，做出各種奇特的姿勢。

「站在左側的就是我們之前提到的河田義雄，中間是真庭弘次郎，目前是法律系的學生，右側的就是內村義之。這是他們讀一高時去磐梯山旅遊的紀念照。我出示給認識橋上的人看，他說橋上沒有戴眼鏡，但外貌和內村義之很神似。」

內村義之的表情似乎很凝重。鍍金審視著手上的照片。

「這位內村同學去年夏天回去N町後，就沒有再回來吧？」

「對，我已經寫信去他老家，差不多應該收到回信了。如果收到信，我一定會讓老師過目。如果沒有收到回信，我也會親自去N町一趟。」

鍍金露出驚訝的表情。

「沒問題嗎？你不是因為大學太忙，才辭去開明學校的工作嗎？」

立原羞紅了臉。

「其實，我辭去開明的工作，是因為薪水太低，我正在找條件更好的講師工作。……說課業忙碌是帝大學生的專利。」

三年坂 5

（一）

五月十五日，實之在上課時從頭睡到尾。當緊張感消除後，即使上課聽不懂，他也不在意。坐在後排座位的熊澤戳了他的背好幾次，他卻不想起來。下午兩點的課結束後，他仍然趴在桌上。熊澤不想理會實之，和其他同學不知去哪兒了。

其實實之在課上到一半時就醒了，但他一直趴著，在空無一人的教室裡保持這個姿勢。過了一會兒，他小聲地嘀咕了一句：「不行啦。」

他昨晚和醫學生戶田去本鄉一丁目名叫「吾竹」的說書場，所以才會睡眠不足。當可愛的小姑娘吟唱著義太夫的旋律時，他們不停地敲響木屐，用手打著拍子一直叫「怎麼辦？怎麼辦？」。小姑娘要趕去下一個說書場時，他們也跟在人力車前後護衛，然後去廉價酒店開懷暢飲。這種生活昨晚並不是第一次。

在保谷家得知三年坂的由來以後，他越來越提不起勁。調查活動中所感受到的無力感更助長了這種情況。他聽從河田的建議走訪了銀座、築地的舊書店，也去了新橋車站問站務員，是否記得哥哥回老家當天的情況，結果都毫無斬獲。調查工作遇到了瓶頸。

今天不要去書店，改去土手三番町看看吧……。

想到這裡，實之抬起頭。午後刺眼的陽光照在窗戶的木框上。他並不是想看三年坂，而是想去看番町的高級住宅區，只想遠遠地眺望保谷志野的身影。只要看到她，自己就可以重新振作起來。

身為至親，他並沒有輕易放棄調查哥哥的死因；也沒有放棄尋找父親，但他漸漸感覺三年坂似乎無關緊要。如今，他很慶幸自己沒有向河田提及三年坂的事。

霞之關哪有什麼秘密？也不過就是以前的寺町而已。況且，本來就是渡部一個人嚷嚷說那是秘密、秘密，哥哥只是用委婉的方式說出自己的挫敗而已。

午後三點初夏的陽光下，土手三番町的三年坂籠罩在樹蔭下。然而，實之並沒有看昏暗的坡道，而是坐在堤防的樹木下眺望保谷家和其他房子、廣大的庭院和高樹、帶著女傭來來往往的太太。

坐了一會兒，實之的內心具體浮現出對未來的希望。自己要進入一高，然後升上帝大，住在連河田也讚不絕口的宿舍。大學畢業後，去公司或政府機構工作，每個月領五十圓的月薪，有朝一日，要在番町這裡買一幢有鋼琴、有電話和暖氣的房子，娶像保谷志野那樣的女人為妻……。

對了，現在應該用功讀書，作為實現夢想的第一步。

果然不出所料，心態頓時變得開朗了。

馬路對面就是保谷家，隔著樹叢的縫隙，可以看到二樓的窗戶，房間內有一個人影。是志野嗎？實之只想偷偷看她一眼。之前那種冷漠的目光，只會帶給他痛苦。

實之正準備起身。

這時，視野角落有一個人影晃動，才剛看到窗戶打開，就聽到一個男人大叫的聲音。人影隨即消失，一轉眼的工夫，有人從保谷家的玄關衝了出來。

那是一個瘦削的年輕人，和服的胸前敞開著。他一打開門，就對著實之歇斯底里地大叫：

「你是內村實之吧？你在這裡幹嘛？」

他似乎就是連續多年沒有考進一高的保谷家長子。他大步走了過來，凹陷的臉頰十分憔悴。

實之愣在原地。

他用食指指著實之的臉。

「你給我聽清楚，如果你再敢來這裡，再敢糾纏志野，我就要報警。你趕快回老家吧。志野不是也這麼對你說過嗎？反正你是不可能考進一高的。」

實之離開番町，走向九段坂上，內心充滿屈辱，接著感到困惑。

保谷家的長子為什麼要那樣對自己說話？自己對保谷家做了什麼？他和志野只見過兩次面而已，根本沒有糾纏過她。

他在不知不覺中來到招魂社所在的九段坂上，走上可以眺望神田一帶的防波堤，欣賞東京的街道。來這裡已經一個半月，他認為自己並沒有做出什麼鄉下土包子的行為。

但連他認為很普通的行為，或許也會造成東京高級住宅區的人難以忍受的不快吧。

不論如何，保谷家的長子會採取那樣的態度，原因應該是出在自已身上吧。對保谷家的人來說，自己彷彿是瘟神。不光聲稱有連警察都不知道的犯罪，還試圖把保谷家也捲入其中。難道他們真的是這麼想嗎？那個保谷家長子的行為脫離常軌，應該是因為連續多年考一高落榜，所以變得有點神經質吧。

然而，就只是這樣而已嗎？

實之在堤防旁坐了大約兩小時，帶著滿腹的疑問，沿著堤防旁的樹蔭回到市谷見附。

時間是下午五點多，夕陽開始西沉，市谷見附堤防上的樹木也漸漸化為一個一個昏暗的影子。他想再走去土手三番町的三年坂看看，再去看最後一次，然後必須暫時拋開那一家人。

他很自然地低著頭，沿著堤防從見附走向保谷家。已經陷入一片黑暗的三年坂就坐鎮在一旁。來到進入坂道的轉彎處，實之抬起頭，因為眼前的景象而停下腳步。

有人在坡道上。

有個黑影就蹲在前方的坡道下方。

是女人。

她的木屐帶斷了嗎？還是在整理裙襬？那個低頭蹲著的女人戴著御高祖頭巾。

實之躲進堤防的樹後。

過了一會兒，女人走過他的面前。實之猶豫了一下，不知道要不要上前和她說話，但最後覺得至少要避免在保谷家附近和她打招呼。

女人來到通往見附的橋。時序即將進入夏天，她包著頭巾的樣子十分引人注目。她的個子普通，穿著襤褸的胭脂色和服。雖然身上的衣服不同，但她是否就是之前實之在小石川的榆町尋找坡道時，回頭看他的那個女人？

比起找女人說話，實之更想知道她要去哪裡。她剛才蹲在三年坂，似乎並非偶然。實之跟在她的身後，經過來往行人很多的見附橋，沿著外護城河，走下神樂坂。外護城河在前面的飯田橋，和蜿蜒從北方流入的江戶川合流，成為神田川。前方就是牛込見附，也就是神樂坂下。女人走上神樂坂。

實之抬頭仰望傍晚時分的神樂坂，沿途擠滿了來購物和提早來用餐的客人。不知道哪裡飄來三味弦的琴聲和女人嬌滴滴的聲音。

女人走到坡道中央時，突然往右轉消失了。實之快步走到有一個小餐館的街角，發現右側是往下的石階，石階的盡頭是十字路口，路口前方是泥土路。

那是向東北方向延伸的長坡道，兩側擠滿了商家和酒店，屋簷下已經掛起燈籠和油燈，然而，這些光線根本無法趕走籠罩整個坡道的黑暗。

女人在十字路口左右張望，又回頭看了一下。實之馬上跳到電線桿後，過了一會兒才探出頭。女人走下坡道的背影已經變得很小，雖然「三年坂」的由來已經解決了，他卻格外在意坡道的名字。

一個駝背老人左搖右晃地從巷子裡走出來，走向坡道。

「這個坡道嗎？在參謀總部發行地圖之前，大家都忘了這個坡道。這個坡道叫三年坂，我在地圖上出現這個坡道之前就知道了。至於我為什麼會知道……」

實之的心劇烈跳動起來。『五千分之一圖』上有記載？三年坂？所以，這是第四個三年坂囉？

十字路口的電線桿上有「牛込區津久戶前町」的牌子。實之走到附近的街燈，就著燈光拿出隨身攜帶的地圖。在牛込區的部分，之前已經在矢來下找到一個三年坂了，但他沒有繼續尋找。

啊……。

地圖的那個部分剛好是有摺痕的地方，文字很難辨識，再加上磨損的關係，看得不是很清楚。

既然老人這麼說，這裡應該是第四個三年坂。在距離番町這麼近的地方，而且在牛込區內竟然有兩個三年坂！保谷之前說「目前只有三個」，是沒有包含眼前的這個在內吧？附近有筑土八幡神社，但三年坂兩側並沒有寺院。這到底是怎麼一回事……？

實之衝下三年坂那一大段下坡道，來到平坦的馬路時，看到前方是江戶川堤防。女人不見了。她去了哪裡？還是中途走進了哪戶人家？

從目前的位置，只要過橋，越過江戶川，就可以進入小石川區。如果她就是之前看到的那個女人，可能去了小石川柳町的貧民街。沿著河畔往右走就是中之橋，再繼續往右走，可以到白鳥橋。走過白鳥橋，就是安藤坂，也就是傳通院的下方。沒錯，就走這條路線！

走過白鳥橋時，實之忽然有一種奇妙的感覺——他渾身不寒而慄，皮膚上都起了雞皮疙瘩。

這是怎麼回事？

別管那麼多，先找到那個女人再說。

他衝上安藤坂，經過傳通院前，又衝下種著榆樹的善光寺坂，仍然不見女人的蹤影。她轉進巷子了？還是走進哪一戶人家？實之時而在巷子裡張望，時而在周圍跑來跑去。

實之並不知道，白鳥橋稱為「大曲」，由西往東流的江戶川在這裡大轉彎，變成由北往南流。以前這裡是名叫白鳥池的大水池。江戶川在和經過飯田橋下的運河合流，成為神田川。

筋疲力盡的實之回到榆坂，坐在已經完全暗下來的路旁時，身後突然響起小孩子的聲音。

「這位外地哥哥，你在找人嗎？」

實之心想，他應該是在問自己，回頭一看，只見兩個髒兮兮的小孩站在他身旁。他們可能是住在指谷柳町一帶貧民區大雜院裡的孩子，其中一人蓬頭垢面，瘦骨嶙峋，一看就知道營養不良。另一個孩子稍微胖一點，整張臉烏漆抹黑，根本看不清哪裡是眼睛，哪裡是鼻子。

他們並排站在實之面前。年紀差不多十二歲左右，黑臉的稍微小一點。

一直都是小黑臉在說話。

「還是說，你這麼大了，竟然迷路？因為你從剛才就一直在原地轉來轉去。」

他們即使不是乞丐，也想要點零錢吧。實之在四處查訪坡道和書店，被類似這種的小孩跟過好幾次。

「走開，我沒有錢，我到現在連午餐還沒吃呢。」

「搞什麼，原來是窮學生。」

兩個人很乾脆地離開了。「窮」這個字眼讓實之發現自己的空腹感，而且是強烈的飢餓感。已經六點多，宿舍的晚餐大概已經準備好。這時走路回去，差不多要三十分鐘，用跑的也要十五分鐘。

回去吧。實之轉過身時，一股難以形容的味道鑽進他的鼻腔。臉上帶著笑容的老人拉著烤地瓜的車子走上坡道。實之趕緊在裙褲內袋裡找零錢。

「坡道的名字？這個嘛。」

黑臉一邊咬著烤地瓜的尾巴，一邊說。旁邊的瘦子正津津有味地啃著地瓜中段。實之買了烤地瓜，正準備狼吞虎嚥時，那兩個小孩走回來，結果實之只好請他們一起吃。

黑臉用手指著不發一語的瘦子說：

「他叫阿撿。哥哥，你知道嗎？阿撿的工作就是專門撿掉在地上的東西。所以，他對路況熟到不能再熟了，坡道也一樣。我沒他厲害。」

「阿撿？這是他的工作嗎？」

「對啊，他老爸也是撿地寶的，可厲害了，每個月可以賺五圓。」

「每個月五圓！」

實之驚訝地注視著瘦子。

瘦子湊到黑臉的耳朵旁，嘀嘀咕咕地說了什麼。

「他說沒那麼誇張，最多兩圓而已。」黑臉說，「他會結巴，所以不敢在別人面前說話，都是由我代替他說話。」

「兩圓也很厲害啊。」

實之再次看著瘦子少年的臉。

聽黑臉的翻譯，阿撿的父親主要守在通往妓院的路上，整晚都看著地上走路。因為去妓院的客人都魂不守舍，很容易掉東西，每天晚上都可以撿到零錢。

實之很認真地考慮自己是否也要加入撿地寶的行列。

然而，黑臉冷冷地說：

「不行，這種工作也有地盤。」

「那他呢？」

「他是學徒，只要撿到超過兩圓，都要交給老大，但隨便去哪裡撿都沒關係。」

原來如此，社會並不好混。

「你叫什麼名字？你是幹嘛的？」

「我？我其實有其他的名字，但現在和他搭檔，就叫我阿丟吧。因為我是被人丟掉的孩子。我以前當扒手，但是失了手，被老大踢了出來。所以，我也想來撿地寶，現在當他的徒弟。」

「學徒的徒弟嗎？」

「對啊，所以，你想找坡道嗎？怎麼樣，要不要僱我們帶路？每個小時十錢，任何坡道都難不倒我們，對吧？」

阿撿不發一語，拚命點頭。

「我心領了。」

實之甩了甩手，「我沒錢，況且，我自己找得到。」

實之一回到正義館，就被阿時大罵一頓。

「你到底去哪裡了？」

實之沿途向那兩個孩子打聽東京的地理情況，慢慢走回宿舍時，已經快八點。那兩個孩子似乎覺得那是吃烤地瓜的代價。阿撿對路況的確很熟，實之在宿舍前的十字路口和兩個孩子分手。

「客人一直在等你，已經等了快兩個小時了。」

實之慌忙走回房間，看到一個好像大人版的阿撿坐在房裡看書，身穿舊舊的裙褲。難道是阿撿的父親？

「……呃，對不起，我是內村。」

「你好，我是真庭，真庭弘次郎。不好意思，聽說你來找了我好幾次，我今天早上才回到東京。」

他是哥哥的另一位帝大生朋友。

「有七個相同名字的坡道？」

實之忍不住叫了起來。

真庭知道河田不知道的事，他曾經聽哥哥提起父親留下的手稿內容。手稿果然是寫有關坡道的事，聽說大致內容如下。

東京有七個相同名字的坡道，其中隱藏著秘密。

七個相同名字的坡道……。

那當然是三年坂。實之剛剛找到第四個，所以另外還有三個。

真庭露出搜尋記憶的表情，繼續說：

「的確是七個，我當時還在想，和北斗七星或七福神相同，所以記得很清楚。我以為和富士見坂一樣。」

的確，東京有很多名叫富士見坂的坡道，但富士見坂沒有三年坂那樣的隱情，是指可以看到富士山、視野良好的高地上的坡道。

「河田沒有告訴你這件事嗎？」

「不，他什麼都沒說。」

真庭露出納悶的表情。哥哥尋找父親、父親的手稿以及向大學提出退學，這些河田知道的事，真庭也都知道。

這時，實之才對河田產生了疑惑。第一次見面後，實之又去找了他好幾次，都沒有見到面，難道是他故意避不見面？

看到實之沉思的表情，真庭慌忙說：

「不，這不重要。我們是一高時的同學，進大學後，你哥哥和河田的關係比較好，因為他們都讀建築系。但最近內村有點反常，又開始和我走得很近……」

「你說的反常是？」

「他最近好像對建築失去了興趣。」

曾經發誓要改造東京的哥哥，對建築失去了興趣？

「你說最近，是指他大學退學前嗎？」

「對，差不多是去年初春的時候，他來宿舍找我，聊了很多寺院和江戶的區規畫這些古老的話題，他就是在那時候，提到那份手稿和七個坡道的事。」

寺院。古老的話題。

這些都和保谷說的很吻合，但七個三年坂隱藏著的秘密，到底是怎麼一回事？這不正是渡部的推理嗎？哥哥是因為得知這個秘密，才對建築失去興趣的嗎？這就是他說的「跌倒」嗎？

真庭和河田一樣，真心為哥哥的死感到難過。當他得知實之來東京的目的後，說遇到困難可以找他，不用客氣，但錢的事免談。因為他去東北旅行了三個多月，幾乎快要身無分文。

實之對真庭產生好感，卻沒有告訴他三年坂的事。雖然對方告訴自己有七個相同名字的坡道，這麼重要的消息，讓實之覺得有點愧疚，但又覺得三年坂只屬於父親和自己兄弟，實在不願啟口。

大約一個小時後，真庭起身，說差不多該走了。

「我很少在宿舍，如果你來的時候我剛好不在家，可以留言或是寫信給我。」

真庭說完後，停頓了一下，突然「啊」地叫了一聲。

「對了對了，我想起來了，內村說，他要『重寫』。」

「啊？」

「嗯，你父親的手稿好像有某部分的解釋錯了，所以內村說，他打算回老家重新寫。」

這是去年夏天前，真庭和哥哥之間的談話。真庭似乎比河田更早得知哥哥退學、返鄉的事。

原來如此，所以才會有那疊空白的稿紙。

實之覺得總算解開了一個謎團。

實之把真庭送到玄關，正準備走回二樓，阿時的聲音同時在走廊上響起。

「你晚餐到底怎麼辦？」

她一隻手揮著飯勺。

「如果你不吃，我就給要飯的小孩囉！」

要飯的小孩？

實之慌忙衝下樓梯，阿時驚叫一聲，躲到一旁，飯勺也飛了出去。

看到他們了。

阿丟和阿撿依偎在一起，坐在宿舍前的電線桿後方，昏昏沉沉地搖晃著身體。

實之對他們說：

「我明天起開始僱用你們。」

火之夢 5

（一）

八年前神田大火時，一名車伕好像發了瘋似地拉著一輛空車在街頭狂奔。

鍍金和立原追查這個傳聞時，最後找到曾經是車伕的老爺爺傳吉。雖然有幾個直接看到車伕的目擊證人，但只有傳吉爺爺跟在那輛人力車後面，所以消息比較可靠。

「啊，已經是八年前的事了，那場火災很大，我當然記得。」

這裡是位在上野北方根岸的丸子店。年近七十，曬得黝黑的傳吉和女兒、女婿住在一起。鍍金和立原造訪他家後，約他在這家丸子店喝酒聊天。

「當時，我加入上野車站附近的一家車行。火災那天，我雖然回到了上野，但還是不停地繞道牛込，載著因為火災而不知所措的客人到目的地。我第一次是在三宅坂附近看到他，那輛車子像發瘋一樣奔向霞之關的方向。」

「喔，從三宅坂到霞之關。」立原說。

據傳吉說，大火的那天早晨，火從神田一直逼近淺草。上野實施交通管制，大街上從一大早就陷入一片混亂，上午八點過後，傳吉載著一個出差回來在上野車站上車的軍人，火速趕回位在三宅坂的參謀總部。

平時都會經過萬世橋，從日比谷經過霞之關去三宅坂；但那天東京的東北區域根本無法通行。於是，只能從上野繞遠路去本鄉，再從小石川經由牛込，避開擁擠的牛込見附，從市谷見附穿過番町，前往三宅坂。

傳吉讓客人在參謀總部前下了車，沿著櫻田護城河旁的路慢慢往回走，希望在回程時也能載到客人。這時，他聽到身後一陣嘎啦嘎啦的車輪聲，速度相當快。

難道載著病人嗎？傳吉回頭一看，戴著平頂斗笠，把帽簷壓得很低的中年男人不時看著天空，發瘋似地拉著空車。

他臉色鐵青地趕路，難道哪裡有客人嗎？於是，傳吉也跟在他身後。

那個男人在參謀總部的十字路口轉向南方，直奔霞之關外務省的方向。他沒有發現跟在他身後的傳吉，只是不停地看著天空。

傳吉對男人的行為很好奇，但也想賺錢。這時，傳吉看到一個打扮入時的女人快步走在路上，便放慢速度想等她叫車，結果就跟丟了男人。不過，女人沒有叫車，這時傳吉已經來到外務省前的大街上。

男人不見蹤影。

算了，去附近的招呼站吧。傳吉準備前往虎之門，沒想到剛才的男人從虎之門的右側道路衝了出來，仍然不時抬頭看著天空。

怎麼了？傳吉也跟著他看著天空，但只看到一大群躲避火災的鳥兒在天空啼叫。

「等一下，」立原打斷了他，「所以，那個男人是從義大利大使館和東京女學館所在的那個坡道上來的嗎？」

「沒錯。」

「你之前跟著那個男人在隔著兩條路，也就是從櫻田町和霞之關之間往外務省的方向奔跑。所以，他是先去了外務省那裡，然後又從另一條路回到原來的方向，又奔向虎之門吧。這樣就可以解釋你們速度不同，卻可以相遇的情況了。」

「對，我相信是這樣。看他的樣子不像有停下來休息過。」

立原還想發問，但鍍金制止了他。

那個男人又從虎之門往南方的神谷町、芝增上寺的方向奔去。

他這麼急，到底要趕去哪裡？

傳吉再度好奇地跟上去，但是因為火勢已經延燒到日本橋，所以南側的京橋、銀座和新橋一帶擁擠不堪。從虎之門到神谷町之間，載著行李的人力貨車絡繹不絕，街上一片混亂。雜沓中，男人一路吆喝著，用驚人的速度狂奔。傳吉不敢像他那樣肆無忌憚。

傳吉遠遠地看著他經過神谷町，在增上寺之前、飯倉的十字路口右轉。也就是說，他西轉進入了麻布區，那附近是狸穴町、永坂町，是坡道密集的地區。然而，當傳吉好不容易來到十字路口時，男人已經不見蹤影。

傳吉放棄跟蹤，不禁自嘲，大火的日子自己到底在幹什麼？時間已經將近中午，肚子也餓了，他在路口附近的一家飯館吃了鰻魚飯。

正當他吃完飯喝茶時，又聽到街上傳來嘎啦嘎啦的車輪聲。咦？該不會是他又繞回來了？傳吉從布簾後探頭一看，果然是剛才那輛空車。他似乎去了麻布的某個地方後又折返了。

鍍金插嘴問：

「剛好是榆坂那裡吧？就在我善坊谷附近。」

「啊！」立原叫了一聲，正準備開口。

但鍍金制止了他，問傳吉：

「結果呢？」

「我立刻衝到街上，擋住他的去路問：『喂，發生什麼事了？』因為我覺得事情好像很嚴重，況且火燒得那麼大，我以為他在找人。」

『不，沒事沒事。』

男人雙手放在膝蓋上，用力喘著氣。他的臉被斗笠遮住了，完全看不清楚。

『到底發生什麼事？你說吧，是不是找到什麼寶物啊？』

男人轉過身，看著神田方向通紅的天空。

『我要從這裡去谷中，該怎麼走？新大橋無法通行吧？』

傳吉用力搖著一隻手。

『不行，不行，連吾妻橋也過不了。』

想要從飯倉北上直奔谷中，中途的日本橋和淺草都禁止通行，只能繞過火災地區，先從日本橋區的新大橋，經過隅田川，繞到深川，從本所經過吾妻橋，回到淺草東部。車伕似乎打算走這條路線，然而，聽到傳吉的話，知道這條路不可行。

立原問：

「他明確地問『谷中』嗎？」

「對，他是這麼說的。我問他：『火燒得那麼大，你要去谷中幹什麼？』他自言自語地說：『我還要馬上趕去四個地方。』說完，又立刻折回原路，跑向永田町的方向。他可能是想逆向從番町穿過牛込，經過小石川、本鄉，再到谷中吧。我很驚訝，完全搞不清楚狀況，根本沒有想到那就是傳聞中縱火的車子……」

立原和鍍金忍不住互看了一眼。

之前向幾個人打聽這個傳聞時，證人說分別曾經在番町、神樂坂和谷中看過「縱火車伕」。有人說他是四處縱火，也有人說他雖然縱火，但並沒有燒起來，所以才四處奔跑，親自確認情況，眾說紛紜。沒有人看到車伕的臉，但都說車伕不停地抬頭看著天空。

空車的路線應該如下。根據傳吉所說，他從霞之關去了飯倉後，原本打算經過宮城的東側，北上前往谷中，但因為禁止通行，才又再度回到永田町。從永田町沿著宮城西側北上，就會經過番町和神樂坂，是同一個人所為也合情合理。大火那天的早晨，那名車伕在繞行幾個地點的同時，其實也繞了東京一周。

立原問：

「傳吉先生，請問你認識那位車伕嗎？在大火之前或之後有沒有再見過他？」

在所有目擊者中，只有傳吉是車伕，也就是同行。

「雖說他是拉車的，但是據我的觀察，他應該是新人，或者只是假扮成車伕。我一方面也是因為這個原因才跟蹤他，我和他說過話後，覺得他為人正直，感覺像是沒落的士族。對，在那之後，我就沒有再見過他。」

「原來是這樣，謝謝你，你提供的消息很有參考價值。」

立原興奮得臉頰通紅，向一旁的鍍金點點頭，準備起身告辭。

然而，鍍金卻用冷靜的表情說：

「傳吉先生，雖然你沒有看到車伕的臉，但我想請你看一張照片。」

立原立刻會意，慌忙從袖子裡取出照片。

「那名車伕可能是右側這個年輕人的父親，你有沒有看過？」

傳吉把照片拿在手上，皺著半白的粗眉仔細審視著。

「這個戴眼鏡的學生嗎？……喔，我記得這個年輕人，他也來向我打聽過這件事。我也把剛才那番話告訴了他。我記得是在兩年前的春天。」

走出丸子店，立原用激動的語氣說：

「今天大豐收，既然他兒子也來調查，證明那名車伕絕對就是橋上隆。因為他說沒有看到臉，我差點把照片的事忘得一乾二淨。鍍金老師，多虧有你。不過，請不要忘記，這也證明了我的推理正確。燃點就在橋上隆拉車奔跑的地方，藩邸的大雜院就在我善坊谷，我看應該可以下定論了。」

鍍金不停地向前走。

「……也許吧。」

「這麼一來，二十一個可能的燃點也可以大幅縮小。那名車伕去了霞之關和麻布附近的某個地方後，曾經說過『還有四個地方』。所以，他總計在四個地方縱火。那時候，下町已經燒起來了，代表他在某些地方已經成功了，但以整體來說，他還是失敗了。」

鍍金停下腳步，回頭看著立原，納悶地問：

「你真的認定那名車伕是縱火犯嗎？」

「你別說笑了，傳吉先生不是稱他為『縱火車』嗎？」

「那只是傳聞而已，並沒有人看到他縱火的那一幕，而且，車伕也可能四處奔波，忙著滅火啊。」

立原追上鍍金，注視著他的側面。

「……對喔，的確也可以這麼認為。」

當他們從根岸走向通往西側的谷中墓地的御隱殿坂的上坡道時，鍍金在中途停下腳步，四處張望。

「我們來到谷中了。江戶時代以後，這一帶的變化很大吧？」

「那當然，寬永寺燒掉了，還通了鐵路。」

「御隱殿坂這個名字和寬永寺有關嗎？」

「對，江戶時代，上野親王從京都來到東京，負責管理寬永寺，隱居殿就在那一帶附近，但都在彰義隊之戰時被燒毀了。」

「根岸好像是黃鶯聚集的地方。」

「對，還有一個地名叫鶯谷。」

說著，立原陷入思考。

「鶯谷……，這也是低谷。那名車伕想去谷中，搞不好那裡有燃點？」

「我把下谷區藍染川所在的低谷當作可能的燃點，但那個地方更靠近上野，如果谷中這一帶有燃點，就必須重新檢討。」

「老師，搞了半天，你也同意我的推理嘛。」

鍍金露出微笑。

「是啊。」

「喔，真的很驚人，我現在仍然覺得好像在做夢。才看到車伕用驚人的速度拉著車嘎啦嘎啦的跑過去，後面就冒出火星，好像從地面竄出來一樣，啪嗤啪嗤，左右冒出很多火星，好像有生命一般。」

他們在谷中附近的低谷走了一陣子，之後，在本鄉春木町往南走，走進新建好的春木座（本鄉座），向劇場工人打聽他在兩年前的本鄉春木町火災半夜看到的車伕情況。由於距離大學很近，立原之前已經找到這個男人，今天只是請他把相關情況再告訴鍍金一次。

「好像有生命一樣嗎？」

鍍金狐疑地嘀咕道。

「關於車伕的年紀，」立原問，「是不是中等個子的中年男子？」

「差不多是這種感覺，但是我也不敢斷定。因為是半夜，而且跟我有一段距離。」

他們沿著本鄉路走向大學的方向。鍍金說，既然來到這裡，不妨進去參觀一下。於是臨時決定去立原的研究室參觀。

「如果是同一名車伕，不是有很多不合理的地方嗎？」鍍金問。

「的確。」

立原一邊走，一邊抱著雙臂。

「為什麼事隔六年又故技重施？會動的火星到底是什麼？……的確有很多疑問。但是，現在很清楚那是人為縱火。這個傳聞我之前就曾經聽說過，所以我才覺得燃點的事並非空穴來風。」
「原來如此。」
鍍金慢條斯理地走著，似乎正在思考著什麼。
「對了，上次內村同學有給你回信嗎？」
「嗯，我寄信給他快一個月了，不知道是沒有收到，還是不想理我，或是有什麼隱情……。我原本打算再寫一封信，但七月大學放假時，我要回福井老家一趟，所以打算順便去奈良。」
「那太好了。我暑假也要上課，沒辦法去旅行。」
紅色的門就在前方。
「對了，今後有什麼打算？」立原問。
「我們去拜訪每家車行吧，剛才聽到傳吉先生的話，讓我突然想到，無論他是新手車伕，還是假扮的車伕，他都拉著一輛車子。那輛車子一定是向哪裡租來或是買來的。」

三年坂 6

（一）

走在前面的阿丟說：

「總之，有七個名叫三年坂的坡道。實哥，你還要找另外三個。」

走在他旁邊的阿撿彎著腰，左右搖晃著腦袋看著地面，他的兩隻眼睛好像探照燈。看到他這種滑稽的姿勢，實之忍不住想起谷中有一個坡道叫搖頭坂。

五月十六日上午九點，三個人相約在宿舍門口見面。實之在他們的帶領下，正從柳町的指谷前往小石川一帶。當他們從本鄉進入菊坂時，實之向兩人簡單說明了自己在尋找什麼。

阿撿不知在阿丟耳邊說了什麼，阿丟為他翻譯：

「他說他只知道有三個三年坂，土手三番町、霞之關和牛込的筑土八幡。」

實之並沒有天真地以為可以輕易找到第五個、第六個，但還是難掩失望，也備感空虛。第四個位在牛込津久戸的三年坂，只要問對人，馬上就知道了。不，如果那份地圖沒有磨損……。

這時，他突然浮現一個疑問。

參謀總部製作的地圖上所記載的路名和坡道名字相當有限，卻記載了四個三年坂。渡部說，那是一份軍用地圖，難道是三年坂有什麼軍事上的戰略意義？

四個三年坂中，牛込區內有兩個距離很近的三年坂也很讓人在意。保谷之前主要解釋了番町和霞之關的三年坂，對於位在矢來下的三年坂，只說在家康之前，牛込是江戶的中心地。中心地這個字眼是否代表某些深遠的意義？或是他故意輕描淡寫，試圖隱瞞什麼？

「你們覺得從哪裡開始找比較好？」

「其他地方我不知道，上野和谷中附近沒有你說的坡道。」

阿撿和他父親住在上野車站附近山伏町的大雜院，目前阿丟也暫時和他們住在一起。

「那今天就去小石川吧。」

「小石川嗎？那裡的確有很多坡道。」

「對，還有一件事要提醒你們。」

實之把昨天看到的那個包御高祖頭巾女人的事告訴他們。那個女人昨天從番町三年坂走到津久戶的三年坂。託她的福，實之才找到第四個，但他總覺得那並不是偶然的發現。而且，他認為女人應該住在柳町的指谷附近。

「嗯，那麼，實哥你認為只要跟蹤那個女人，就可以找到三年坂嗎？但是，事情會這麼簡單嗎？」

「如果下次再見面，我打算直接問她。」

「梅雨季節快到了，那個女人還包著御高祖頭巾不是也 很奇怪嗎？不過，如果她不包頭巾，會不會認不出她？」

實之說不出話。這點的確有道理。不過，她為什麼包著頭巾？

「而且，你兩次都是在中午過後或是傍晚看到她。現在大清早會遇到她嗎？」

也許吧。阿丟是被人丟棄的孩子，從小在孤兒院長大，沒有上過學，腦筋卻很靈光。

阿撿搖搖晃晃地走到路旁，彎腰撿起什麼東西。實之好奇地探頭張望，發現是一根很長的紙捲菸蒂。阿撿腰上掛了好幾個髒兮兮的袋子，他小心翼翼地把菸蒂放進其中一個袋子。

「如果很長，可以整根拿去賣錢，但這種短菸只能拆開，蒐集菸絲。」阿丟解釋說。

「實哥，你不去上學嗎？」

「嗯。」實之答道。

這是他昨晚考慮後得出的結論。每天去新世紀學院的四個小時幾乎都在浪費時間，距離一高的入學考試只剩下一個半月。他決定把原本去學校的時間用來調查坡道，然後回宿舍用功唸書。

「關於剛才的事，如果我們找到那個包頭巾的女人，你要付我們多少錢？」

實之想了一下，回答說：「十錢。」阿丟立刻抱怨：「太便宜了。」結果雙方談妥，果真是那個女人的話，就付三十錢。如果一切順利，會需要花更多錢。

「聽好了，如果和我在一起的時候，即使你們找到，我也不會付三十錢。」

實之吝嗇的加了一句。

「阿撿問，不用調查本鄉附近的坂道嗎？那一帶很複雜。」

「嗯，這一帶的情況我都已經了解了。」

宿舍附近的事已經問過吉松，實之也調查過，目前並沒有發現三年坂。當然，很可能現在已經改為其他的名字了。如果可以找到三年坂的共同特徵，或許可以突破。

目前所走的菊坂是從本鄉高地通往小石川低谷的下坡道。本鄉高地的西端地形很複雜，菊坂相當於山脊的路，周圍的菊坂台町以前是高級住宅區。下方就是低谷，那裡的路稱為菊坂下路，是通往比小石川更低地區的下坡道，建了一堆擁擠的大雜院。

菊坂和本妙寺坂、鐙坂、炭團坂相通。本妙寺是明曆大火起火的地方，炭團坂是陡坡，據說是因為跌倒後，就會像用炭粉捏成的炭團一樣變成漆黑一團，所以才取這個名字。鐙坂則是因為坡道的形狀很像鐙具。本鄉連隊區司令部就在鐙坂，是軍事重地。

在千駄木等東京各地都可以找到實之曾經造訪過的丸子坂。至於名字的來由，除了一說是因為附近有賣糯米丸子的店；還有人認為是因為一旦跌倒，會像糯米丸子一樣滾下去。

從宿舍所在的本鄉弓町到靠近神田川的本鄉元町，有和三念寺前的建部坂平行的富士見坂和油坂。富士見坂的名字來自於視野良好，油坂應該是附近有油行吧。

在本鄉西部，有兩個坡道引起實之的好奇心。一個是與建部坂呈直角的「忠彌坂」，吉松曾經告訴過他這個坡道名字的由來。

「喔，那是因為丸橋忠彌以前住在那裡，就是在俗稱『慶安之變』時，和由井正雪一起試圖顛覆政府的主謀之一。」

那起內亂未遂事件發生在慶安四年（一六五一年）。

另一個是初音坂。那和吉松說的梅屋有密切的關係。

「初音坂是一個神秘的坡道。雖然傳聞有這個坡道，但現在誰都不知道到底哪一個坡道是初音坂。有人說是菊坂，有人說是本妙寺坂，還有人說是炭團坂，或是建部坂，聽說之前有一個『初音樹林』，目前也沒有人知道到底在哪裡，也有人說可能是因為之前有『梅屋』的關係。『梅屋』是建在建部坂下的豪宅的庭院，根據這種說法，初音是指聚集在梅樹上的黃鶯的聲音。所以，初音坂就是聽到黃鶯在春天第一聲啼叫的坡道。不，其實每個坡道都可以聽到鳥叫聲，所以我認為不特定是指某一個坡道。」

初音坂。

在許多坡道都曾經出現的「初音町」和「黃鶯」的要素，在這裡也現身了。叛亂的事和悠閒的鳥啼聲，讓他內心產生了糾葛。

結果，那天一無所獲。

阿撿和阿丟在指谷柳町的貧民街奔走，向婆婆媽媽打聽包御高祖頭巾的女人，卻沒有人認識她。難道女人只是經過那裡，其實是住在本鄉或是上野附近嗎？

「這裡是芥坂，剛才的是中坂。」

阿丟跑了回來。今天是第四天，他們來到麻布。他們每天花四小時，整整三天走遍了小石川區，實之把所有坡道都記錄在手繪的地圖上，卻沒有任何成果，也沒有遇到御高祖頭巾的女人。

麻布區和赤坂區屬於山之手，是東京西南部坡道密集的地區，但因為距離宿舍和學校較遠，實之只來過兩次而已。既然有了帶路人，這次他決定進行徹底的調查。

「芥坂和中坂嗎？」

「很常見的名字。」阿丟說。

他們三個人今天在青山共同墓地的南側附近走來走去。因為阿撿發現一個他不知道名字的坡道，所以阿丟跑去打聽。雖然實之可以自己去打聽，但阿丟堅持說，這是帶路人的工作。

實之越來越了解坡道名字的由來。

「嗯，芥是垃圾的意思，名為芥坂其實是垃圾坂的意思，可能以前坡道下方有垃圾場吧。中坂應該只是中間坡道的意思。」

阿丟笑了。

「搞什麼，現在是豪宅，以前卻是垃圾場。」

阿撿一直盯著水溝，然後手一伸，不知道撿起什麼東西，笑得很開心。「半錢。」

他手上拿了一枚五厘的銅板。

阿撿似乎具備了撿東西的獨特嗅覺，第一天也在小石川的切支丹坂的石階下，找到一枚五錢的硬幣，令實之驚訝不已。他們帶路很稱職，但有關路名和坡道名，則和實之原本的期待有點落差。可能是因為名字和「撿地寶」無關吧。

垃圾場……。

實之想。

以前是怎麼收垃圾的？

應該是用船吧。大家把垃圾丟在河畔，由垃圾船負責收垃圾。

然而，腳下的芥坂下方只是普通的路，根本沒有水路。牛込區也有芥坂，位在外護城河路往上走的淨瑠璃坂的更上面，坡道下方也沒有河。不過，以前或許不一樣……。

他們一直選擇坡道走。

「這裡呢？」實之問，阿撿向阿丟嘀嘀咕咕了幾句，阿丟回答說：「是狸坂。」

可能以前有狐狸出沒吧。附近也有狸穴坂。

「這裡呢？」

嘀嘀咕咕。「他說是暗闇坂。」

本鄉也有暗闇坂。雖然現在不覺得暗，但以前可能白天也很昏暗吧。

「這裡呢？」

嘀嘀咕咕。「鳥居坂。」

可能是以前姓鳥居的在這裡有一棟大房子吧。

阿撿對大的坡道比較熟悉，小坡道幾乎都不知道，每次都由阿丟跑去問路。

「叫閻魔坂，一個老不死的告訴我，這裡有一個閻魔堂。」

三個人來到飯倉町的大街上，那裡似乎是高處的道路，狸穴坂、植木坂從那條街通往南側的低谷。既然這裡是位在高處，北側應該也有低谷，應該有坡道。

實之在地圖上確認目前的位置，發現附近剛好位在赤坂溜池的南側。以前父母就生活在這裡和溜池之間。舊藩邸的所在，名叫市兵衛町。如今，溜池已經消失不見了，水路和水池都漸漸消失了。

實之尋找往北的路，想要去藩邸原本所在的地方，最後從飯倉町往東走。

「他說那條是往芝方向的路，那附近沒什麼坡道。」

「但是，這條路本身就是坡道啊。」

這條位在高處的路本身通往芝區增上寺的方向，也就是通往東側的麻布高地。

阿撿嘀嘀咕咕，阿丟回答說：

「這叫榆坂，是很常見的名字，因為種了榆樹的關係。」

「我也是最近才知道，以前路旁都會種榆樹。所以，代表這是一條老路。」

實之向阿丟解釋的同時，也意識到地形的變化。既然河流被填土後消失，那麼坡道可能也被鏟平，因為需要用這些泥土填入河流。本鄉的初音坂並不是因為搞不清楚到底是哪一個坡道，而是坡道本身消失了。三年坂也一樣……。

對了，是古道。是很久以前的事，是很久很久以前的事……。

實之立刻想起父親。

父親到底是從什麼時候對坡道產生興趣的？

如果是住在藩邸大雜院的時候……。如果那時候第一次了解三年坂……。

從虎之門南下的路和榆坂相交的十字路口前，就是往北的下坡道。從地圖上來看，是先走下我善坊谷的低谷，然後爬上位在高地的市兵衛町。坡道是石階梯，而且很陡。

實之一步一步走下石階，渾身感受到一陣寒意。向來走在前面的另外兩個人繞到實之身後，似乎有點緊張。中途和右側的石階下坡道合流，共同通往下方的低谷。實之感受到濕氣更重了。

「這裡呢？」

回頭一看，阿丟已經問完阿撿了。

「他說是雁木坂。」

「兩條都是嗎？」

阿撿偏著頭。

「我去問。」他跑向谷底。

雁木是防止土石流而用來擋泥的木材，想必以前是用木材，現在才改成石階。

「對，兩條都叫雁木坂。」

「……是嗎？」

應該還有坡道吧。一行人走下我善坊谷。不同於坡道上方的高級住宅，這裡擠滿了大雜院。大雜院的居民都來自外地，即使問他們坡道名字的由來和以前的名字，他們也不可能知道。

走了一段路後，變成了上坡。這一帶都是低谷和高地，再加上茂密的樹木，形成複雜的地形。這裡是市兵衛町，高地上有許多壯觀的豪宅。實之四處張望，走在其中，看豪宅裡面有沒有人出來。然後，他在一扇嶄新的檜木門前停下腳步。

厚重的大門兩側浮雕著家徽。門前掛著「堀內」的門牌，但實之注視的是家徽上的漢字。之前曾經在其他地方看過。對了，就是土手三番町那戶人家飯廳前的那扇門上……。

粼

實之的腦海裡劇烈翻騰著。家徽。保谷家。坡道。

難道這附近……？

實之往上張望，看有沒有當地的老人。他快步走在市兵衛町，不時回頭看那扇門。

前方是赤坂冰川町的樹木和赤坂山王的山丘，可以看見如今已經是陸地的赤坂溜池的低地，一整片壯觀的景象，還可以遠眺喰違見附至四谷見附的高大樹林。老人，有沒有老人？

有了！

那個滿臉皺紋的老人口齒不清地告訴他。

那裡嗎？那是我善坊谷。

我善坊是龕前堂，就是火屋（hi-ya）的佛堂。

那裡以前是火葬場！

坡道嗎？從我善坊通往飯倉的路都叫雁木坂，但是，原本不叫這個名字。

以前有一段時間，西側的那條坡道叫「三年坂」。

第五個三年坂就在那裡。

果然如同之前所擔心的，三年坂的名字隱藏在其他名字之下。

同時，「火屋」這個字眼，在實之的腦海中產生了很大的迴響。

油燈燈罩的日文漢字是「火屋」，讀「ho-ya」。

火屋（ho-ya）？「保谷」（ho-ya）？火葬場？

家徽！家徽是三年坂共同的標記！

「實哥，等等我們，等一下啦！」

實之突然跑了起來，衝上我善坊谷，從飯倉前往虎之門。

「你幹嘛突然跑起來？這要另外付錢喔。」

阿丟上氣不接下氣地說，過了一會兒，阿撿才現身，當場癱坐在地上。先到霞之關的實之，在三年坂上來來回回的走了好幾次，觀察兩側的建築物。

沒有。

霞之關的三年坂周圍並沒有任何一戶人家掛著剛才看到的家徽。難道是番町和飯倉的三年坂剛好住了同一世族的人嗎？

實之調整呼吸。

霞之關和永田町一帶的建築物，並不是一般的民宅，大都是學校、大使館、大使官邸和華族的宅第。

但是，牛込區的兩個三年坂……？

「喔，你又跑這麼快。」

個子矮小的阿丟和駝著背的阿撿拚了老命跟著實之高大的背影一路跑過來。從霞之關來到永田町、隼町、五番町，再從千鳥淵來到招魂社，跌跌撞撞地衝下九段坂。在牛込見附經過外護城河後，又搖搖晃晃衝上神樂坂。

這時，阿丟和阿撿早就跟不上了。實之不以為意，在牛込的巷弄裡轉來轉去，幾乎快要迷路，但他仍然前往日前才發現的津久戶町的三年坂。

找到了！

上次來的時候沒有注意，坡道下方轉去江戶川之前，有一棟民房。雖然沒有掛門牌，但格子窗前曬了兩把撐開的番傘[1]。實之再度看到了那個家徽。

這絕對不可能是偶然。即使姓氏不同，擁有相同家徽就代表出自同一世族。他們在保護三年坂嗎？

實之拚命用雙手撫摸著快要抽筋的小腿，前往位在西北方的矢來下三年坂。

這時，實之發現一個事實。

今天自己在一天之內走遍五個三年坂。雖然不會去土手三番町，但已經從麻布飯倉走到霞之關、牛込津久戶，目前正要前往牛込矢來下。

雖然順序稍有不同，但實之按順時鐘方向繞了宮城半周。矢來下和霞之關剛好位在宮城的兩側。

五個三年坂都在宮城的周圍……。

1 一種竹製傘架的日式傘。

火之夢6

（一）

鍍金和立原在調查車行時初戰報捷。他們找到一名在牛込區活動的年輕個人車伕，得到了他的證詞。

「個人車伕」就是以一天多少錢的租金向車行租車的不靠行車伕。他證實大火當日，傳吉應該是靠行車伕，每天領日薪工作，和他們屬於不同的工作形態。

「那差不多是神田大火一年前的事，我三不五時會看到你們形容的那個大叔。就像你說的，有一種沒落士族的感覺，長相也和照片上的年輕人很神似。我記得大家都叫他『阿隆』。他不知道是臉皮厚還是太遲鈍，毫無忌憚地搶別人的地盤，而且很少和同行說話。雖然很多個人車伕都這樣，但通常都賺不到錢，很快就自然消失了。事實上，那個大叔也的確做不下去了。」

比方說，在神樂坂、淺草、新橋和上野車站這種人力車需求量比較大的地盤，一定是某家車行的地盤。個人車伕必須在較遠處、不方便的地方招徠散客。

個人車伕也有個人車伕的道義。有一定程度流量的地方必定有固定的人力車招呼站。在爭搶客人時，就會在寫著名字的牌子上綁上繩子，再抽籤決定由誰接客。

新加入的車伕必須籠絡前輩車伕，請前輩喝酒、吃飯，才有資格加入抽籤的行列。打工的學生或是想在短期內賺錢的人當然會討厭這些禮數，但如果太特立獨行，就會遭到排擠，導致最後接不到客人，只能在大家都不願意出車的晚上時段做生意。

「阿隆」似乎也是新人車伕之一。立原雙眼發亮，認為「阿隆」就是橋上隆。

接觸了幾名認識「阿隆」的人後，有了更大的斬獲。

「喔，我認識阿隆，我記得他叫橋上隆。」

一個身穿日式便服的老人這麼說道，他之前是車行老闆。鍍金和立原淺淺地坐在正在下將棋的老闆斜後方的椅子上，相互看了一眼。「太好了！」立原舉起緊握的右拳。

和個人年輕車伕接觸後，鍍金和立原連續兩天一一拜訪車行老闆。最後找到這位曾經是車行老闆、目前已經退休的老人。

那個大型車行在新橋的銀座八官町，離鍍金所住的元數寄屋町不遠，總共有三十輛人力車。他們主要客源是藝妓和藝妓的客人。如今，車行已經交由兒子打理，前老闆在築地本願寺附近的高級住宅悠然自在地享受退休生活。

「他很可憐，如果沒有那場大火，他不可能淪落為車伕。」

「那場大火？是指明治二十五年的神田大火嗎？」立原問。

「神田大火？」

老闆手拿著步兵看著半空。

「不對，不對，是更早兩年的淺草三間町大火。他因為民權運動被警察盯上，離開報社後，在淺草駒形町開了一家旅館。經歷了千辛萬苦，旅館經營才剛步上軌道，沒想到就被捲入近在眼前的三間町大火。他所有的家當都被燒光了，只留下一屁股債務。聽說他就是因為這樣才會當車伕。」

「老闆，是你向其他車行打招呼，默認橋上先生搶地盤的行為吧？」

「其實，我在民權運動時就認識他了，欠他一份人情，只能用這種方式補償。」

銀座是報社聚集的地方，二十年前也是自由民權的根據地，是反政府的牙城。

「之後，橋上先生去了哪裡？據我打聽，他在甲午戰爭之後就不見蹤影。」

「不，戰後他還在拉車。」

之前一直默默在一旁聽他們談話，和車行前老闆對弈的禿頭老人開口說。

「阿隆嗎？我今天是第一次聽說他的經歷和本名，但應該就是我認識的車伕。」

禿頭老人目前仍然是築地一帶小吃街的總管，晚上經常去小吃街巡視。他是在那裡認識很像橋上隆的車伕。

立原拿出內村義之的照片給他們看，他們說，的確和「阿隆」很像。

「他會在半夜來吃鍋燒烏龍麵。聽說他白天的時候在寫書和做一些調查，所以每天都晚上才來。」

「現在也常來吃嗎？」鍍金問。

「不，最近沒看到他，可能是去做其他生意了。因為他曾經抱怨，需要醫藥費和學費，卻偏偏賺不到錢。」

「學費和醫藥費？」

車行老闆接著說：

「學費的事，我就不知道了。醫藥費應該是指那個，就是剛才提到的淺草三間町的大火造成的。那時候，他有一個十歲左右的漂亮女兒，沒能及時逃出來。雖然最後救了出來，臉卻被燒得面目全非。連阿隆的脖子也燒到了。我想，他說的醫藥費應該就是指這個吧。他當車伕後，一直住在吉原附近破落的大雜院。現在應該搬走了，搞不好他已經離開東京了。」

「你最後是什麼時候看到他的？」

「啊！已經有四、五年沒看到他了。」

禿頭老人用力把棋子放下後說。

「四年前的夏天……」

「對了，對了，四年前的夏天，我曾經在蕎麥麵店遇到他。」

「那是最後一次，他提到坡道什麼的，我已經忘了他當初說什麼。啊，將你的軍了。」

車行前老闆生氣地不發一語。

查明車伕身分的五天後。六月二日。

立原來到鍍金家。兩個人都坐在椅子上，中間的圓桌上攤著東京全圖。

這份東京全圖是手繪的，和之前交給鷺沼的地圖相同，用紅色的圓圈標示出二十一個燃點。

立原一邊在每個紅色圓圈附近用鉛筆寫著什麼，一邊說：

「霞之關的之前就知道了。番町的那個在偏離中心的位置，就是老師之前說『最低的地方』的附近。那裡稱為土手三番町，也是可能的燃點之一。這裡有個坡道。」

立原的手指繼續移動著。

「然後，牛込有兩個。其中一個也叫地藏坂，至於另一個，大家都忘記它的名字，我在當地四處打聽，才知道以前也同樣叫地藏坂。這些地點都是被老師列為可能是燃點的地方。」

鍍金用不可思議的眼神看著地圖。

「所以，在二十一個可能的燃點中，有四個『三年坂』。」

「而且，完全符合橋上移動的路線。」

「原來如此。」

立原的手伸向旁邊的空椅，那裡有十幾張折疊的地圖。立原拿起其中幾張，攤在桌子上。

「這是『五千分之一圖』，老師在找可能燃點時，大概曾經參考過。這份地圖上記載了四個三年坂。由於地圖上很少有坡道的名字，所以很難得。老師，請你確認一下。」

鍍金依次確認了番町，霞之關、牛込矢來下和津久戶的三年坂。

「的確。」

鍍金露出微笑，「所以，這就是我之前所說的燃點的特徵。但是，他指定了不到十個的數目，四個會不會太少了？」

立原滿臉欣喜地抬起頭。

「不瞞老師，我另外還找到兩個。目前總共發現了六個，六個應該符合條件吧？」

「噢，六個。」

「但是，鍍金老師，你真是太厲害了，這幾個地方都是被你列為可能的地點。不，不，我發現三年坂的名字純屬偶然。雖然之前老師持保留的態度，但其實是因為我拘泥於橋上去過的地方才得出這個結論。我做夢也沒有想到會和坡道的名字有關，我剛才也說了，坡道名字真的很難查，而且，三年坂這個名字很不吉利，許多都改成其他的名字了。」

「為什麼不吉利？」

「民間流傳說，如果在三年坂跌倒，就會在三年內喪命。橋上和為了尋找父親的下落而調查這件事的內村同學，或許都已經死了。」

三年坂 7

（一）

「距離考試只剩一個月的時間，你要好好用功！」

當握著雙手站在玄關的阿時這麼說時，實之內心一陣激動。

「一有好消息，我會馬上通知妳。」

實之原本打算這麼說，但最後只擠出「謝謝妳這段時間的照顧」。他拿了一個行李袋走出大門。

入學考試的日期是一個月後的七月二日，但因為之前以一天三十錢的價格僱用了阿撿和阿丟四天的關係，他已經無力支付下一個月的房租。一旦付了六月的宿舍費，就付不出考試費和回程的旅費，所以，他決定搬出正義館。

他騙吉松和阿時要先回老家一趟。

「等你考上一高，希望你再回來住。」

吉松送實之到門口時說。

「啊，學校有宿舍，那就等你考進帝大時再來。」

到底會是哪年哪月？

成為帝大生變成很遙遠的未來，似乎永遠不會發生在自己身上。即使四、五年後終於實現，阿時應該早就出嫁了。

阿丟和阿撿正在從本鄉路走向西側切通坂途中的枸橘樹籬前等實之。

「住那種地方真的沒關係嗎？我看你還是回老家比較好。」阿丟說。

實之得知阿撿和父親一起住的山伏町大雜院還有一間空房後，就決定要去那裡住一個月。經由阿撿的父親向房東交涉，說好每個月只要付一圓二十錢的房租。住這裡和之前不一樣，每天必須自己下廚或是買東西來吃。留下考試後回家的旅費，只剩下兩圓，只能填飽肚子，完全無法僱用阿丟和阿撿。

接下來的一個月必須認真用功，無暇進行調查工作。不過，他想到一個方法，就是在考完試、放榜之前的三個星期繼續留在東京，尋找另外兩個三年坂。

他有一種預感，當找到第六個三年坂，進而發現第七個三年坂時，自己會遇見行刺哥哥的凶手或是父親。

當然，他的這種預感毫無根據，只是一種期待性的預感。首先，他不可能留在東京。因為母親在信中吩咐，考完試立刻回家。況且，他根本沒有錢繼續留在東京。

三個人從切通坂走向不忍池的南側，沿著御成街道往北走。阿丟聽到實之的情況後，變得不愛說話。他們經過上野車站，轉入一條小巷，又轉了兩個彎。

「就在這裡。」

阿丟指著大雜院的入口說道。雖然前面大馬路上有不少氣派的商店，一旦轉入後巷，就是貧民大雜院。

大雜院有一道年久失修的木門，走進木門，通道上的零星鋪石幾乎被泥土和雜草埋沒。三個人排成一行往內走，走過水井旁，就是髒亂的大雜院。

大雜院內雜亂地掛著泛黃的兜襠布和衣服，照不到陽光的地面因為積水的關係，踩下去的感覺軟軟的。白天的熱氣使四周蒸發上來刺鼻的惡臭。

為實之向房東交涉房租的阿撿父親，躺在門內兩坪多的木板上，實之之前不知道他是病人，所以驚訝得無法好好向他打招呼。

「他去年被馬車輾到了，之後就一直這樣……」

聽阿丟說，這個曾經是撿地寶高手的男人可能因為傷及脊椎，脖子以下完全無法動彈，阿撿的母親之前就拋下他們離開了。難道阿丟前一陣子開始住在這裡，是想要協助這對父子嗎？

實之走去自己的房間。房間很小，只有一間泥巴玄關和兩坪多大的房間，公共廁所就在旁邊。自己遲早會適應臭味，但到那個時候，臭味也許早已滲進自己的衣服。

阿撿家的地上只鋪了木板，但這個房間鋪了榻榻米。不過由於照不到陽光，昏暗房間裡的榻榻米，因為潮氣已經爛了一半。或許把榻榻米拆掉比較好。

阿撿本來就不太在別人面前說話，現在連阿丟也變得沉默寡言。兩個人默默地把被子、水壺、炭爐送過來。被子是阿撿逃走的母親留下的，其他東西是另一戶連夜逃走的人家留下的。

「還要用到木柴和炭。」

實之聽到阿撿臥床不起的父親的聲音。阿撿立刻把家裡的東西拿了一些送過來。

實之原本打算自己過日子，但他立刻改變了主意，他想到可以和阿撿他們在一起吃飯，這樣應該可以比各自購買菜餚便宜。實之交給阿撿兩圓，希望除了補貼阿撿家的伙食以外，也可以分一點給自己。

當阿撿了解他的意思後，第一次露出笑容。聽阿丟的翻譯才知道，他們三個人一個月的伙食費也只有兩圓。

「太棒了。」阿丟說，「之前是三個人兩圓。現在四個人有四圓的話，可以吃很多東西了。」

搬家翌日，實之在事隔兩個月後，再度前往河田的宿舍，想告訴他自己地址變更的事。他打算在回程時再繞去真庭的宿舍。雖然和河田只見過兩次，和真庭也才見過一次面，但他們是認識哥哥的重要證人。而且，實之對河田也有一點疑問，希望可以找時間好好了解一下。

他從山伏町出來，經過北方的根岸，來到河田宿舍所在的谷中寺町。現在只要遇到坡道，他就會左顧右盼，在附近尋找家徽。他已經確信，三年坂出現共同家徽這件事絕非偶然。

那天丟下兩名少年，自己奔走尋找時，最後來到矢來下的三年坂，也拚命尋找那個家徽。但是沒有看到在大門上雕刻家徽的人家，也沒有看到有人在曬番傘。他張大眼睛看著來往行人的衣服上的家徽，並沒有任何收穫。

在大街上找家徽的確困難。保谷家在外面也看不到家徽，津久戶的那戶人家也只是剛好在曬番傘。如果可以去霞之關華族的宅第內，或許可以找到家徽。即使不是華族的後代，也可能是管家或是傭人。

雖然尋找家徽有相當的難度，但實之還是無法克制自己四處尋找的念頭。他很固執地認為，即使三年坂隱藏在其他名字後面，只要能找到家徽，那裡就是三年坂。

實之內心對保谷家抱著很大的質疑，有朝一日，可能需要再度造訪。為此，需要掌握新的資訊。然而，眼前卻一無所獲，而且不得不被迫搬家，一個月後面臨入學考試。

「河田先生不久前搬走了。」

聽到寺町宿舍老女傭的話，實之大吃一驚。這是怎麼一回事？

「他搬去哪裡了？而且，不久之前是指……」

「差不多兩個星期前，我沒問他要搬去哪裡。但之後都沒有信寄到這裡，他有可能去郵局登記吧。」

實之問了最近的郵局所在，不禁陷入沉思。其實即使不去郵局，只要去大學就可以遇到他。他覺得河田好像是刻意在避開自己，和保谷家一樣。河田得知哥哥的死訊後，態度產生了變化。

實之來到丸子坂真庭的寄宿家庭時，遇到了出乎意料的人。不是別人，正是河田。他也剛好來找真庭。

「嗨，原來是你，真是無巧不成書啊。」

和真庭面對面坐在房間中央的河田看到站在門口的實之時，不禁瞪大了眼睛。

「我一直在擔心你。有關你哥哥受傷的情況，調查得怎麼樣？來，先坐下吧。」

河田的聲音言不由衷。而且，不光是河田，剛才為實之開門的真庭，態度也很奇怪。上一次見面後，實之對他滿有好感，但今天的真庭卻一副拒人千里的態度，很明顯地不歡迎實之的造訪。

狹小的兩坪多大的房間裡放滿了書，實之在他們旁邊坐下。

「河田哥，剛才我去谷中的宿舍找你，聽說你已經搬家了。」

「喔，是嗎？咦？我記得有寄明信片通知你，難道還沒寄到嗎？」

說完，河田在紙上寫下位於神田猿樂町的新地址交給實之。原來是這樣。實之雖然相信他，但他發現河田和上次不一樣，說話態度格外開朗，再度讓實之覺得不太對勁。真庭的變化更大，他根本沒有正眼看實之。到底怎麼回事？

實之之前沒有告訴他們三年坂的事，他決定今天也隻字不提，也不告訴他們自己的新地址，只說想來拜訪他們就好。

「是喔，距離一高的入學考試只剩一個月了。」

河田顯然只想談考試，避開談他哥哥的事。他告訴實之很多讀書的訣竅，可是實之根本聽不進去。

真庭幾乎沒有開口，顯然在說，以後不要再來找我。和第二次見到河田時的態度很像。第一次在谷中的宿舍見到河田時，他聽到哥哥的死訊十分震驚，態度也很自然。但之後來實之的宿舍時，河田的態度產生了變化。當時，自己和河田說了什麼？對了，是大學的事。

實之的內心產生一個疑問。難道是大學，而且是建築系隱藏了什麼秘密……？

回家的路上，實之沿著本鄉路來到菊坂，經過炭團坂來到弓町。他在半路拿下獵帽，戴上向阿撿的父親借來的髒草帽。他希望可以在宿舍附近偷看一眼阿時出門買菜的樣子。

他已經不再想見保谷志野。相反的，和阿時才兩天沒有見面，他就已經在想她。只不過當初離開宿舍時，說要回老家，所以不能讓阿時見到自己。

實之從通往東富坂的路來到宿舍所在的路口，在那裡站了一會兒。平常阿時都會在這個時候去買菜，但她今天沒有出門。

他心灰意冷地走向小石川方向時，眼角掃到兩個男人從巷弄裡走了出來。他認識其中一人，就是開明學校的鍍金。另外一個人是第一次看到，那個嚴肅的中年男子有一張五角形的臉，好像將棋棋子。

兩個人都穿著不引人注目的和服，小聲談著話，往本鄉路的方向走去。那個老師住在這附近吧。實之這麼想。

發憤用功的一個月。實之足不出戶，每天都窩在大雜院裡。

剛開始時，有時候會忍不住想到三年坂、保谷家，以及父親和哥哥的事，注意力無法集中。志野、阿時和那個包頭巾的女人也輪流出現在他的夢境裡。借來的被子可能有跳蚤和蝨子，令他渾身發癢，整天都在身上東抓西抓。

阿撿和阿丟煮的食物和在老家時一樣清苦，偶爾吃到的魚也有很重的魚腥味，一開始，實之吃不慣。可能是快要變質的魚賣得比較便宜吧。

他得以近距離觀察阿撿他們的生活。阿撿和阿丟每天四處奔走，都會多少賺一點錢回來。他們並不是直接撿到錢，而是靠撿菸蒂、還很新的報紙、斷了鞋帶的木屐等廢棄物，然後去其他地方換錢。平均每天賺十錢左右。雖然實之只僱用他們幾天，但一天三十錢的薪水對他們來說，無疑是一筆很大的收入。

阿撿和阿丟都差不多十二歲左右。實之覺得他們如果去當學徒，或是去工廠上班，應該可以賺更多。姑且不論阿丟，阿撿必須照顧臥床不起的父親。阿丟只有在吃飯的時候才回來，阿撿每隔三個小時就得回大雜院一趟，照顧父親。而且，阿撿似乎真的很喜歡撿東西。阿丟卻沒有耐心，心情起伏很大。

逐漸了解他們的日常生活後，實之越來越在意阿丟。之前整天滔滔不絕的阿丟最近竟然悶不吭聲。有時候他們四個人一起吃飯，阿丟也很少說話，尤其絕口不提自己的事。他似乎是在遇到實之的一個月前，才開始和阿撿他們一起生活，但他之前的日子似乎過得比較好。實之曾經好幾次看到他在吃了快要臭掉的魚後偷偷嘔吐。

實之漸漸習慣這種生活。他忘記三年坂，可以一整天都坐在蜜橘紙箱充當的書桌前唸書。一旦習慣，日子在一眨眼之間就過去了。

七月二日。

一高入學考試第一天的早晨終於來到。實之心裡只覺得——啊，終於來了。這一個月的學習情況和四、五月時心不在焉的情況不同，讓他很有收穫，但也因此更痛切地感受到自己的學力不足。

從前一天晚上開始，雖然是梅雨還未結束的陰天，幸好他在睡前仔細清洗後晾曬的和服、裙褲和獵帽都已經乾了。他穿上這套衣服，前往整整一個月都沒有踏入的本鄉。

為了避開擁擠的街道，他從根岸來到御隱殿坂、三崎坂後，沿著下坡道走去根津，再爬上暗闇坂，來到向丘。這時，他發現自己又找回了第一次看到坡道上方的高級住宅時的感覺。

只要考試合格，就可以住在坡道上……。

一高只錄取兩百數十名學生，報考人數為一千五百人，是競爭率超過六倍多的窄門。當實之走進位在帝國大學北側的一高正門時，立刻被戴著中學制帽和獵帽的考生包圍。

大家看起來都很聰明。這裡聚集的都是來自全國各地的優等生，那群和同學大聲說話的人，應該是東京的中學畢業生。之前曾經在補習班聽說，府立一中等名校差不多有一年多的時間，專門教如何應付一高的入學考試試題，所以，自己必須和那些人一爭高低。

自己的學力的確略遜一籌，但因為經歷了父親失蹤、哥哥去世和尋找三年坂這一連串的考驗，或許會有一線希望。

包括健康檢查在內，考試總共有四天。在考試前一個月有了大幅進步的數學和物理化學考得不錯，國文也差強人意，歷史和博物學則完全反應了自己的知識不足，應考情況只能用一個「慘」字形容，英文更是慘不忍睹。實之做好了落榜的心理準備。這也是理所當然的，之前太天真了。

考試的最後一天，實之離開校舍時，覺得那些知識性的問題可以在一年之內加強，但問題在於英語。如果可以去英語很強的補習班，比方說，之前曾經去偷聽的開明學校，聽那個鍍金老師的課，明年或許會有機會。

眼前必須面對接下來該怎麼辦，這個現實的問題。距離放榜還有三個星期，他原本打算考試結束就回老家，所以也申請了用電報通知是否考取的手續。他預留了回程的車錢，然而，他還是想再調查三年坂。但是目前手上除了回程的車錢以外，已經分文不剩。如果要繼續留在東京，就必須外出賺錢。但是他能做什麼……？

對了，可以去打工！

實之抬起頭。只要繼續住在大雜院，每個月只要有四圓的生活費就可以解決。日薪二十錢的工作，一個月就有六圓。這麼一來，不僅可以撐過接下來的三個星期，甚至可能繼續住一年。

不，生活費可以更加節省。如果每個月壓縮到三圓，那麼剩下的三圓就可以在九月之後去讀開明學校。回到鄉下，絕對不可能遇到那麼優秀的英文老師。

這種想法幾乎是在賭氣。要找一份工作，繼續留在東京一年，既要讀書，也要展開調查。他突然下定了決心。

也許這就是淪落到上野大雜院的效果。他覺得自己可以在任何地方生存，只要從像是社會谷底的大雜院爬上坡道就好。

如果要工作，該找怎樣的工作？

實之走出一高正門，走在本鄉路上時，開始思考這個問題。如果必須長時間固定在某一個地方，即使薪水再好，他也沒有興趣。如果可以，希望找一份可以在東京到處走的工作，即使薪水低一點也無妨。

他的目光突然停在經過面前的人力車上。

車伕？

當車伕的話，就可以了解許多坡道……。

這時，有兩個人注視著實之的身影。

一個是在一高附近戴著獵帽，假扮成考生的河田。當他在人群中看到高頭大馬的實之，便低下頭跟了上去。

另外還有一個男人注視著這場跟蹤劇，那個人站在暗闇坂路口，假裝正在修理一高的泥土牆。他就是之前和鍍金一起走在實之宿舍附近那個神情嚴肅，長著五角形棋子臉的中年男子。他也在暗中注視實之，以及跟蹤實之的河田背影。

（二）

像橫穴式大雜院的兩坪大房間內，裸著上半身，躺在髒髒的蚊帳中睡覺的實之正在做夢。

他正走上坡道。這個坡道叫什麼名字？

兩側都是房屋的圍牆，茂盛的枝葉黑壓壓地伸出圍牆，坡道上十分昏暗。身穿紫褐色裙褲的女學生走在前面。是保谷志野。那裡是土手三番町的三年坂。實之想追上去和她說話。請等一下，妳似乎願意幫助我，但為什麼上次去妳家的時候，妳卻用那種輕蔑的眼神看著我……？

不知道哪裡傳來聲音，實之停下腳步。好像是誦經的聲音。咚咚咚的應該是木魚的聲音吧。三念寺和其他以前曾經在那裡的寺院早就搬走了，難道還留下其他小寺院嗎？

他再度邁開步伐，打算去追已經走上坡道的志野，頓時發現腳下的感覺變了。原本是平坦的硬地，不知道什麼時候變成了荒涼的、長滿柔軟青草的小徑。抬頭一看，發現連風景也改變了。坡道兩側高高的圍牆消失了，變成高木密集的樹林，誦經的聲音也比剛才更大聲。

不，這不是樹林。既不是庭院，也不是天然的森林。

那是神聖的鎮守森林。坡道上方右側出現了紅色鳥居。轉頭看向左側，有一整排半埋在泥土裡的粗糙墓碑面對著馬路，可以看到後方的石壘，上方是黑漆漆的樹林。誦經聲就是從那裡傳來的。那裡果然是寺院。

「不要跌倒囉。」

有人輕聲的說，他猛然回頭，卻沒有看到任何人，只有下方冒出輕煙飄向灰色的天空。

「如果不小心跌倒了呢？」

那個人又說：

「那就舔泥土。」

人死後會回歸大地。泥土會變成微生物，會變成魚，會變成野獸，最後又變成鳥和人類。

他看著坡道上方，志野已經不見了，卻有另一個人在看著他。是阿時。他才閃過這個念頭，那個人就消失在空中。他又回頭看著坡道下方，包著頭巾的女人蹲在地上，她的周圍有什麼東西冒出來。

是煙。是燒死人的煙。

這裡是亂葬崗。必須趕快去坡道上方。

然而，坡道下方有人在叫自己，在叫自己「過來，過來」。當他回過神時，發現自己已經搖搖晃晃的走下坡道。坡道下方都是黑煙。不知道是不是風向改了，煙慢慢蔓延到坡道上方。他一邊用手揮開黑煙，一邊走下坡道。

空氣中充滿異臭。

火星宛如有生命般在頭頂上飛舞。

對了，是火葬場。這是燒死人的煙，此時此刻，有人的肉體正在被火燒。

實之被可怕的惡夢魘住。夢境中，從低谷升起的火也燒向他的身體。

然而，在黑色的煙和通紅的火的後方，他似乎看到了什麼東西。

實之醒來後，呆呆地凝望著滿是漏水痕跡的天花板。他調整呼吸，等心跳平靜後開始思考。

在夢境的最後，他看到坡道下方。

那裡是水，是波光粼粼而且清澈的水。

他回想起三個月前，第一次造訪霞之關三年坂時的事。走到坡底後是虎之門見附的堤防，對面是已經填土填到一半的濠溝。

當時看到濠溝時，自己也對東京的地形變化深感驚訝。然而，如今卻看到了不同的意義。

土手三番町的三年坂底下也是堤防，堤防外就是水流潺潺的外護城河。

矢來下的三年坂呢？距離江戶川很遠，但東京河道和水路的寬度曾經多次更改，或許以前離水更近。牛込的芥坂位在相當高的半山腰，但坡道下方原本應該有河之類的。

三年坂的坡底是水岸？

矢來下的三年坂，以及飯倉的三年坂都沒有水。但飯倉以前有火葬場；矢來下是新開發的空地。

自從在保谷家發現家徽之謎，實之的心中就漸漸不太相信所謂的寺町說。第一次聽到這種說法時，實之還信以為真；但仔細思考後發現，只有番町和霞之關符合周圍有寺院的這種說法。

實之認為擁有那個家徽的世族才了解真相，也許「寺町說」只是為了隱瞞真相杜撰出來的。

然而，光是「水邊的坡道」這個特徵，依舊無法成為三年坂名字的由來。「寺町說」是指坡道和寺院內相同，解釋了為什麼跌倒後，會在三年以內喪命。

等一下。

實之反問自己。水流向哪裡？

毫無疑問，在地心引力的作用下，水往低處流。結果，水就聚集在低處。有水池的地方一定是因為某種原因下陷的窪地，或是附近地勢最低的地方。

三年坂通往低地？

雖然並非絕對的低地，但是指在周圍的地形中，通往最低的地方嗎？

那是地獄嗎？所以，在三年坂跌倒，會在三年內喪命？

他回想起夢境中火葬場的感覺。

這或許和水邊的條件毫不抵觸。他曾經聽說以前的人都是在河岸和水岸焚燒屍體。我善坊谷有火葬場這個事實，剛好證明了那一帶附近有水。雖然目前谷底已乾，但或許可以證明以前曾經有過水池。況且，正因為有火葬場，之後才會建造寺院。

通往水邊的坡道。

之前曾經去過的地方有沒有類似的場所？

一個地名浮現在他的腦海。

三崎町。那是指伸向水岸的海岬嗎？

「啊？又要帶路嗎？」

翌日早晨，當實之又請阿丟和阿撿帶路時，他們露出驚訝的表情。他們在阿撿家的泥巴門口說話。

「薪水就按之前談好的。」

「你不是要回老家嗎？」阿丟問。

仍然舉棋不定的實之閃爍其詞地「嗯」了一聲。

「下個星期回去，所以，想在臨行前再稍微調查一下。」

「你家人不會擔心嗎？」

實之腦海中浮現出母親嚴肅的表情。

「不，我覺得應該沒問題。」

阿丟唸唸有詞地抱怨著，阿撿卻漠不關心地拆開紙菸裡的菸草絲。

「那我們去目黑或是三田吧，那一帶有很多坡道。」

「不，我今天要從谷中去根岸。」

「谷中？咦？我上次沒有告訴你嗎？阿撿的老家就在那裡，他對每一條坡道都知道得一清二楚，那裡找不出什麼名堂。我們不是還沒去過目黑、澀谷和三田嗎？」

阿丟走到阿撿身邊，阿撿又嘀嘀咕咕說著什麼。

「沒錯，他也說那裡沒有三年坂。」

不管對方的年紀多大，實之向來遇到別人強烈的反對意見就會折服，但是這一次他卻固執己見。

「關於之前那個包頭巾女人，我曾經說過，我在善光寺坂看到她走去小石川柳町，但現在覺得，她也可能是從指谷走去駒込的方向。」

從指谷的谷底上坡來到本鄉後，剛好來到一高那一帶的北側。從那裡沿著東西方向的丸子坂經過千駄木，就是谷中的三崎坂。

雖然無法理解女人明明不住在那裡，為什麼會經過指谷？如果她是在一一拜訪每個三年坂，或許和尚未發現的另外兩個三年坂有關。但是，包括指谷在內的小石川區，之前已經調查過了。

「那就去駒込吧。」

「總之先過去那裡看看，不過那裡都是園藝店和別墅噢。我不認為那個女人住在那裡。況且，那裡並不是水邊。」

「水邊？」

「……不，沒事。」

「……總之，只要去打聽包頭巾的女人就好，是嗎？」

「你們負責這個部分，我去打聽坡道的別名。」

「別名？」

三個人從上野先去本鄉。然後從小石川區，沿途小心選擇路線，前往駒込。實之在路上告訴他們，霞之關的三年坂也叫鶯坂和淡路坂；矢來下的三年坂則被誤以為是地藏坂。

「上次來時不也一樣嗎？飯倉的三年坂通常都稱為雁木坂。人們一方面搞不清楚三年坂這個名字的由來，另一方面有種不吉利的感覺，所以，就取一個更普通的名字。除非是對當地很熟的人，否則，坡道真正的名字很容易被人遺忘。」

三個人沿著本鄉路往北走。早晨這個時間，身穿西裝，準備去上班的男人、準備上學的學生和女學生紛紛從本鄉區北部的住宅區走出來，匆匆在街上趕路。實之遠遠眺望著這令人欣羨的景象。

他們隨著人潮，經過一高前的岔路來到駒込肴町，然後往東轉彎，經過人煙稀少的丸子坂，離開高地，來到藍染川上的橋。藍染川如今寬度不到一公尺，是條像水溝的小河。不過以前曾經水源豐沛，可能是因為填平了本鄉高地和上野高地之間的低谷關係，水才會變少吧。

實之越來越深信，如果三年坂是設置在繞宮城一圈的位置，那麼，剛好位在和飯倉相反方位的這個低谷四周，應該有一個三年坂。

阿撿在阿丟的耳邊細語，一一告訴他坡道的名字。

「這條叫三崎坂，前面的叫御隱殿坂。」

這些坡道的名稱，實之大多已經知道。之前去拜訪河田義雄回程的路上，曾經經過這裡，之後又來過兩次。

「這裡是寬永寺坂，往那裡走是芋坂。對面走出櫻木町的方向是新坂，這一帶已經是下谷了。」

「好，我們在這裡分頭探聽消息。阿丟，阿撿，你們去打聽一下包頭巾女人的事。一個小時後在這裡集合。」

有幾個老人在樹叢後整理庭院，實之只要看到他們，就會上前問話。第二個人知道得很詳細，這位有點像詩人的老人說，新坂是別名，通常叫做鶯坂或根岸坂。

鶯坂。又和鳥有關。

如今，實之來到根岸。根岸是被稱為「鶯之鄉」的郊外地區，似乎有一個地名叫做「鶯谷」。

「請問鶯谷在哪裡？」

實之問正在庭院修剪樹木的老人。

「目前眾說紛紜，有人說是根岸，也有人說是谷中的初音町一帶。」

對了，那附近的確有個初音町。他記得自己重感冒以前，曾經在雨中看過這個名字。

老人提到「眾說紛紜」這幾個字，讓他想起初音坂。都是「初音」。那是本鄉和小石川之間的低谷，只是地形改變，低谷已經不再是低谷，河川和水池也已經消失，根本難以分辨。

接下來要去那裡。

「既然有黃鶯，就代表是水岸吧？」

「沒錯，沒錯，」老人悵然地說，「這一帶是音無川的岸邊，所以叫『根岸』。三崎讀成『san-sa-ki』，是指在水岸突出的海岬。現在雖然叫藍染川，但根本只是水溝而已。」

集合的時間到了，阿丟和阿撿跑了回來，說沒打聽到包御高祖頭巾的女人。實之努力克制自己想要衝出去的衝動，從根岸走向谷中的高地。

「這裡是七面坂。」

不對。

「那裡是御殿坂。咦？怎麼又回來了？」

實之走下七面坂。那是和三崎坂平行，往西的下坡道，他們是從這裡經過初音町回到藍染川，然後沿著河畔向南走。

「這個坡道呢？」

「他說是螢坂。」

螢坂。

有螢光蟲的地方應該是濕地。他們從狹窄的上坡道沿著藍染川河畔穿越初音町。那是位於七面坂和三崎坂之間沒有人煙的坡道。沿著坡道往上走，則是一片寺院的墓地。遠處傳來木魚的聲音，更襯托了周圍的靜謐。

就是這裡。實之心想。

實之急忙轉向南側，他忘記不可以個別行動的宣言，從三崎坂中央跑向前面的茶店，阿丟在背後大聲叫喊著什麼。

「啊，那個坡道也叫三年坂。」

店內的老婦人答道。

「說什麼只要跌倒，就會在三年之內翹辮子。所以，聽起來很不吉利，當地人開始改叫螢坂、螢坂。」

然而，實之在聽到這番話前，就知道自己找到了第六個三年坂。從茶店內側的窗戶，可以看到隔壁房屋的圍籬上曬了好幾把番傘。和之前在津久戶三年坂的民房所看到的傘相同，上面清晰地印著那個家徽。

第六個三年坂。而且又出現了保谷的世族……。

「阿婆，隔壁那戶人家是從以前就住在這裡的嗎？」

「不，那幢房子是最近才造的，不過差不多也有十五年囉。」

保谷之前曾經說過，他是在十二年前才搬去番町。飯倉我善坊谷堀內家的房子也不會很老舊。

這代表什麼意義？三年坂是古老的坡道，為什麼他們不是從以前就住在這裡，守著某個秘密？

已經找到六個，還有一個，七個三年坂就都找齊了。他逐漸產生自信，認為自己可以找到。剩下的三年坂到底在哪裡？應該是那個包頭巾女人住家附近吧？如果小石川沒有，就一定在本鄉或是這裡附近。

「實哥。」

阿丟不知道在說什麼，實之充耳不聞。當他四處張望時，又發現了另一個事實。

這裡距離河田的宿舍很近。他突然搬離宿舍，會不會是因為不想讓實之來這裡？

果真如此的話，「他們」或許知道三年坂的事。

保谷家和工學院建築系。

他們在試圖隱藏三年坂的秘密嗎？

（三）

七月六日。

吉岡冴這天也悶在大雜院裡做針線活兒。她左側太陽穴至耳朵的位置留下燙傷的傷痕。在家裡時，她都會拿下頭巾。此時，母親坐在被褥上，正在拆舊衣服。雖然已經是夏天，但她的臉色比冬天時更加慘白，有時還會咳個不停。

冴以前每三天就會出門一次，去各個三年坂祈禱。然而，前一陣子連續發生了兩件事，使她停止了這個習慣。

其中一件是五月中旬的事。一個陌生的男孩，十二歲左右蓬頭垢面，瘦巴巴的男孩突然來大雜院找冴。

這個陌生的男孩拉開木門，一看到冴，就壓低嗓門說：

『姊姊，我聽說妳就是經常在三年坂祈禱的人。』

這個孩子可能知道繼父的下落。可能是去年夏天後突然失去音訊的繼父派他來的。冴按捺住內心的激動回答說：

『對，是啊。你是誰？』

那個小孩沒有回答。

『有壞人。是一個學生，反正是年輕男人，他正在找妳。所以，妳夏天結束前最好不要外出，尤其絕對不能去三年坂。』

『啊？』

聽到這麼意外的話，冴十分驚訝。怎麼會有人盯上自己這種臉上有燙傷痕跡的人？她並不是完全沒有察覺，之前，她從番町的三年坂前往津久戶的三年坂時，曾經被一個戴著獵帽的高個子年輕人跟蹤。當時她很不安，因此沒有去矢來下的三年坂，直接回到家裡。難道就是那個年輕人嗎？上次瞥了一眼，只覺得他是木訥的鄉下青年……。

不速之客還有一個搭檔。那個黑臉少年個子很矮，他還去大雜院的其他人家，叮嚀他們即使有年輕男子來找冴，也絕對不能透露消息。冴覺得很納悶，不知道他們為什麼這麼做。而且，之前好像曾經在哪裡看過那個小個子少年，他的舉止似乎是不想讓人看清楚他的臉。

難道是那位先生派這兩個小孩來的嗎？冴暗自想道。「那位先生」就是去年七月最後一次造訪後，就突然不再上門的帝大學生，連他叫什麼名字都不知道。

兩年前左右，剛好是本鄉發生大火的不久之前，帝大學生第一次來到這個大雜院，詢問了很多關於冴和她母親的身世。他似乎在調查某一天突然失去聯絡的繼父。之後，他每隔一個月，就會上門來打聽繼父的消息，每次都會留下一點錢。

去年春天過後，他留下一百圓的鉅款，說是作為支付之前交給他的繼父手稿的錢，但似乎也是作為肺病逐漸加重的母親的醫藥費。

他直到最後，都沒有說出自己的姓名，但冴覺得他應該是繼父的家人或是熟人。然而，當年帶著冴改嫁給繼父的母親槙什麼都沒說。

雖然冴不是很清楚，只聽說繼父是關西的貧窮士族。帝大學生沒有自報姓名，想必有他的為難之處。冴擔心主動問及，他以後可能就不會再來了。這種害怕使冴什麼都不敢問，結果，帝大學生從此失去音訊。所以，當那兩個男孩莫名其妙地找上門時，冴直覺認為可能是「那位先生」派他們來的。

那兩名少年出現後不久，冴對他們的忠告半信半疑，再加上剛好要去送貨，就順便去了土手三番町。她像往常一樣蹲在三年坂上祈禱，希望出門後就沒有回來的繼父趕快回家，也希望可以再次見到那位帝大學生。然而，卻在那裡發生了意想不到的事。坡道下方的高級住宅的二樓突然傳來一陣叫罵。

『那個戴奇怪頭巾的人，妳經常在那裡幹什麼？之前都忍著不說，現在實在看不下去了！下次不許妳再來這裡！』

一個神經質的年輕男人探出身體對冴破口大罵。喔，原來那兩名少年是在指這件事。冴嚇得臉色蒼白，慌忙站了起來，頭也不回地跑回家裡。那天之後，冴再也沒有出過門，改請平時和他們關係不錯的鄰居貴嬸幫忙送貨。

之後兩個月，冴都沒有再去三年坂。不管有沒有祈禱，母親的病情越來越重，帝大學生送來的錢也幾乎都用在醫藥費上，根本不夠送母親去住院。冴已經做好了心理準備，打算出賣自己的身體。自己必須墜向這個谷底下方的深淵。

中午過後，有人用力敲她家的木板門。

矢來下。

「小冴，阿楨，不得了了！」

是貴嬸的聲音。冴打開門，驚慌失措的貴嬸繼續說：

「在矢來下！矢來下的三年坂找到一具屍體！該不會是妳爸爸……」

冴驚訝地回頭看著病床上的母親。母親也一臉慘白地看著冴。冴忘記包頭巾，衝向矢來下。

「那是四年前，夏天結束後做的工程。因為要埋水道管線，所以把這一帶都挖了起來。沒錯，那次是第一次挖這一帶，但下面有一塊很大的岩石，費了很大的工夫，挖好的時候，太陽已經下山了，所以，第二天才填回去……」

冴撥開人牆，衝到警戒線前，聽到一個男人用沙啞的聲音說著。走上三年坂，發現稍微低矮的右側好像正在進行水道改修工程，一個身穿短褂，看起來像是現場工人，正在向兩名佩劍警官和便衣警察解釋。他們後方有一個大洞，旁邊的草蓆下似乎有一具屍體，周圍散發著一股帶著泥土味道的淡淡腐臭味。

「所以，有人在半夜掉進坑裡了嗎？如果這樣的話，第二天不是會發現嗎？」一名制服警官問道。

「啊，對，對，我想起來了，那天晚上剛好下雨。半夜後雨下得特別大，第二天早晨，裡面也積了很多泥巴。我記得是九月初……」

「沒錯！就是九月第一次下雨的晚上！我爸爸突然沒有回家！」

冴忍不住大叫起來，站在坑洞前的幾個男人同時轉過頭。那個中年便衣警察似乎是刑警，他一臉訝異地看著冴。

「他喝醉酒，經常晃到這裡來。你們確認一下，他脖子上應該有燙傷的疤痕。」

便衣刑警四周張望了一下，走到冴的身旁，壓低嗓門說：

「妳是不是吉岡冴？」

七月十日。實之第一次拉車。

他在上野車站前的車行付了二圓十錢的保證金，以每天七十錢的租金租車。原本需要十天租金的七圓作為保證金，但因為有同鄉會擔任保證人，所以降為三天份的租金。實之身上的錢連三天份的保證金都付不出，只能賣掉哥哥幫他買的參考書。由於車行規定，必須同時租用附廣告的短褂，所以他向阿撿的父親借了平頂斗笠、腹掛和細筒褲。

他和車行約好，第三天一定要還車。由於保證金剛好和租金抵銷，所以，如果一天沒有賺到超過七十錢，就是赤字。短程的車資大約十錢至二十錢，聽說很少會載到長距離的客人。實之希望每天有三十錢的收入。假設短程客人每人付十錢車資，每天必須載十名客人才能賺到一圓。

車行也告訴他車伕的規則，並要求他嚴格遵守。像實之這種新加入的個人車伕只能拉著空車在街上奔跑，等待客人主動招呼。而且，只要附近有其他人力車，就必須優先禮讓。

實之壓低平頂斗笠，握著車把，立刻從上野前往根岸和谷中的方向。

他並不討厭跑步。這一個月幾乎足不出戶，身體有點懶洋洋，但之前他在薪炭批發行時就經常做粗活，況且，人力車也沒有他以為的那麼重。

對東京的路況不熟令他有點不安，但這是為了尋找坡道才開始的工作，即使會出糗也是無可奈何的事。先試三天，如果不行，再另找其他工作。應該不至於連一個客人都載不到吧。

「我說實哥，你還是回老家比較好。」

阿丟已經是第三次說這句話。

「你不是說，之前已經辦理好手續，校方會用電報通知你考試結果嗎？」

實之原本打算返鄉，所以把房間都整理好了。如今又像之前一樣，蜜橘箱和筆記本散亂一地。實之在兩坪多大房間的油燈下，只穿著兜檔褲，不停地按摩著兩條小腿。

「不，考試結果不重要，反正絕對不會合格。所以，我決定繼續在東京多留一年。即使我現在回老家，恐怕也沒辦法繼續讀書。」

「為什麼？」

「只要再稍微加把勁，就可以知道很多真相。三年坂的事也只差臨門一腳了。即使回到老家，我也會整天掛念這件事的。」

「但你不是沒錢了嗎？」

「你看。」

實之拍了拍身旁的地板。那裡散落著一些零錢。

「搞什麼嘛？才五、六十錢而已，我也有啊。」

「這是我拉車賺的錢，是不是很厲害呢？」

「拉車？你打算在拉車的同時讀書，還要找坡道嗎？」

「你不覺得這是個好主意嗎？這也有助於了解東京的地理，我認為七個三年坂在東京的位置一定代表某種意義。」

阿丟閉口不語，然而，他露出極其不滿的眼神。難道自己留在東京，會給他帶來不便嗎？實之突然這麼想。

實之拉著車子在街上跑。

「拉車的，到芝的紅葉館多少錢？」

「十錢可以嗎？」

「真便宜，那就拜託你了。你是不是學生？」

車資並不固定，必須和客人交涉後決定。新手上路的實之總是把價格壓得比較低，雖然始終無法達到每天十個人的目標，但幾乎都有五、六個客人。前三天總共賺了二圓七十錢，扣除租車費用，只剩下六十錢，於是他又續租了三天。第一天一直在路上跑，感覺小腿都快抽筋了。目前還有點辛苦，但是習慣後，應該可以在路上跑更長的時間。

由於他是新手的個人車伕，所以並沒有固定等客的地方，一大早離開大雜院後，就選擇人多的路線慢慢跑，一旦載到客人，把客人送達目的地後，再度拉著空車在街上跑。整天都在重複這樣的過程，根本沒有時間問坡道的名字和家徽的事，但跑了四、五天後，他對東京的地理環境變得相當熟悉。眼前暫時要專心賺錢。幸好即使在跑的時候，也可以思考。他已經知道該走怎樣的路線，到客戶指定的地點，當他從容地在街上奔跑時，總是在思考三年坂的事。

既然四個三年坂附近都有那個家徽，很顯然的，保谷家和三年坂的秘密有某種關係。他們的態度十分小心翼翼，為了避免別人一探究竟，才會想出「寺町說」這套歪理。志野態度的急速改變，以及保谷家長子怒斥自己，都在在證明了這件事——一切都是為了趕走自己。

三年坂的秘密是否和七個三年坂的位置有密切關係？之前在飯倉出發，繞著山之手奔跑尋找家徽時，第一次產生這樣的感覺，目前所知的六個三年坂都圍繞著宮城，也就是之前的江戶城。

有一本名叫《武鑑》的古書，那是江戶時代的武家名鑑。明治之後，舊書店都可以找到。實之查了那本書，得知保谷家在江戶時代是二千石的旗本。飯倉三年坂的堀內家也一樣，是三千石的旗本。在這本書上，無論保谷家和堀內家，都是那個熟悉的家徽。這兩家似乎有共同的祖先，也就是那個姓牛込的旺族，但當時他們分別住在四谷和青山，和三年坂似乎並無關係。

實之無法判斷那個世族的人和三年坂的關係，到底是悠久的歷史；還是最近的事。江戶時代，旗本無法自由選擇自己想要居住的地方，都是經過統一分配。如果他們從江戶時代開始住在三年坂附近，那就是幕府的指示。進入明治，人們可以自由選擇居住地以後，他們選擇住在三年坂附近。這件事代表什麼意義？

三年坂圍繞的中心……。

那是相當可怕的可能性。如果三年坂本身有什麼秘密，應該就是圍在宮城四周這個秘密吧？

保谷一族住在其中幾個三年坂旁，如果是基於某種意圖，當然他們會對實之的調查產生警戒。不，難道只是警戒而已嗎？河田是否也和這件事有關？難道他也是保谷世族的一份子？

當初因為賭氣不回老家，但五月底離開宿舍後，實之並沒有把自己的行蹤告訴任何人。現在想起來，這麼做是正確的。那些人應該還不知道自己的落腳處，如果對方想要尋找自己的下落，阻止自己繼續調查，或許會去老家打聽。實之原本打算把事情的來龍去脈寫信告訴渡部，但顯然小心為妙。

總之，一高將在二十六日放榜，只剩下一星期左右。通知將會以電報的方式寄到老家，自己寄信回家時，還是不要留下目前的地址比較好。

火之夢 7

（一）

鍍金又夢見了火之夢。自己一如往常衝下兩側火星飛舞的坡道，然而，這次出現了少許的變化。

車伕不知道什麼時候換了人。雖然車伕仍然穿著印有「鍍金」的短褂，頭戴平頂斗笠，但瘦高個兒代替原本中等身材的男人握著車把。是剛才一直跑在右後方的年輕人。鍍金往左一看，沒有看到任何人。戴著角帽的大學生不見了，只剩下鍍金和年輕車伕兩個人。

前方可以清楚看到坡道下方的景象。谷底一片通紅直到遠處，並且漸漸在視野中擴大。

火中有一個人影晃動。是手腳都很細的矮小人影，難道是小孩子嗎？

那個影子幾乎快被火吞噬了，火焰像艷陽光般晃動，影子痛苦地翻滾著。

到底是誰？是誰家的孩子？

然而，那個小小的黑影很快的熔化、消失了。

鍍金坐著的車子也衝入火中，前後左右都被熊熊大火包圍。車伕變成了火人。黑煙和火焰交織在一起翻騰，張開大口準備吞噬一切。

鍍金閉上眼睛，額頭和鼻子痛如刀割，漸漸失去了感覺。皮膚被翻了起來，灼燒的肌肉開始熔化，連骨頭也被火咬碎了。

這是火葬。當一切化成灰燼時，火之夢終於迎接尾聲。

鍍金努力張開雙眼，他的義務就是要看清最後的一切。

火焰在前方竄燒，車子仍然衝下坡道。

這個下坡道彷彿可以通向世界的盡頭，這場地獄業火好像也會永遠燃燒。

然而，火的後方出現了不同的東西。鍍金知道那是什麼。他已經知道第七個三年坂在哪裡，也猜到了坡道下方有什麼。

七月二十五日。前一天晚上，立原總一郎離開東京三個星期後又回來了。今天白天，他立刻來到元數寄屋町拜訪鍍金。他在老家福井就已經寫信通知了鍍金。

「好久不見。」

鍍金在門口迎接立原後，和他一起走了出去。

「我請你吃午飯，你還沒吃吧？」

鍍金帶立原來到靠新橋的尾張町二丁目一家當時還很少見的咖啡廳。咖啡廳內的感覺和鍍金目前的住家很像，圓桌旁零零星星坐著一名或是兩名客人喝著咖啡和洋酒。架子上放了一整排進口的洋酒瓶，吧檯的玻璃瓶內裝著進口巧克力和色彩繽紛的糖果。

人。

鍍金用眼神向老闆打招呼後，沿著店內的樓梯上了樓。十坪左右的二樓完全沒有客人。

「我住的那個地方在賣西洋雜貨前，也是咖啡廳。日本似乎還不太能夠接受咖啡，這裡很難得地撐了下來。聽說你今天要來，我特地事先預約好座位，也點好了菜。飲料喝咖啡可以嗎？」

立原顯得有點不知所措，鍍金帶他來到窗邊的圓桌旁。才剛坐下不久，蛋包飯、三明治和裝在木盆裡的沙拉就和咖啡一起送了上來。當拿著銀盤的老闆下樓後，鍍金開始吃三明治。

「唯一的缺點就是只有這幾樣東西可以吃，不過味道很不錯。」

立原對食物沒有興趣，他探出身體，壓低嗓門說：

「鍍金老師，我果然沒有猜錯。」

「你不用小聲說話，下面也聽不到，不用擔心。」

立原仍然小聲地說：

「內村義之去年夏天返鄉後立刻死了，聽說是死於意外。」

鍍金瞥了立原一眼。

「什麼意外？」

「好像是從哪裡的屋頂掉下來受了傷，結果被細菌感染，很快就死了。而且……」

「而且？」

「他有一個弟弟，比他小五歲，名叫實之。今年春天，不告而別離開了奈良老家，目前下落不明。他母親試圖隱瞞這個事實，……我在想，他會不會也來東京找他的父親？」

「原來如此。……那個叫實之的，是不是聽他哥哥說了什麼？」

「應該吧。他哥哥義之死得很突然，聽說在他死之前的兩、三天，兄弟兩人曾經在老家見了面。另外……」

「另外？」

「關於內村義之，曾經有過不太好的傳聞。其實，我之前雖然聽說了，但因為成為我們大學之恥，所以一直瞞著老師。對不起。不過，既然他已經死了……」

「是什麼事？」

「那是他剛進帝大時的事，差不多兩年前。聽說他製作了一份東京改造計畫。」

「東京改造計畫？那不是很好嗎？未來的建築家都會這麼做吧？」

「不，他的計畫很激烈。他計畫創造一個全新的東京……」

根據立原的解釋，內村義之所描繪的東京未來設計圖，和目前的東京完全不同，寬敞的道路以宮城為中心呈放射線狀向郊外延伸，道路兩旁配置政府機構、文化教育設施和商業街。

「不久之前，政府推動了市區重劃的東京改造案，最初是德國建築家的構想，但因為規模太大，導致無法實現。這份『東京改造計畫』和德國建築家提出的原案很相似。

內村的計畫是直接模倣巴黎。」

「那不是很好嗎？未來有這樣的東京，讓我很期待呢。」

「不過，建設通常伴隨著破壞。」

鍍金吃著最後一片麵包，立原沉默不語地看著他。

「原來是這樣，」鍍金說，「你說的破壞是指東京大火嗎？這點倒是和他那位當車伕的父親很像。」

「只是有這種可能而已，教授說他的這份計畫太傲慢，也太危險，他最後自己撤回了這份計畫，我只是聽到建築系有這樣的傳聞。」

「真有趣。」

鍍金把牛奶慢慢倒進咖啡，繼續說道：

「一開始以為是鷺沼為了驅逐貧民，想要利用東京大火。原來他的計畫不光是驅逐貧民，而是連目前的山之手和下町的道路和坡道也全部燒毀，完全重建東京啊。」

「東京是一個毫無計畫的都市，我認為江戶時代還算是井然有序。」

「但應該會逐漸改變吧？目前，有樂町一帶不是慢慢建造了很多大樓嗎？」

「那是因為以前太粗魯了，軍事設施和監獄竟然在宮城正對面。」

立原喝著黑咖啡。

「對了，鍍金老師，你那方面有沒有什麼進展？」

鍍金心不在焉地看著立原。

「目前已經找到六個三年坂，但你聽說有七個，所以叫我去找第七個。」

「不，我並不是叫老師去找，只是因為我剛好不在東京……」

「沒關係，沒關係。你確定有七個嗎？」

「對，雖然不是我親耳聽到的。大學有一個對舊地名很有研究的老師，這位老師曾經聽已經過世的老人提起過。在大學要調查這種事情比較方便。」

「是嗎？」

鍍金輕輕搖頭，「聽你這麼說之後，我就以之前那二十一個低谷為中心調查了一下，可能目前已經改成其他名字了，所以，很遺憾，目前還沒有任何發現。如果那位老人的記憶無誤，第七個三年坂可能已經不存在了。」

「不存在了？你是說，目前已經不是坡道的意思嗎？」

「對，有可能整平了，或是變成普通的斜坡，甚至變成了住家。……啊，對了，所以，可能不完整。」

「什麼不完整？」

「就是我之前失言，說可能有『超自然的力量』那件事。照理說，我不應該提這個話題。」

鍍金先打了招呼後，開始解釋說。正因為七個三年坂無法找齊，所以這種不可思議的力量無法發揮作用，明曆大火和造成「最慘的冬天」的神田大火，以及本鄉大火，都只造成小規模的火災而已。

他們默默的喝著咖啡，鍍金已經吃完了，但立原完全沒吃。

立原打破了沉默。

「先暫時不討論這個話題。我這個月不在東京，所以不太了解詳細的情況。聽說牛込矢來下的三年坂發現一具屍體。」

「對，聽到這件事時，我也很興奮。」

「老師知道是誰的屍體嗎？報上說是身分不明。」

「聽說是四、五年前工地的工人。當時在挖路，馬路上挖了大洞，晚上也沒有封起來，結果沒有人發現有工人掉下去，就把坑洞填滿了。這次在進行水管改建工程時，才挖出已經腐爛的屍體。聽說是一個叫岡田的中年男子，住在四谷。」

「不好意思，請問你這消息是從哪裡得知的？」

「報紙的報導，今天我想告訴你這件事，還特地把剪報帶來。『東野新聞』，這家報紙不大，但有記者和警方很熟，所以內容很詳細。」

鍍金從懷裡拿出折起的報紙，立原立刻接過來，低頭看了起來。

「……原來是這樣，報上寫說是叫岡田一藏。右腿有骨折的痕跡，家屬也根據這個傷痕確認了屍體。這麼說，不是他囉？」

「不是誰？」

「老師，你會感到興奮，是否以為是橋上的屍體？」

鍍金露出微笑。

「不，我是因為三年坂下有屍體這件事感到興奮，或許其他地方也有。」
「屍體嗎？」
鍍金沒有回答。
「但是，你為什麼認為橋上死了？」
立原遲疑一下。
「你該不會真的相信三年以內會喪命的傳說吧？」
「嗳，說出來很丟臉。但在得知內村的死訊後，總覺得……」
「冬天時就會知道橋上的事了。」
「咦？」
「在此之前，我要去旅行一下。不瞞你說，六月底之後，我就辭去開明學校的教職。八月我會離開東京，去日本各地看看，打算十一月再回東京。這樣應該來得及，明年我會去英國，之後……」
立原慌忙打斷了他。
「等、等一下，老師，請等一下，請你解釋一下。」
「首先，假設內村實之是因為聽到他哥哥義之說了什麼，才會行蹤不明。我無從得知到底是七個三年坂的事，還是橋上的事，但無論是哪一種情況，我覺得今年冬天都會有動靜。我相信弟弟實之刻意隱瞞行蹤，也是這個原因吧。」
「……會有動靜？」

「沒問題，等我十一月回來，會立刻去找第七個三年坂，我已經有大致的方向了，只是想再實地確認一下。只要一有消息，我會馬上通知你。之後，我會在雜誌上發表，或是向警方報備。因為我要去英國，所以不想和這件事有太多的牽扯。不過，預防東京的大火，匹夫有責。」

「萬一現在就發生……」

「現在不可能。」

「你為什麼這麼肯定？」

「大火通常都發生在冬天或是初春季節。即使三年坂有神奇的力量，如果不是空氣乾燥的季節，應該無法成功。」

「……那倒是。」

立原一臉無法釋懷的表情，只嘀咕了這麼一句。

三年坂8

（一）

七月二十六日。這天是一高放榜的日子，早上八點多，從車伕變回一介書生的實之去一高看放榜結果。

他的外貌稍微有了一點變化。不僅體重減少，臉頰也凹陷下去，只有雙眼炯炯有神。做車伕的工作後，整個人瘦了一大圈。

他的步伐比之前更快，從正門走向鐘樓。左轉後，走在舖著煤渣的路上。連結紅磚校舍和漆成水藍色木造校舍的長迴廊上，公布了合格者的准考證號碼。

他的准考證並沒有上榜，他也沒有多作停留，低著頭走出大門，沿著暗闇坂快步走向上野的方向。他的背影很孤單落寞，散發出某種強烈的感情。

相同的時間，吉岡冴仍然對自己命運的巨大改變感到困惑不解。之前那次屍體騷動後，另一位刑警拜訪了他們的大雜院，為她安排了在麻布某家高級住宅當住宿女傭的工作。母親槙也和她同住，還請了醫生幫母親看病。自己臉上有燒傷，母親罹患了肺病這種不治之症，她簡直難以相信這麼幸運的事會發生在自己身上。

那位姓平澤的刑警說，必須有一個附帶條件——在明年四月之前她們不可以出門，也不能提起繼父和三年坂的事，連名字都要暫時使用假名。她們母女兩人可以保證衣食無缺，每個月還有十圓薪水。這些優渥的條件，似乎是讓她們暫時隱姓埋名，保持緘默的代價。

已經承受極大打擊的這對母女答應了這些要求。位在麻布龍土町的這幢房子很大，只有一對老夫妻和傭人住在那裡，過著隱居的生活。大家都對她們母女很親切，但卻從來沒有親密交談過。

冴負責整理圖書室等輕鬆的雜務，無所事事反而讓她心神不寧，在這一個月的時間內，她學會了西洋的刺繡，也做了鋼琴套。之後，平澤只來過一次，說等到明年春天，會告訴她所有的事。

這時，土手三番町保谷家的飯廳內瀰漫著低氣壓。得知長子重治報考一高再度落榜後，早餐的氣氛頓時變得格外凝重。

「都是那對兄弟的錯！」

保谷夫人神情憔悴地低吟。

「自從那個孩子來這裡之後……」

重治的表情反而比兩個月前開朗。

「算了，即使考取了，不要說出人頭地，也不可能去公家單位上班吧。」

保谷坐在窗戶前的家長席，默默地把奶油塗在麵包上。

「老公，如果你一開始就說清楚……」

保谷聽到太太的話，並沒有答腔。

志野臉色蒼白，把茶杯舉在半空中說：

「爸爸，我們以後該怎麼辦？」

桌子旁放了五張椅子，保谷夫妻坐在桌旁，應考再度失敗的長子和經常被男生捧在手心的獨生女也圍坐在餐桌旁。然而，只有一個座位空在那裡。

全家人都默然不語地注視著那個座位。

實之回到位於山伏町的大雜院後，去阿丟和阿撿的住處向他們報告應考結果，然而只看到阿撿的父親望著天花板，他們兩個人似乎外出了。

實之走向放在自己房間門口的人力車。他身上已經沒有回家的旅費，但他在這段時間既沒有解開秘密；也沒有找到第七個三年坂。除了在東京到處拉車以外，他已經別無選擇。

開始拉車已經兩個多星期，賺的錢非但沒有增加，反而有減少的傾向。客人叫車的比例大幅減少，他從一個星期前開始增加拉車的時間，一直奔波到深夜兩點，也只能靠載一些醉客努力維持現狀。

除了柳橋、新橋和日本橋等藝妓密集的街道以外，神田明神下或神樂坂等餐飲街附近都有專用的車行接送客人，專跑夜場的個人車伕也有各自的招呼站。實之無法在定點等候客人，只能在路上看到醉客時，走到他們身旁問：「要搭車嗎？」

第一天跑夜場時，遇到客人嘔吐，令他不知所措。第二天晚上，客人竟然睡著了，怎麼叫都叫不起來，實之不知道該送他去哪裡，只能在半路讓他下車，當然也沒收錢。

實之無從得知客人減少的原因。

他是個身材高大的年輕人。剛入行時，東張西望拉空車的生疏樣子，一看就知道是新手，讓人感覺很可愛。

然而，他漸漸失去了這份可愛。一方面是因為他已經越來越進入狀況；另一方面則是因為遲遲無法找到新的三年坂而感到焦躁。他的內心產生一種接近憤怒的強烈感情，讓他失去原本的開朗。

他以考生的身分來到東京，最初住的宿舍在東京也算是上等住宅。然而，現在他住在最低層的大雜院。在考試以前，他幾乎都關在房間裡唸書，如今卻必須外出工作。他覺得自己徘徊在東京的最低層，擔心自己永遠在谷底奔跑；永遠無法攀上坡道上方。

其實車伕這個職業，遭到使用者的排斥。他們不僅覺得車伕經常隨便哄抬價格；甚至害怕車伕隨時有可能變成強盜。看到壓低斗笠，渾身散發出某種情緒的年輕高大身影在街上奔跑時，內心的不安就會倍增。

只有他自己沒有發現他外表的改變。再加上一高落榜的現實，使得他的表情更加陰沉。

「……慘了。」

實之這天的收入最差。他在宮城四周繞了五次，只載到一個短程客人。他緩緩的在街上跑著，一邊左右張望，嘴裡不停地嘀咕著「慘了」。這個情況下，他只能勉強填飽肚子。長時間在街上奔走後，回到家裡倒頭就睡，不要說是調查，甚至連讀書的力氣都沒有。他已經接受了要繼續住在大雜院的現實。而且以目前的情況來看，秋天以後，他也不可能有錢去讀補習班。

「要搭車嗎？車資可以算便宜點。」

在數寄屋橋附近，他問一個站在街上張望的紳士。那個紳士好像看到什麼煞星似地立刻轉過頭。實之最近經常遇到這種反應，剛來東京那一天去霞之關時的疏離感再度甦醒。渡部之前在老家時說的話在他耳邊響起。

『絕對一輩子都會這樣。』

每次招呼客人都遭到無視。像火一樣的憎恨，漸漸在實之的內心萌生。

八點多，實之拉了第二個客人來到上野車站後，先回去大雜院一趟。阿丟和阿撿平時都在這個時間回家，然而，阿撿他們的房間內只剩下父子兩人，阿丟不在。不僅如此，阿丟之前撿回來，一直堆在大雜院門口旁的雜誌和報紙也不見了。

實之頓時領悟到，阿丟走了。實之原本想問阿撿，但聽說他有口吃，除了他父親和阿丟以外，誰都聽不懂他在說什麼。

「他已經走了。」

阿撿走出來小聲的說，他的口齒十分清晰。

「他不知道去哪裡了，他很生氣，說實哥太頑固了。」

實之瞪大眼睛注視著阿撿的臉，好不容易才問：

「他去哪裡了？」

「不知道。……另外，你住在這裡是沒問題，但即使你給我再多錢，我也不會再為你帶路了，如果可以，也希望你不要找我說話。」

兩天後的深夜，實之仍然在街頭拉車。十九世紀最後一年的東京夜晚，他像往常一樣拉著空車尋找人影。

不一會兒，實之不再注意路上步履蹣跚的行人。他覺得一切都是徒勞。他在不知不覺中奔向在東京第一個看到的三年坂所在的霞之關。他握著車把，身體微微前傾，滿腦子都在思考阿丟的事。

阿丟是什麼時候出現的？

是自己在牛込津久戶找到第四個三年坂的那一天。

自己是怎麼找到第四個三年坂的？

因為當時跟蹤了包著御高祖頭巾的女人。

她那天在哪裡？

在土手三番町的三年坂。

那裡發生了什麼事？

自己被保谷家的長子痛罵一頓，兩週之前拜訪他們家時，還沒有這種反應。

我最初請阿丟做了什麼事？

尋找三年坂的同時，找那個包頭巾的女人。

他們有找到那個包頭巾的女人嗎？

沒有。不可思議的是，那天之後，在東京任何地方，都沒有再遇見那個女人……。

假設阿丟認識那個女人……，假設是他去警告她，我在找她……。

霞之關的三年坂黑漆漆地出現在夜色中，一群蚊子立刻鑽過平頂斗笠，撲向他的臉。實之揮著手，佇立在坡道下方結實的泥土地上。一個看起來像是官員的男人滿臉通紅地從外務省的方向走過來。

「喂，我要坐你的車。到三田，你一定樂壞了吧？」

實之不理會他，獨自跑了起來，身後頓時傳來叫罵：

「你是什麼東西？下次我看到你，也絕對不會坐你的車，他媽的！」

阿丟和阿撿是怎樣幫自己帶路的？

對路況很熟悉的阿撿說話時需要透過阿丟居中翻譯。阿丟說什麼阿撿會口吃，所以不敢在別人面前說話，這根本是彌天大謊。

那是為了避免阿撿和我直接對話。我們最先去了小石川，在那裡沒有找到三年坂，接著又去麻布南區……。

實之正站在通往我善坊谷的三年坂上。他想起五月下旬，和阿丟、阿撿一起來到飯倉附近時的情景。當他們來到我善坊谷的附近時，阿丟曾說：

『那裡沒什麼坡道，他們說是通往芝的路。』

阿丟去打聽三年坂的名字後，回來向他這麼報告。

『這兩個都叫雁木坂。』

之前問到谷中時，阿丟曾經說：

『其他地方不太清楚，但上野和谷中附近應該沒有這個坡道。』

然而，谷中明明有三年坂。阿丟雖然號稱協助自己尋找坡道，但假設他是基於其他的目的……。如果是為了讓自己遠離三年坂；讓自己沒有時間溫習功課，在一高的入學考試中失利，趕快回老家……。

所以，他才一再要求自己趕快回老家，為了讓自己的荷包縮水，還要求付他們薪水。也許是因為阿丟的關係，實之才一直無法再遇見包頭巾的女人，搞不好被子裡的跳蚤和蝨子也是他搞的鬼。

總之，這麼一來，所有的事情都有了合理的解釋……。

從永田町穿過已經夜深人靜的番町高級住宅區，走下土手三番町的三年坂。保谷家就在三年坂下方的左側，除了門燈以外，整幢房子都熄了燈，沉寂在夜色中。第一次來這裡時，曾經在坡道上方聽到這幢房子的方位傳來小孩子嬉戲的聲音，更重要的是，開明學校那個為自己創造和志野相識契機的平頭學生曾經說：

『對啊，那個死小鬼把我弟弟打傷了。番町高級住宅的少爺，竟然是附近的孩子王。』

他指的就是志野的弟弟。然而，實之沒有在保谷家見過這個孩子，難道他就是阿丟嗎？阿丟故意用炭或是其他東西把臉和牙齒塗黑，跟著我，避免讓我找到三年坂嗎？但是，一個十二歲的小孩為什麼要這麼做？

實之經過牛込津久戶的三年坂，腦子裡仍然在思考保谷家的事。

可怕的想像不禁在實之的腦海中浮現。明治中期後，同一家徽的世族開始居住在三年坂附近。三年坂位在圍繞宮城的山之手各地，七個坡道包圍了天皇居住的地方。如果只是居住在三年坂的周圍，那倒也不稀奇。然而，如果三年坂本身就代表某種危險的意義，事情就沒有那麼單純了。

雖然這種想法太可怕，但萬一他們企圖危害宮城……？

光是有這種念頭，那個家族就罪該萬死。他們感受到這種危機，所以，為了隱瞞三年坂的秘密和存在，努力排除想要尋找的人。

事實上，保谷用寺町說打發了上門造訪者，不讓別人繼續追究下去。實之之前也信以為真，不再繼續調查。然而，即使阿丟是保谷家的次子，但保谷家需要小孩子來出面處理嗎……？

有什麼地方不對勁。

他覺得自己想錯了。難道阿丟和保谷家沒有關係，是其他想要妨礙自己的人嗎？

實之已經來到矢來下的三年坂，他打算走遍所有的三年坂。矢來下的三年坂似乎完成了引水道工程，地面有挖過的痕跡，他發現地上放了一束枯萎的百合花。

為什麼有花？是不是那個包頭巾女人放的？

那個女人住的地方搞不好就是第七個三年坂。如果之前阿丟和阿撿說謊，那麼，實之已經大致猜到可能的地點。就在這附近……。

實之慢慢的在四周尋找。現在是深夜，不可能遇到那個女人；而且，她在夏天也不可能再包頭巾。

是自己想太多，是他太在意那個女人。剛才的花有可能是因為在做工程時有人死了。

死了……？

哥哥死了，被人刺中肚子死了……。啊！

實之終於想到那個可能性，同時也了解自己為什麼會那麼在意那個女人。

因為外祖母曾經說：『我看是女人幹的。』哥哥肚子上的傷口的確像是沒有力氣的人造成的傷口，但也可能是小孩子，而且是個子矮小的小孩子幹的！

去問他的同伴。去找阿撿問個清楚。

實之從原本和走路差不多的速度突然奔向前方，人力車頓時發出嘎啦嘎啦的巨大聲響。這裡是本鄉的丸子坂，只要走過藍染川的石橋就是谷中，在橋的北側就是目前名叫螢坂的谷中三年坂。

這一個星期以來，實之每天下班後，都會從石橋經過三崎坂和御隱殿坂。看到螢火蟲，可以療癒他疲憊的身心。

這天晚上，河岸旁也閃著白光。一個黑影站在河畔，應該是捕螢火蟲的小販。當時，這種小販很常見，事實上，實之也曾經多次在這裡看到過。實之不以為意，全力衝上三崎坂，然後，穿過谷中墓地，走下通往根岸的御隱殿坂。這裡是名為鶯谷的低谷地區，從根岸來到上野後，就是他目前居住的大雜院。

他走下坡道。

有人在他心中輕聲地說：「不要跌倒了。」

兩側都是低矮的泥土牆，土牆後方是墓地和黑色樹影，前方是漆黑一片的坡底。實之以相當快的速度衝下坡底。

有人低聲喃喃的說：

「我在三年坂跌倒了。」

那是死去哥哥的聲音。

「你也要小心。」

右側樹林中閃過一個白色的東西。是一張很小的人臉。實之大吃一驚，轉過頭來想看清楚那張臉，沒有注意前方。

下一剎那，實之連人帶車一起往前摔倒。他被什麼東西絆倒了。隨著人力車木架折斷的聲音，實之整個人跌在泥土地面上。

我在坡道上跌倒了……。

實之仰望著眼前的星空說道。哥哥說他在三年坂跌倒了，如今自己也在坡道上跌倒了。在跌倒之前看到的那張小孩子的臉扭成一團，好像快哭出來了。那的確是阿丟，只是沒有把臉塗黑的阿丟，他果然是保谷家的次子……。

實之張開手腳，仰躺在坡道下方的平坦地面上，不知道躺了多久。不，可能並沒有張開手腳，因為感覺已經麻痺，連自己也搞不太清楚，只覺得右腳扭向奇怪的方向。

一切都完了。在跌倒之前，看到了小孩子哭泣的臉。那個小孩子流著淚，想要殺害自己。

只能回老家了。去年夏天，被他刺中腹部的哥哥一定也有相同的感覺。自己不會再來東京了，再也見不到阿時了……。渡部，對不起，你出了二十圓，我卻和哥哥一樣跌倒了。

這時，眼前的星空被什麼東西擋住了，有人探頭看著實之的臉。不是阿丟，是一個大人。

「你還好嗎？」

好熟悉的聲音。

「你的腳好像摔斷了，不過，你還年輕，在冬天之前就可以恢復。沒問題，到時候又可以跑了。」

他是誰……。實之茫然地思考著。然後，不加思索地問：

「……這裡就是第七個三年坂嗎？」

「聽你這麼問，表示你還沒有找到囉？內村實之同學。」

鍍金彎著身體，抬起頭，在星光下微笑著。

「你應該知道的。你同父異母的妹妹就住在那附近；夢幻的初音坂也在那附近，三年坂就在那裡。只是沒有任何一戶人家有那個家徽。」

夏去秋來，樹木的葉子變厚變硬，漸漸染上了黃色和紅色，當這些色彩褪去時，便輕輕飄離枝頭。

鍍金居住的元數寄屋町的紅磚房在八月之後就空無一人，時序進入十一月，門口用薄木板封了起來，感覺好像是空屋。

那一年的冬天，約定十一月回到東京的鍍金毫無音訊，每天都心神不寧的立原總一郎於十一月二十八日，在小石川區安藤坂附近的宿舍收到一封限時專送。背面的寄件人處寫著「七坂四郎」的名字，他立刻知道是鍍金寄來的。裡面有三張信紙，用很生硬的文言書信文體寫道：

立原總一郎惠鑒：

小生目前正停留在某海港，臨時準備前往倫敦，恕小生僅以此信聊表問候。第七個三年坂已經找到，另以附件報告。經過長考，我已同時以平信，將七個三年坂的地點、由來，以及縱火犯暨車伕橋上隆之事等內容寄至幾家報社。之後事宜，一切交由你處理，小生從此消失江湖。若你感覺麻煩，也可置之不理。另，寄去報社的信以匿名方式處理，隻字未提小生、你以及大學之事。雖然我們相處時間甚短，謹對此次愉快的偵探活動致以萬分感謝。

以平信寄至報社的信寫著，兩天後的十一月三十日，將在世人面前揭開三年坂的秘密。

至今為止，我們目睹了多場火災。

我們曾經目睹一個區域，或是好幾個區域在火中毀滅，然後又浴火重生。

這或許是神田一帶，也可能是本鄉春木町，或許曾經親眼目睹過「最慘的冬天」。

如今，只有兩天。

只有這兩天的時間，東京這個由群山構成的廣大複合體可能付之一炬。

掌握七個三年坂秘密的人，掌握了可以把這個國家的首都燒毀的力量，將以前所未有的大規模火災燒毀東京。

如果是你，會怎麼做？

三年坂 火之夢

（一）

十一月二十日深夜兩點。

一名車伕拉著空車從牛込津久戶的三年坂下方沿著江戶川奔跑。不知道是否經過什麼特殊處理，嘎啦嘎啦的車輪聲並沒有太大聲。

時序已經進入冬季，路上人影稀疏，等候客人的車伕也零零星星。車伕拉著載了一個大箱子的空車在冷清的街道上疾走。

今天晚上，車伕將從谷中的三年坂出發，繞行全東京的七個三年坂，在坡道下方的高級住宅、商店，尤其是木炭店附近縱火，親眼看著這些地方竄起紅色火光。

在他接二連三的奔波下，應該已經有五個三年坂發生了火災。超自然的力量也即將發揮作用。雖然他無法同時確認之前的五個地方同時冒出了火光和黑煙，但可以確認剛才縱火的矢來下三年坂已經在身後微微冒出黑煙。

第六個牛込津久戶的三年坂，坡道下方附近的民宅正冒出火光。車伕壓低平頂斗笠，再度動作生硬地奔向最後的，也就是第七個三年坂。

那裡是一片沿著斜坡建造的大雜院，其中有一間曾經是商家的廢棄屋。腐朽的木板圍牆拉起了鐵絲網，表面上似乎拒絕外人進入，但車子卻輕而易舉地進入其中。

位在斜坡上的廢棄屋內雜草叢生，隨意丟著許多廢棄材料，角落有一間搖搖欲墜的倉庫。車子緩緩移動到倉庫前，旁邊就是一幢兩層樓的房子和大雜院。

車伕從行李架上拿下箱子，頓時傳來動物的叫聲。車伕窸窸窣窣地開始作業，結束後，面對著建築物，雙手伸向半空。隨著他的手一揚，丟出好幾個黑色的東西。動物的黑影落在斜坡上，分頭四散。左逃右竄後，鑽進草叢，大部分都跑向倉庫的方向。

火星四散，進而變成一團小火。而且，並非只有一個而已，而是有三、四個火球緊貼著地面，前後左右顫抖著向前跑。

就在這時，有人大聲叫住車伕。

「拉車的，你這是白費工夫。」

車伕渾身僵硬，轉頭看著發出聲音的方向。

「即使你好不容易點著了火，也很快就會熄滅。因為有好幾名消防隊的人抱著水桶正在待命，剛才你去的六個地方也一樣。在你離開之後，立刻就把火給撲滅了。」

黑影從前方的倉庫中走了出來。愣在原地的車伕在黑暗中瞇起眼睛，想要看清人影到底是何方神聖。

「這裡更是做好了充分的準備工作，把整幢建築物和廢棄材料都泡了水，連點火都很困難。況且，你也無路可逃。」

車伕一驚，回頭看著身後，身後不知道從哪裡冒出四名警官，擋住他的退路。

「你果然把這裡當成最後一站。我稍微賭了一下，不知道你會按照怎樣的順序，跑完這七個三年坂。」

幾名警官同時點亮了提燈式的油燈，車伕的身影頓時浮現在夜色中。

鍍金一邊說話，一邊走了出來。

「我直到最後一刻，才知道小石川柳町的三年坂，而且這條坂道已經消失了。正如我在信中所附的地圖上所畫的，這個斜面在三百年前是坡道。你一定認為唯一消失的這個坡道隱藏著某種特殊的力量。我很慶幸自己沒有猜錯。如果你最先來這裡，會因為點不著火，而讓你有機會狡辯。」

一名警官跑到鍍金所在的位置，把手上的小東西遞到他的面前。鍍金接了過來，轉頭看著車伕，用手指把手上的東西高高舉起。那是隻燒焦的小老鼠的屍體，尾巴還留著一些殘渣。

「你把活的小老鼠浸在燈油裡，尾巴綁上塗了磷的繩子，把牠們放出去。磷在乾燥變硬後，和地面之間摩擦就會發出火星，看起來好像在地上亂竄。當火燒起來時，老鼠就會逃到陰暗處，變成一團火球，房子就會燒起來。立原，你所設計的縱火犯車伕傳說真的很經典。」

立原拿下平頂斗笠，目不轉睛地看著鍍金的臉。

「果然是這樣，我之前就懷疑。所以，你設計了這個局，誰是偵探，誰是縱火犯，直到最後一刻才見分曉。」

鍍金一臉同情地走到他的面前停下來。跟在鍍金身後走出來的西裝男子站在他身旁，他正是那個有著將棋臉的人。

立原把視線移向那個人。

「這位是刑警先生嗎？所以，失蹤的內村實之其實已經受到警方的保護了嗎？他應該不會也在這裡吧。」

「對，他也來了，實之有權利知道他哥哥的事。」

立原背後傳來踩在腐爛木板上的聲音，接著實之從廢棄材料後方走了出來，一個穿西裝，戴帽子的男人陪在他的身旁。立原轉過頭，在月光下看著實之的臉，對鍍金說：

「我第一次看到他。河田說得沒錯，他和哥哥完全不像。老實說，我一直很擔心他會遇到你。」

立原把視線移回鍍金身上。

「不過，鍍金老師，就連這一幕也完全符合你寫的劇本——必須在縱火現場逮捕縱火犯。」

鍍金平靜地回答：

「不，其實並不是你想的那樣。我也盡量避免遇到實之，因為我不需要從他那裡打聽消息。」

「為什麼？他應該會告訴你，我們的事吧？」

「你說的『我們的事』，是指你和內村義之，還有河田義雄一起製造的那份建立在把整個東京燒毀基礎上的東京改造計畫吧？也包括你單獨執行的本鄉春木町縱火事件嗎？」

實之驚訝地看著鍍金，鍍金感受到他的視線，輕輕地點點頭繼續說：

「在實之來東京之前，無法得知他到底聽他哥哥說了什麼。不過，我基本上沒有抱任何希望。既然義之已經死了，即使他弟弟轉述什麼，也無法成為兩年前縱火事件的證據。所以，我保持觀察的態度，最後，很幸運的是，你們只從實之口中挖到關於坂道的事，實之沒有提到『三年坂』的名字，當然，實之根本不知道燃點和火災的事。你們也察覺到這一點，所以才沒有繼續追究，但你們卻很擔心實之可能有所發現。於是，你和河田隨時在遠處監視他，我才決定不和他接觸。」

站在稍遠處的實之，一臉不解地首次開口問道：

「剛剛我才第一次聽說車伕縱火的事。我知道死去的父親曾經當過車伕，難道是我父親……？」

「死了？」

立原尖聲打斷了他的話，將目光移向鍍金。

「矢來下那具陳年的屍體果然是他嗎？」

「正是他們兄弟的父親，也是《東京坡道的秘密》的作者橋上隆先生。縱火犯橋上先生可能還活著；這次的東京大火又可以說是他的傑作。……這些想法促使你付諸行動。所以，警方隱瞞了這個事實。」

「什麼？我父親是車伕縱火犯？」

實之揚聲問。

鍍金對他露出微笑。

「別擔心，不是這麼一回事。車伕縱火犯是立原利用傳聞設計出來的。兩年前，他自己扮成車伕，故意讓別人目擊車伕縱火那一幕。」

實之的臉上露出鬆了一口氣的表情。

立原突然呵呵笑了起來。

「原來是這樣，我終於了解狀況了。鍍金老師，你去年來開明學校，其實是為了這件事吧。因為對兩年前的縱火案缺乏決定性的證據，再加上對方又是帝大學生，不能隨便懷疑。所以，就用燃點的事作為誘餌，假裝是海外歸國，行事風格獨特的人來接近我，目的就是引誘我再度縱火，而我竟然完全中了你的計。老師，你到底是誰？為什麼知道我就是兩年前的縱火犯？」

鍍金瞥了一眼身旁的刑警後，回答說：

「我來介紹一下，我旁邊的這位是警視廳的刑警平澤正次郎。雖然我們姓氏和長相都不同，但他是我哥哥。」

立原驚訝地看著平澤刑警。刑警臉上沒有笑容，用銳利的目光狠狠瞪著立原。

「我的經歷是真的，我長兄在神戶協助家業，次兄從事其他的行業。你這麼聰明，即使我在這種事上說謊，也很容易被你識破。不過，去開明學校的情況正如你所推測。我這個哥哥喜歡支使人，每次看我閒閒沒事，就會找一些事給我做。」

「不必說那麼多。」平澤第一次開口，「而且，你太多嘴了，趕快結束吧。」

鍍金像外國人般聳了聳肩。

「你是從什麼時候開始懷疑我的？該不會從兩年前就開始了吧？」

「我給你們看一樣東西。」

鍍金向實之招了招手，從懷裡拿出一張折起的紙片。那是一張信紙，上面用工整的字寫道——

『本鄉春木町大火的縱火犯就在帝大工科學院內。』

實之驚訝地抬起頭。

「這是我哥哥的字。」

立原愕然地注視著這幾個字。

「這是去年七月中旬寄到警視廳的匿名信，剛好是研究室放暑假，義之申請退學的時間。警方迅速展開秘密偵察，發現了內村和河田的東京改造計畫。我哥哥平澤刑警去大學見了建築系的教授，教授說：『內村和河田的確製作了這份都市計畫，但是他們不可能有膽量實際去縱火。一定是有人在背後煽動他們，那個人很可能做這種事。』教授說的那個人，就是他們的學長，也就是你。而且，內村和河田在兩年前火災時，有充分的證據顯示他們不可能縱火。因為有人證明，火災當天他們在宿舍裡讀書到深夜。」

立原輕輕笑了起來。

「原來是被教授看穿了。」

得知哥哥和縱火無關，實之臉上的緊張表情稍微放鬆下來。

「一開始並不知道那封信是內村寫的，因為他是遭到告發的工科學院學生。即使在得知他不得不退學返鄉，不久之後就死了的消息，也沒有及時展開調查。一方面也是因為無法得知他詳細的死因，總之，我哥哥向教授了解情況後，就命令我去你所在的開明學校接近你。啊，對了對了，在此之前，我還特地寫了有關火災的文章。」

這時，剛才一直站在實之身旁的西裝男子脫下帽子。立原遠遠地看到他時，臉上掛著冷笑。

「那不是鷺沼先生嗎？所以，之前在西餐廳時，他明明知道我在背後，特地在我面前演戲嗎？對刑警來說，真的是家常便飯。」

「不，他不是刑警，他是如假包換的日本橋天命社員工，之前就曾經委託我寫稿。不過，他自稱是民權運動家，現在又是國權擴大論的激進分子，真心宣揚全面實施驅逐貧民區的措施。你調查到的情況完全正確，他的確是可疑人物……」

鷺沼向立原舉起一隻手揮了揮，似乎對他感到非常親切。

「他有前科，因為他的偏激行為，經常受到警方的監視。我哥哥就強制他提供協助，他實在太適合扮演這次的角色了。而且，還有另一個意想不到的巧合。」

「對，我現在知道了。」

立原恢復了快活的語氣。

「就是有關於坂道的手稿吧？」

鍍金點點頭。「你說對了。」

立原得意洋洋地繼續說：

「我聽河田說，那份手稿是內村向不知道哪裡的女人買來的，不過我們不知道內容。後來是從內村的弟弟口中得知，手稿是有關坂道的事。幾年前，他的父親曾經把這份手稿拿去天命社，鷺沼還記得這件事，所以，你才會設計出燃點這個陷阱。」

「啊，」實之這才想起一件事，「河田告訴我，我哥哥是從舊書店買來的，所以害我找得很辛苦。」

「那是河田聽你說起手稿是有關坂道的內容時，臨時想到的謊話。因為他已經從立原口中得知燃點和坂道的事，你不是也誤打誤撞，到過天命社嗎？結果卻被蕎麥麵給吸引了。」

實之輕輕叫了一聲。

「原來你有看到我。」

平澤再度不悅地命令鍍金：

「廢話少說。」

鍍金苦笑著看著立原，然後轉頭對實之說：

「實之，這些就是你必須知道的事。你對你哥哥的事應該有了大致的了解，關於三年坂和你哥哥受傷的事，以後有機會再慢慢聊。」

實之點點頭，在其他刑警的陪同下離開了。

立原對此毫不在意，開口問鍍金：

「那河田呢？我沒有告訴他今天晚上的事，你該不會也把他抓來了吧？你想把他和我一網打盡嗎？」

「河田離開大學回老家了。你或許會感到不滿，因為無法證實他參與犯罪行為，所以並沒有告發他。」

「的確。」

立原開心地笑了。

「他和縱火完全沒有關係，不過，他幫了我很多事。對了，還有一個叫真庭的。雖然他察覺到不少事，但我們成功地封了他的嘴。」

「你說服他這攸關東京帝國大學的名譽嗎？」

「沒錯，真不愧是老師，任何事都逃不過你的法眼。」

立原在不知不覺中露出瘋狂的眼神，平澤察覺到他的態度變化，用眼神向立原背後的警官示意。

「鍍金老師，你怎麼能確定我會在今天縱火？老實說，我在收到限時信時，曾經想過可能是陷阱。在此之前，我還沒有懷疑老師。雖然我完全被騙了，但接到那封信，才一下子產生了警戒。因為，那封信上所寫的條件，根本就是指定我要在昨晚或是今晚採取行動。因為需要做一些準備工作，所以實質上只剩下今天晚上。」

鍍金遲疑了一下回答說：

「對，我很確定。」

「為什麼？你等於指定了時間和地點，叫我在三年坂縱火。我這麼做，等於是自殺行為。縱火只有靠自己招供或是在現場逮捕才能定罪，但我絕對不可能招供。」

「立原，你去年夏天真的很忙。你想辭去開明學校的真正原因，並不是因為時薪太低。」

立原尷尬地看著鍍金。

鍍金繼續說：

「研究室的指導教授知道你遭到警方懷疑。所以，去年夏天之前，你真的很忙，但之後就無法繼續參加研究，整天都很空閒。你之前曾經說，課業忙碌是帝大學生的專利，實際情況完全相反。你們對『大學的名譽』這幾個字的反應，幾乎到了過敏的程度。我猜想，不管你的嫌疑是真是假，恐怕都不得不離開大學。當然，這一點我還沒有確認。」

這時，立原露出憎恨的眼神。

「對，對，你說的完全正確，完全答對了。昨天，我向大學提出退學申請。其實，我已經有將近半年時間沒有去大學了。不過，鍍金老師，我雖然無法繼續留在大學，但我還是擁有帝大畢業的頭銜，只要去民間公司，就可以坐擁高薪。而且，校方為了維護大學的名譽，不可能向外界透露我的嫌疑。如果認為我這次是因為自暴自棄才縱火，顯然是毫無根據的推理。你只是在沒有成功把握的情況下，僥倖等待我心血來潮地縱火。如果我做出符合常理的選擇，這場大規模而且漫長的逮捕劇，全都會化為泡影。」

鍍金用寬恕的眼神看著立原。

「我有足夠的根據認為你會執行。不過，在向你說明之前，我先要向你表達敬意。」

立原心虛地反問：

「對我的什麼表達敬意？」

「而且，雖然眼前的場合不太適合，我也要向你表示感謝。」

「到底是什麼敬意？又感謝什麼？」

「我剛才也說了，我的經歷千真萬確。如果沒有這次的事件，我應該早就回英國了。託你的福，我對日本的歷史產生了興趣。」

立原沒有說話，露出不耐的表情。

「至於敬意，我從鷺沼口中得知橋上隆先生手稿的大致內容後，得知了燃點和三年坂之間的關係。所以，向你提示了包括七個三年坂在內的二十一個燃點。實之雖然知道三年坂的事，卻沒有告訴你們。你們只是從真庭口中得知有七個相同的坡道，再加上有些三年坂的地名已經消失，很不容易尋找。然而，你單槍匹馬地從二十一個低谷找到了三年坂。我真是太佩服你了，原本我還計畫慢慢縮小可能的燃點範圍，或是結合包括從實之那裡聽到的各種消息在內，由我們兩個人慢慢理出一個頭緒。你的進展太快了，當時我真的慌了手腳。」

立原聽完之後，眼中的瘋狂逐漸消失，不耐的神情也消失了。他猶豫了一下後小聲說：

「如今，我得知我上當了，再這麼說有點奇怪，但當時我真的很樂在其中。我實地走訪，比照舊地圖，發現了三年坂……。另外，和老師一起調查橋上的事也讓我興奮莫名。」

鍍金微笑頷首，沉默一段時間後，緩緩開口說：

「老實說，設下圈套的我也很掙扎，其實，我已經暗示過你這是陷阱。」

「啊？」

發出驚叫聲的並非只有立原，連皺著眉在一旁聽他們對話的平澤刑警，也回頭看著鍍金。

「你說什麼……？」

鍍金一臉平靜的說：

「我經常不經意地向你透露我掌握的資訊，你難道不知道嗎？」

「啊！」立原驚叫起來，「難道是火之坂的夢嗎？」

平澤在鍍金的耳邊問：

「火之坂是什麼？」

鍍金沒有理會兄長。

「那的確是我的夢境，但既不是預知夢，也不是什麼透視術。我習慣在睡前思考，那些都是我每次掌握新資訊時做的夢。我以為你會察覺，會主動向警方招供，或是離開東京，我就從此不再追究，沒想到你完全沒有察覺。」

平澤額頭冒著青筋。

「我怎麼不知道這件事？要不要停止必須由我決定，你竟然擅自……」

立原滿臉自省的表情，視線在空中飄移。

「你現在是不是很懊惱，自己竟然連這麼簡單的事都沒有察覺？這是有原因的。當時，你的心思完全被其他事情給吸引了。」

立原看著鍍金。

「……其他的事？」

「當我告訴你火之夢的事時，你的眼睛頓時點起了火焰。」

「我的眼睛燃起了火焰？這是怎麼一回事？」

「聽說縱火者一定會去現場看自己縱火的房子或是區域，而且，還會欲罷不能地連續縱火，因為火會侵蝕人心。內心一旦發生火災，往往很難撲滅。你聽到火之坂夢境時的反應，完全就是這種人的寫照。或許你自己沒有發現，當時，你想像著我夢境中的大火景象，一臉陶醉的表情。」

立原整個人都僵在原地，一動也不動。

「看到你當時的表情，我改變了心意，我決定不能放你一馬。不管有沒有關於燃點或是車伕的傳聞，你以後一定會在別處縱火。既然你可能破壞其他地方，我就顧不了大學的名譽。……剛才我說的根據，就是在你眼中看到的火焰，這是我堅信你一定會在昨晚，或是今晚執行燒毀全東京計畫的理由。即使你發現有可能是陷阱；即使你知道這是自殺行為，也一定會來縱火。雖然只有兩個晚上，但整個東京真的有可能因此付之一炬。」

立原默然不語地看著地面。鍍金注視他的眼神嚴肅起來。

「最後，請你告訴我一件事。剛才，你最先提到實之，你是在找他嗎？實之離開宿舍後，住在上野的大雜院，河田也找到了他。而且，他開始做車伕的工作。這件事讓我很擔心，你知道為什麼嗎？」

立原茫然地看著鍍金。

「……如果你說是我用刀子殺死他哥哥，那可就大錯特錯了。那不是我幹的。」

「我知道。」鍍金用力點頭，「但我擔心你會利用實之。我擔心你會煽動他，讓他成為車伕縱火犯。所以，我在遠離這裡時，也同時保護了他。你原本打算把他怎麼樣？你想讓他拉著車，四處點火，然後自己袖手旁觀嗎？還是打算去九段坂上，欣賞整個東京燒起來的壯觀景象呢？」

立原沒有回答，情不自禁地移開了視線。

從他的態度不難發現，鍍金說對了。這時，兩名警官走向立原，抓住他的肩膀。立原的雙手被拉到身後，但他沒有抵抗。警官押著他，他的身體微微前傾，抬頭看著鍍金。

「鍍金老師，我終於了解，其實是我一直在做火之夢。即使在七個三年坂成功的點了火，東京也不可能燒起來。」

（二）

實之和之前春天造訪時一樣，坐在保谷家飯廳角落的位置。保谷家的四個人臉色發白地看著他。

實之緊張地準備開口。他推理分析了哥哥的死，並把自己的推理告訴鍍金，鍍金針對某些部分加以修正後，讓他獨自來保谷家。在這次的事件中，必須由身為親人的實之解決哥哥義之的死這件事。

保谷用不悅的表情，掩飾著內心的恐懼催促道：

「你說想要在我們全家面前說的，到底是什麼事?可不可以請你有話快說？」

實之吞了一口口水，慢慢開始說：

「首先，我想從我哥哥之前來這裡的時候開始說起。保谷先生，你說我哥哥在去年初春曾經來過一次而已，但其實我哥哥又來過一次。那是去年八月十九日中午左右，也就是我哥哥打算返鄉的當天。」

保谷家沒有人回答，實之依次看著他們四個人的臉。

「今年春天，我已經聽你說了我哥哥第一次來這裡的事。你告訴我哥哥有關寺町的事，但是，我哥哥並不相信。我也一樣，一切都從懷疑寺町說開始。」

實之解釋了自己懷疑寺町說的來龍去脈，也就是霞之關和番町以外的三年坂的位置和特徵。保谷家的四個人都低頭靜聽。

「……當我四處走訪三年坂時，首先發現了一個共同的特徵。七個，不，現在只剩下六個，六個三年坂中有四個在坡道下方有相同的家徽，就是雕刻在這個飯廳門上的家徽。」

和去年春天相比，保谷反駁的聲音顯得極其無力。

「你滿口家徽、家徽的，那只是代表在遙遠的年代，我們有相同的祖先而已。」

「只要調查一下，就知道你們的關係到底有多親，平時有沒有來往。」

保谷閉口不語。

「當我得知家徽的事後，最初是這麼想的。三年坂在江戶城，也就是目前的宮城四周，保谷先生的家族如果從江戶時代就住在三年坂，一定是身為幕府的旗本，奉命住在那裡。如果三年坂有什麼秘密，也就是幕府的秘密。不過，我發現你們是在明治以後才開始住在三年坂，也就是說，你們是按照自己的自由意志這麼做。所以，假設三年坂有什麼危險……」

「既沒有秘密，也沒有危險！那只是你們的……」

「對，是不是我哥哥在這裡向你提到了燃點的事？不，正確地說，是不是我哥哥出示給你們看的手稿上，寫著三年坂和東京大火有關？」

保谷很不甘願地點點頭。

「沒錯，在此之前，我從來沒有聽說過三年坂是火災的燃點，或是火攻宮城的據點的這種說法。」

「燃點的傳聞似乎原本就存在，我相信你應該曾經聽說過，否則，一定會對燒毀整個東京的說法一笑置之。」

保谷沒有回答。

「所以，當你聽到燃點的傳說和三年坂結合在一起時，頓時感到惶恐不安。因為，這代表你們特地選擇住在可以火攻宮城的據點。雖說燃點的傳說只是傳聞而已，但一旦被世人知道，對國立學校的學生或是擔任官員的人來說，將會是致命傷。你是不是害怕這一點？」

實之很有耐心地等待保谷的回答。鍍金再三叮嚀他，不要情緒化，要讓對方有發言的時間。

保谷終於承認了。

「……那還用問嗎？我做夢也沒有想到，有人竟然把三年坂說成這樣。」

「這麼說，你和其他家族並不認為三年坂有什麼特殊的意義囉？」

「不光是我們不這麼認為，事實上也不存在所謂的燃點，三年坂絕對不是這麼多事的地方。」

「你也這麼告訴我哥哥吧？我哥哥也知道我父親的手稿寫錯了，也就是說，三年坂並不是燃點。於是我哥哥買了稿紙，打算重寫父親的手稿。」

「……對，沒錯。」

保谷第一次正視實之，他的臉上帶著一絲期待的表情。

「我相信你哥哥。你哥哥說，你父親的手稿寫錯了，他要重新修改，把三年坂真正的意義公諸於世。所以，你哥哥拿著手稿離開這裡，之後就和我們無關了。」

「所以，你們也沒有考慮搬家。在我來這裡之前，你們以為這件事情已經結束了。」

保谷輕輕點頭。

「所以，志野小姐也不知道嗎？」

實之說著，將目光移向宛如雕像般一動也不動的志野。

「志野小姐，妳並不知道我哥哥第二次來這裡和三年坂的事。我哥哥八月來這裡時，妳不在家，對嗎？」

「對，是啊，你好像什麼事都知道。」

志野的視線中充滿強烈的敵意。實之感到一陣心痛，將視線移回保谷身上。

「我主動接近了志野小姐，當她得知我哥哥的死訊時，基於同情邀我來這裡。當然，我相信她那天把我的事告訴你們。到這裡為止，事情其實很簡單。如果當時我立刻來這裡，你們或許會像現在這樣，把我哥哥第二次來這裡的事告訴我。」

沒有人說話，但都神情緊張地等待實之的下文。

「三天後，當我來這裡時，情況完全不一樣了。你決定隱瞞我到底，你很慶幸志野小姐只說了我哥哥第一次來這裡的事，於是，就決定只說那一次，再告訴我寺町說，避免我繼續追查下去。你隻字不提我哥哥八月來過這裡的事。也就是說，在你們從志野小姐口中聽到我的事之後，到實際我到府上的這三天期間，發生了什麼事？」

緊閉雙唇的保谷立刻反駁：

「那是因為我對你產生了警戒，況且，又聽說你哥哥離奇死亡，誰都不想和這種事有任何牽扯。」

實之努力克制內心湧起的感情，為了避免自己的語氣充滿攻擊，他慢慢地反駁說：

「你們害怕的是有關三年坂的不當傳聞，和對保全家族的揣測，如果和我哥哥的離奇死亡扯上關係，或許會造成致命的傷害。不過，既然我哥哥在臨死前答應要重新寫那份手稿，為什麼你沒有問我父親那份手稿的下落？因為，那份手稿正是不當傳聞的源頭。你們的確有必要阻止我去尋找三年坂，但即使不用寺町說那一套說詞來敷衍我，也可以像對待我哥哥那樣，把所有情況如實的告訴我，並要求我協助你們，不要在外散播危險的傳聞。然而，你並沒有這麼做，根據我的印象，你似乎把重點放在掩飾我哥哥的第二次造訪。」

這時，入口的大門突然大聲地打開，一個聲音尖叫道：

所有人都回頭看著那個方向。站在門口的正是保谷家的次子恭治。雖然他的臉很白，比夏天時長高了一些，但他就是曾經四處為家的阿丟。

「夠了！」

「終於見到你了。」實之向他打招呼，「我知道你已經回來這裡了，也知道你一定會躲在那裡偷聽，所以，我才用這種方式說話。去年夏天，我哥哥第二次上門時，你也是這麼偷聽的吧？」

阿丟大步走進房間來到桌前，用憎恨的眼神看著實之。

「沒錯，去年夏天時，我也是在門外聽到你哥哥和我爸爸說話，所以，我才一直跟蹤他到新橋車站附近。而且，你不要裝模做樣地說什麼三天期間、三天期間，你既然會來這裡，就代表你已經知道了一切。沒錯，當我聽說你來東京時，我留下一封信，把我對你哥哥做的一切全都寫在信上，然後離開了這個家。我原本打算把你趕回老家之前，我絕對不回來這裡。但是，你卻賴著不走，所以……」

實之離家出走來到東京後，在大雜院生活了一段時間。阿丟雖然基於不同的理由，卻也做了相同的事。實之看著比他小六歲的阿丟的臉良久，雖然兩個人處於相反的立場，卻都是為了維護家人。

「你跟蹤我哥哥，是為了搶回手稿吧？你父親相信我哥哥，但你聽完所有的事後，卻不以為然。」

「那當然，我爸爸太天真了。況且，如果我哥哥好不容易考進一高，出現這種傳聞，我哥哥就不得不退學。我哥哥是保谷家的長子。身為次子，我必須做我該做的事。」

他的表情完全沒有小孩子的影子。孤獨的少年雙手叉腰，站在那裡。

「以下的內容僅止於我的想像，你很聰明，一定叫我哥哥讓你看一下手稿，但我哥哥心生警戒，不肯放手。我這個做弟弟的很清楚我哥哥的性格，所以，你試圖搶他的稿子，結果發生了衝突。」

「對，刀子，我有刀子。對方是戴眼鏡的文弱書生，我只是想恐嚇他一下，沒想到會發生這種事。沒關係，你趕快去報警吧。」

「那把刀是你朋友撿到的嗎？」

實之認為應該和阿撿有關。那把刀應該鏽得很嚴重，或是被排水污染了。阿丟把所有的事都告訴了阿撿，尋求他的協助。阿丟是附近的孩子王，搞不好是他威脅阿撿，逼迫他就範。

阿丟扭曲著臉，沒有回答。

「而且，你把搶來的手稿給燒掉了。」

保谷家所有人都低頭閉上眼睛。保谷太太流著眼淚，張著嘴想要說什麼。阿丟看著實之的雙眼也含著淚。

實之深呼吸了好幾次，用緩慢的語氣說出他想了很久的話。

「所以，你拿著刀的手剛好碰到了我哥哥肚子上的傷口。」

「什麼？」

保谷夫妻和志野都驚叫起來，看著實之。

「肚子上的傷口？」阿丟也追問道。

實之神情嚴肅地轉頭看著保谷。

「關於這件事，我必須向你們道歉，給你們添麻煩了。」

保谷用顫抖的聲音問：

「這、這是怎麼回事？」

「我哥哥說他的傷是在修理宿舍屋頂時不小心跌下來時受的傷，我對志野小姐說，本鄉弓町的宿舍從來沒有修過屋頂。事實也的確是這樣，但我疏於做更進一步的調查。」

雙眼通紅的保谷太太張大眼睛看著實之的臉。

「難道不是這樣嗎？」

「對，其實，是另外一個宿舍。」

「另外一個宿舍？」

「我哥哥在返鄉當天來過這裡，前一晚住在他同學位在谷中的宿舍，就是在那裡修的屋頂。事實上，當天早晨，我哥哥在那裡不慎跌倒，被竹柵刺到了肚子。他以為沒有大礙，就直接來這裡。之後，雖然在新橋車站附近發生了爭執，但他還是按照原先計畫搭上火車。……不好意思，我之前信口開河，誤以為就是哥哥住的宿舍，是我說錯了。」

實之向他們鞠了一躬，保谷全家人都愕然聽著他說話。

「你在胡說什麼！」

阿丟忽然大叫，朝實之衝過來。他的語氣已經完全變成假裝流浪兒時代的樣子。保谷慌忙起身，從背後抱住想要去抓實之的阿丟。

「不許你胡說八道，我不需要你的同情。他來這裡時生龍活虎的，怎麼可能已經受了傷。你少騙人了，他的傷口是我用那把刀子……」

保谷慌忙捂住阿丟的嘴。父子兩人扭打起來，實之起身站在他們面前。

「阿丟，……對不起，你的本名叫恭治吧……，其實是這麼一回事。你拿著刀子的手用力打到我哥哥原本的傷口上，我哥哥一定痛苦地大叫。他是因為竹柵上的細菌感染而送了命，但你的那一擊或許讓他縮短了一天的壽命。事情就是這麼簡單而已，那根本不是什麼離奇死亡，也不值得報警。」

嗚嗚。傳來一陣嗚咽聲。保谷太太趴在桌上哭了起來。志野站了起來，雙眼通紅地注視著實之，她的雙唇一直重複著：「謝謝，謝謝。」

「我和這孩子相處了一段時間，覺得他很會鑽牛角尖。不，我這麼說有點那個，……他或許會說，差一點把我給殺了。我的確被他的惡作劇給整到了，摔得四腳朝天，還受了傷，不過我現在已經全都好了。這件事說起來很丟臉，我都不敢告訴別人。我要說的話全都說完了，不好意思，打擾你們這麼久。」

實之向他們行了一禮，轉身離開。阿丟掙脫了父親的手，對著走出飯廳的實之大叫，他又恢復了之前的說話態度。

「是我，實哥，你要找的人就是我，我就是殺死你哥哥的凶手！實哥，你上了我的當，也不要把我當傻瓜，你這個笨蛋！把我送去監獄吧！」

淚水不斷奪眶而出，實之把這一幕深深烙在腦海中。

沒有人送行，實之獨自走出保谷家，站在堤防樹下的鍍金舉起一隻手迎接他。

「怎麼樣？演得像名偵探嗎？」

臉頰仍然因為興奮而泛紅的實之應了一聲「嗯，應該吧。」就把視線移向三年坂。

「我按照你教我的說了，但名偵探真不好當。」

「是嗎？不瞞你說，我也當膩了。……你有見到阿丟嗎？」

「嗯，他稍微長高了點。……我希望以後可以再見到他。」

「東京看起來大，其實是一個很小的世界。不過，即使你以後見到他，最好假裝不認識他。因為，他造成了別人的死亡，他必須承受這份心理壓力，你不需要再說什麼。」

實之想了一下，頷首同意。然而，他想到另一件事，趕緊繼續說：

「不過，反正我也不能住在東京了。」

「你在說什麼？你不僅數學和物理化學大有進步，也不用再害怕英文。我可以保證，你明年一定可以考進一高，你會作為一高生住在東京。」

實之漲紅了臉，不置可否地點頭，看著綠樹成蔭的三年坂。

實之在谷中的御隱殿坂摔斷右腿後，一直住在鍍金家位於麻布龍土町的高級住宅。不僅接受醫生的治療，還從同樣住在那裡的吉岡槙和冴母女，也就是父親之後再婚對象和她的女兒口中，得知父親之後的人生。鍍金以前教過的年輕大學生隔天就來當他的家庭教師，輔導他所有一高的考試科目。鍍金說，要等冬天後，才能向他說明事件的來龍去脈，但他自已有時會喬裝後造訪，教他英語。

是嗎？我或許可以成為一高的學生嗎？果真如此，我就一定要去住那個宿舍，但要改住兩坪多的房間……。如果再被阿時罵，就要好好的反擊。

實之回頭看著鍍金。

「啊，對了，我沒有問保谷先生三年坂的真正意思，因為感覺氣氛不對。不過，老師你曾經說，萬一我沒問，你也會告訴我，對吧？」

「對，但我認為其實你已經大致了解了。」

（三）

鍍金和實之坐在九段坂上的堤防上，眼前是夕陽染紅神田至日本橋一帶的風景。

「我想應該是水岸的坡道。」

實之說：「就是從水岸走上堤防的寧靜坡道……」

「哪裡有水岸？」

「低谷地區，是目前的江戶形成之前的山丘和山丘之間。」

「所以，你找到了位在谷中的三年坂。那我再問你，什麼東西會出現在水岸？」

「各種動物。」

「對，各種動物，但最容易聯想到什麼？」

「鳥嗎？啊，還有螢火蟲。」

「對，我發現你跌倒時，剛好在欣賞螢火蟲。因為我不能讓人知道我在東京，所以只好喬裝成捕蟲業者，每天晚上看你經過那裡，因為我預料到你會發生什麼事。」

鍍金不僅知道實之家人的事，也知道阿時和阿丟的事。他並不擔心立原和河田會危害實之，卻很擔心導致實之哥哥受傷的阿丟會做出什麼不智之舉。

「這也是關於鳥的故事。」

實之點點頭。終於要揭開三年坂的神秘面紗了。

「在我們之中，只有鷺沼看過你父親的手稿，據他說，那份手稿上是這樣寫著，『神田大火那一天，我不時在七個地方看到一條白色的霧靄』。你父親就是在九段坂這裡看到的。」

「我父親那時候在當車伕，所以就拉著空車去了那七個地方嗎？」

「他原本以為是煙，實地一看，卻發現其實不是，而且，這七個地點中，有六個都有三年坂。」

「……那是鳥嗎？」

「沒錯，無數的鳥從低空飛向高空，密集地圍成圓形打轉。」

無數的鳥在空中飛舞形成一條白色的霧靄……。對了，初音坂、初音町、鶯坂、鶯谷這些名字不是出現在三年坂附近，就是成為三年坂的別名。

「你父親認為三年坂有什麼神秘的力量，所以在火災後，拉著車展開調查。根據江戶時代的文獻，只查到年號起源說和寺名由來說而已，因為德川家建立江戶以前的相關文獻都被處理掉了。不久之後，你父親注意到第七個三年坂，他認為那裡沒有坡道，反而代表是秘密的關鍵。於是，他帶著家人一起住在附近的大雜院，那就是從小石川高地通往小石川柳町那一帶的斜坡，也是吉岡槙和冴母女居住的地方。你父親把三年坂和燃點的傳說結合在一起寫下了那份手稿，拿去天命社，他似乎準備用這筆稿費當作你的學費。姑且不論旅館剛燒毀時的情況，他一直都很關心你。沒想到他的手稿賣不出去，車伕的工作也不如意，所以，他每天晚上都喝酒，每次喝醉，就會出門，走訪每個三年坂，期待再度發生相同的事。但是，有一天晚上之後，他突然失去了蹤影。」

「他不小心跌進矢來下的三年坂的工地坑洞了。……不過，為什麼我父親看到鳥之後，開始調查燃點的事？」

「嗯，這個嘛……」

鍍金有點遲疑，

「……因為他之前就知道燃點的傳說。也許他之前就已經調查過了，立原在這件事上有其他的看法。」

實之直視著鍍金說：

「他被藩主拋棄，好不容易步上軌道的旅館又被燒掉。槙姨得了肺病，小冴的臉被燒傷了。……我父親一定很痛恨這個世界，他也許是發自內心想要找到燃點，然後，像立原先生那樣，和三年坂之謎結合在一起……。我也當過車伕，在大雜院生活過，雖然時間不長，但我能夠了解我父親的心情。」

實之轉頭看著被夕陽染紅的東京。火之夢會隨時出現在每個人的夢境中。東京大火的幻影在實之的眼前一閃而過，他轉過頭問：

「為什麼鳥會聚集在三年坂？」

鍍金露出微笑。

「鳥的事和地名的由來留到最後再說，先說保谷家族的事，你比較容易接受。」

實之點頭，鍍金繼續說：

「關於手稿的這一部分，鷺沼記得很清楚。保谷家的確是在家康以前統領山之手一帶的牛込家的後代。」

「之前聽說燃點的傳說，也是從牛込家傳出來的。」

「那是我用來釣立原的誘餌，燃點的傳說是更晚期的明曆大火以後才開始流傳，應該和振袖的傳說不謀而合吧。這是看到整個江戶有六成遭到燒毀的衝擊所產生的因果說吧。但其實三年坂並不是什麼危險的地方，對保谷家族來說，三年坂其實是聖地。」

「聖地？」

「也許日後有機會，保谷會再向你解釋，牛込的後裔認為三年坂是神聖的水岸，也是鳥的聖地。保護這些聖地，等於守護山之手一帶。江戶時代，保谷家族是旗本，只能在幕府指定的地方建造房屋，無法居住在自己心目中的聖地附近。明治後，他們的家族成員有的成為官員，有的經商，再度壯大勢力。尤其最近十五年間，他們開始居住在三年坂附近，以居民的身分參與地區行政，避免破壞三年坂的自然環境。」

「喔。」

實之叫了起來。是嗎？原來是這麼一回事。

「失去第七個聖地是很久之前的事，明治中期後，東京因為道路整修等原因不斷改變，誰都無法得知剩下的六個三年坂會在什麼時候變成普通的斜坡，或是不再是水岸的環境。於是，他們決定住在坡道附近，積極參與地方事宜，避免聖地遭到破壞。也就是說，完全是基於相反的想法。對了，對了，關於你發現的家徽，你還記得嗎？是不是很難的漢字？」

「對。」

「那個字讀『ㄌㄧㄣˊ』，代表水流清澈的意思。」

「水流清澈……」

謎底不斷揭曉。

「這些事，我哥哥應該都知道吧？」

「我相信，那也是讓你哥哥改變的原因之一。他以前是激進的東京改造論者，在得知三年坂是聖地以後，反而覺得應該保護東京的大自然。」

「而且，又得知春木町大火的事……」

「沒錯，河田和你哥哥隱約感覺到那可能是立原縱火，但又覺得實在難以置信。在調查三年坂和你父親的事時，你哥哥發現了那個神秘車伕，又得知立原在火災那天晚上喬裝成車伕的樣子出門。這是在去年夏天之前發現的，於是，你哥哥的態度完全改變，他寫了匿名信向警方告發，把剩下的學費留給小冴她們，離開大學回到老家，所以，你哥哥才會說是『在三年坂跌倒了』。」

哥哥是基於好心去保谷家，拿出父親寫的有關三年坂和燃點的手稿，告訴他有這種危險的傳聞，卻因為一名少年的憨直，而送了命。

尋找真相的工作即將接近尾聲，這些事都足以令渡部興奮不已。接下來，只剩下根本的疑問——三年坂的神奇力量，以及名字的由來。

鍍金察覺了實之的想法說：

「接下來的內容，完全是畫蛇添足，而且，純屬我個人的臆測，或許根本偏離了事實。即使如此，你仍然要聽嗎？」

「對，我對炭的名字由來都會追根究柢。」

鍍金聽實之說完備長炭的事，輕聲笑了笑，向他娓娓道來：

「首先，為什麼三年坂會成為鳥聚集的聖地？我認為這和地球的磁場有關。雖然人類目前還無法計測，但候鳥似乎是因為地球磁場的關係，才可以遠飛幾千公里，也許三年坂下方埋藏著鐵的礦脈。除了這些特異的條件以外，還有這裡人跡罕見，和位在水源豐沛的低谷，這些地形條件的因素。三年坂所在的地方以前是亂葬崗，鳥也可以在那裡找到食物。之後，亂葬崗變成墓地，又建造了寺院，或是改成火葬場。鳥的壽命雖然不長，卻靠我們無法理解的大自然力量，傳承了這七個地點的記憶。」

實之想像著茂盛的樹葉、壓彎枝頭的果實、波光粼粼的河水。輕拂而過的清風、凹凸不平的斜坡，以及無數的鳥兒。

「最後的謎，就是為什麼叫『三年坂』這個名字？為什麼一旦在三年坂跌倒，就會在三年之內喪命。實之，第七個三年坂附近有哪些名字的坡道？」

「初音坂。」

「你不要想漢字，比較一下讀音。」

音（ne）？

原來是這樣？初音坂（ha-tsu-ne-za-ka）、三年坂（sa-n-ne-n-za-ka）……。

啊！

「……喔，原來這麼簡單，我之前從來沒有想到過。」

「那只是我的假設而已。」

「太不可思議了，為什麼我之前都沒有想到？都有一個『ne』的音。」

「一定是藉由想像鳥，消除不吉利的感覺。因為有你哥哥的事，所以你太拘泥於三年之內會喪命這一點了。」

實之興奮地問：

「所以，三年坂原本是叫『三音坂』嗎？」

鍍金用力點頭。

「最先聽到鳥兒，而且是黃鶯和杜鵑鳥啼叫的坡道叫初音坂。這是因為附近有梅林等鳥兒聚集的場所，聽到黃鶯第一次啼叫，所以叫初音坂。第二次聽到時，會覺得是剛才飛過去的鳥兒又飛回來了，但如果第三次聽到鳥啼聲……」

「三次就可以代表永久。三次、四次、五次，一直聽到鳥叫的坡道……」

之前曾經和渡部爭執過這個問題。三個到底算不算「好幾個」？如今，實之了解到，三個完全可以代表「好幾個」。

他似乎聽到了。

第一聲鳥囀、第二聲，以及連續不斷的鳥囀。

如今，不吉利已經從三年坂消失。火的遠方是水，水岸旁聚集了無數的鳥兒齊聲歡唱……。

「沒錯，『三音坂（sa-n-ne-za-ka）』在不知不覺中讀成了『sa-n-ne-n-za-ka』，就取了『三年坂』這個名字。之後，家康進行了江戶大改造，應該已經很少有鳥聚集了。」

「為什麼我父親那個時候……，我們也有機會看到嗎？」

鍍金搖搖頭。

「應該不可能，因為不可能再度發生像神田大火那樣的火災。」

「大火時才能看到嗎？」

「不是和大火有關，而是和溫度、水有關。神田大火發生在四月，原本氣溫就比較高，再加上大火的熱量，導致某種現象發生。況且，那時候還保留了一些如今已經不復存在的水岸。」

「你是說赤坂溜池之類的吧？」

「對，必須具備這些條件，鳥才會飛向天空。所以，可能不會再有第二次了。」

再也不可能發生的群鳥亂舞的現象。

在古老的時代，不，在更加古老的時代，是每天都可以看到的景象嗎？

實之在腦海中想像著這個景象。

「當江戶再也看不到這種景象後，來到江戶的人會感到納悶，為什麼叫『三年坂』？因為那只是一個冷清的坡道，聽說以前曾經是墓地，附近也建造了寺院。於是開始流傳這樣的說法——如果在這個坡道跌倒，就會在三年內喪命，如果不想死……」

最後，由鍍金總結道：

「記得舔那裡的泥土。」

導讀

早瀨亂與《三年坂 火之夢》

傅博

第五十二屆（二〇〇六年）江戶川亂步獎得獎作品有兩部，一部是本書《三年坂火之夢》。另一部是鏑木蓮以第二次世界大戰結束後之蘇聯在西伯利亞的俘虜營內所發生的殺人事件，與六十年後在東京發生的殺人事件為主題的本格推理小說《東京ダモイ》（東京歸鄉）。

本書《三年坂 火之夢》卻是一部江戶川亂步獎史上罕見、特殊的異色推理小說。先來看看五位評審委員如何評價本書。

評價最高的是綾辻行人，他說「明治初期的東京為主要舞台而展開的故事，不易套上現在的推理小說之寫作模式，很難預測故事將如何展開。……鍍金先生的颯爽活躍，洋溢著好年代的偵探小說之香味。可說『使我讀到一部從來幾乎沒有閱讀過之類的推理小說』……」。幾乎沒有提到缺點。

其他四位都肯定其題材的特異性，但是也有批評。井上夢人說：「把明治時代之東京，描寫為坂的都市，構築成散發夢幻氣氛的魅力世界。……被作者的獨創性吸引住。可是，這篇作品太依靠題材本身的新奇性，不是小說本身所醞釀出來的。」

真保裕一同樣肯定其題材有趣，但是，……他說：「題材很有趣，開頭也不錯，但是其後之故事的主題模糊不明朗，也許這是作者所安排的計策，總是希望稍微著力加強讀者的服務為善。」

大澤在昌同樣肯定其題材的奇妙性，可是……，他說：「雖然很奇妙，可是具有魅力的『謎』的作品。以明治為舞台，登場人物的描寫卻不勉強，可是構思過多，以致故事的全體像很難把握。」與真保一樣，對故事的架構有不滿。

乃南朝幾乎全面否定，她說：「明治時代之舊地圖為主體，架構出很獨特的作品世界。……可是，對明治時代的認識與表達方式，有時是旅遊指南書的口調，有時是如寫戲曲腳本時的註腳，對我來說很難當作『小說』閱讀。」主角內村實之尋找三年坂時，走路所經過的許多街道的記述，的確如乃南朝所說，沒有修飾。

由此可知，綾辻行人全面肯定，井上夢人、真保裕一、大澤在昌等三位，都肯定其題材的獨創性、趣味性、奇妙性，但是對故事之沒主體性、複雜難解性、不透明性有所批評，至於乃南朝幾乎全面否定小說的敘述之瑕疵。

本書是評審委員評審的修改本。到底修改多少，不可得知。筆者認為雖然頁頁出現街名、坂名，令人有嘮叨之感，但是不愧是一部異色的推理小說，值得一讀。介紹內容之前先為台灣讀者簡單說明故事背景的明治時代與東京。

明治維新（一八六八年）以前，東京稱為江戶。於一四五七年，太田道灌在江戶的小山丘上築城，稱為江戶城。城南向海，即現在的東京灣，城西、城北是小山丘地帶，很少人居住，城東有兩條河川，隅田川與荒川，由北流向東京灣。當時的平民即居住在這兩條河的沿岸，後來這區域稱為「下町」。下町是從山丘上的江戶城觀看時，在下面的街市之意。相對的西、北方的山丘地帶成為「山手」。

到了一六〇三年，成為將軍的德川家康，在江戶城開設「幕府」，號令天下。德川家康於是把江戶城四周，做為「大名」（諸侯）與「旗本」（幕府直屬之高級武士）之住宅區，原來住在城附近的平民，被迫遷移到山手或下町。德川幕府統治日本之二百六十餘年，江戶的人口不斷增多，據說最多時達到百萬人，當時最大的都市。

明治維新後，天皇收回政權，江戶城改稱為宮城（現在稱為皇居），廢藩置縣，宮城周圍的大名與旗本之豪宅，逐步被政府收回，改建各種公共設施，如東京帝國大學、上野公園等等。於是，東京漸漸成為日本之政治、經濟、文化之中心（德川時代之文化中心是京都，經濟中心是大阪）。

明治維新後，新政權並不安定，高官被暗殺事件、內亂頻起，直到一八七七年之西南戰爭之後，政治才上軌道。

話說回來《三年坂 火之夢》的時空背景是明治三十二（一八九九）年之東京，兩組互不認識的人馬，以不同的目的，在東京尋找他們的「三年坂」與「發火點」。

「三年坂」敘述住在奈良縣Z町的內村實之，十八歲，為了調查在東京帝國大學念書的哥哥義之，去年夏天在三年坂跌倒後腹部受傷而死亡的真相，來到東京。東京山手地帶有數不盡的坡道，實之根據一本地圖得知，東京至少有三處三年坂，他尋找三年坂過程中覺得稱為三年坂的坡道，好像有一個不吉祥的共同祕密，而且，東京的三年坂不只三處。到底有幾處三年坂，是否有共同祕密，有的話，祕密是什麼？

另一個故事「火之夢」敘述一位從英國留學歸國不久的鍍金先生，在補習班教英文，並在雜誌發表評論。某天受天命雜誌社之託，與補習班同事立原總一郎調查「東京發火點」的經過。所謂東京發火點是，如果要放火燒盡大東京的話，從哪些地點同時放火，即可燒盡呢？鍍金先生根據舊文獻導出的結論是，必須要幾處發火點即可呢？

作者在最後一章「三年坂　火之夢」，準備一場讀者意料不到的收場，不愧是一篇異色推理小說。

早瀨亂，一九六三年出生，大阪府人。法政大學文學部英文學科畢業後，在升大學補習班教英語，一九九一年起自己經營補習班，之後解散。二〇〇三年開始撰寫小說，〇四年以《テレの支流》獲得第十一屆日本恐怖小說大獎長篇佳作獎。〇五年以《通過人の31》入圍第五十一屆江戶川亂步獎最終候補作。〇六年以本書《三年坂　火之夢》獲得第五十二屆江戶川亂步獎之後，〇七年出版《レイニー・パークの音》，〇八年出版《サトシ・マイナス》。

二〇一〇・〇九・一〇

附錄　江戶川亂步獎歷年得獎作一覽表

編輯部

第一屆・一九五五年・中島河太郎《偵探小說辭典》
第二屆・一九五六年・早川書房「早川珍袖推理小說」叢書
第三屆・一九五七年・仁木悅子《只有貓知道》（猫は知っていた）★系列4
第四屆・一九五八年・多岐川恭《濡れた心》
第五屆・一九五九年・新章文子《危険な関係》
第六屆・一九六〇年・從缺
第七屆・一九六一年・陳舜臣《枯草の根》
第八屆・一九六二年・戶川昌子《大いなる幻影》
佐賀潛《華やかな死体》
第九屆・一九六三年・藤村正太《孤独なアスファルト》
第十屆・一九六四年・西東登《蟻の木の下で》
第十一屆・一九六五年・西村京太郎《天使の傷痕》
第十二屆・一九六六年・斎藤栄《殺人の棋譜》
第十三屆・一九六七年・海渡英祐《伯林－一八八八年》
第十四屆・一九六八年・從缺
第十五屆・一九六九年・森村誠一《高層の死角》

第十六屆・一九七〇年・大谷羊太郎《殺意の演奏》
第十七屆・一九七一年・從缺
第十八屆・一九七二年・和久峻三《仮面法廷》
第十九屆・一九七三年・小峰元《アルキメデスは手を汚さない》
第二十屆・一九七四年・小林久三《暗黒告知》
第二十一屆・一九七五年・日下圭介《蝶たちは今…》
第二十二屆・一九七六年・伴野朗《五十万年の死角》
第二十三屆・一九七七年・藤本泉《時をきざむ潮》
梶龍雄《透明な季節》
第二十四屆・一九七八年・栗本薰《我們的無可救藥》（ぼくらの時代）★系列2
第二十五屆・一九七九年・高柳芳夫《プラハからの道化たち》
第二十六屆・一九八〇年・井沢元彦《猿丸幻視行》
第二十七屆・一九八一年・長井彬《原子炉の蟹》
第二十八屆・一九八二年・岡嶋二人《焦茶色のパステル》
中津文彦《黄金流砂》
第二十九屆・一九八三年・高橋克彦《写楽殺人事件》
第三十屆・一九八四年・鳥井加南子《天女の末裔》
第三十一屆・一九八五年・東野圭吾《放學後》（放課後）★系列1

森雅裕《モーツァルトは子守唄を歌わない》
第三十二屆・一九八六年・山崎洋子《花園迷宮》（花園の迷宮）★
第三十三屆・一九八七年・石井敏弘《風のターンロード》
第三十四屆・一九八八年・坂本光一《白色の残像》
第三十五屆・一九八九年・長坂秀佳《浅草エノケン一座の嵐》
第三十六屆・一九九〇年・鳥羽亮《剣の道殺人事件》
阿部陽一《フェニックスの弔鐘》
第三十七屆・一九九一年・鳴海章《ナイトダンサー》
眞保裕一《連鎖》（連鎖）★
第三十八屆・一九九二年・川田弥一郎《白く長い廊下》
第三十九屆・一九九三年・桐野夏生《顔に降りかかる雨》
第四十屆・一九九四年・中嶋博行《検察捜査》
第四十一屆・一九九五年・藤原伊織《恐怖分子的洋傘》（テロリストのパラソル）★系列5
第四十二屆・一九九六年・渡辺容子《左手に告げるなかれ》
第四十三屆・一九九七年・野沢尚《破線のマリス》
第四十四屆・一九九八年・池井戸潤《果つる底なき》
福井晴敏《Twelve Y. O.》
第四十五屆・一九九九年・新野剛志《八月のマルクス》

第四十六屆・二〇〇〇年・首藤瓜於《脳男》
第四十七屆・二〇〇一年・高野和明《13階段》
第四十八屆・二〇〇二年・三浦明博《亡兆のモノクローム》
第四十九屆・二〇〇三年・不知火京介《擂台化妝師》（マッチメイク）★系列3
赤井三尋《暗淡夏日》（二十年目の恩讐）★
第五十屆・二〇〇四年・神山裕右《カタコンベ》
第五十一屆・二〇〇五年・薬丸岳《天使のナイフ》
第五十二屆・二〇〇六年・鏑木蓮《東京歸鄉》（東京ダモイ）★
早瀬乱《三年坂　火之夢》（三年坂・火の夢）★系列6
第五十三屆・二〇〇七年・曽根圭介《沉底魚》
第五十四屆・二〇〇八年・翔田寛《誘拐児》
末浦広海《猛き咆哮の果て》
第五十五屆・二〇〇九年・遠藤武文《三十九条の過失》
第五十六屆・二〇一〇年・横関大《再会のタイムカプセル》

編按：★表臉譜已取得中文版權，即將出版。

國家圖書館出版品預行編目(CIP)資料

三年坂 火之夢 ／ 早瀨亂著；王蘊潔譯. --
初版. -- 臺北市：臉譜出版：家庭傳媒城邦
分公司發行, 2010.10
面；　公分. --（江戶川亂步獎傑作選；
6）
ISBN 978-986-120-300-3（平裝）

861.57　　99016776